JN057930

半貴石の女たち

魚住陽子

半貴石の女たち

目次

ローズクォーツの天使

私がそのペンダントを作ったのは茉莉が死んだ夜だった。

「今日、家内が亡くなりました」

茉莉の夫である慎二から電話があったのは、夕食後すぐのことだ。

「私に何かお手伝い出来ることがありますか」

悔みの言葉を言ってから申し出ると、慎二は少し間を置いてから、「あのう、達子さん。生前家内が何かお願いしていたことがあったでしょうか」とちょっと戸惑い気味の声で言った。

「容態が急変する前に、あなたに頼んでいるものがあると、嬉しそうに話していたので」

訃報を知らされた時には取り乱さなかったのに、死者が嬉しそうに話していたと聞いた途端、ふいに涙が溢れた。あの時はまさか遺言になるとは頼んだ方も頼まれた方も思っていなかった。

「はい。お預かりしていたものは仕上げて、きっとお持ちします」

詳細は告げずに慌てて言った後、すぐに作業台の前に座った。

茉莉本人からそれを預かって、まだ五日も経っていない。

手術も無事すんで、病状が安定してから見舞いに行くと、彼女は点滴の痕の痛ましいほど細くなった腕を伸ばして、枕元まで私を招いた。

「達っちゃん。ほら、これ」

青白い花梨の実ほどもない拳を開くと、淡いピンクの石らしいものが握られていた。

「あっこにもらったの。これ、パワーストーンなんだって」

「とってもきれいなローズクォーツね」

「きれいなだけじゃないの。見て。両脇に翼みたいな彫りがちょっとだけあるでしょ。これ、天使よ。ローズクォーツの守護天使」

元気になったら、ずっと胸に提げていたいから、ペンダントに加工してもらいたいと言う。

「あんまり重くないシンプルな銀の鎖につけたいの。長さやデザインはおまかせするから」

急いで私に預けなくても、一人娘にもらった大事なお守りならば、もう少し手元に置いていた方がいいと、喉まで出かかった言葉を飲み込んで頷いた。

あの時、取り越し苦労と思っても、そう言えばよかった。手術を成功させた縁起のいいお守りなら、術後の危機からも救ってくれたかもしれない。ローズクォーツの天使が手元にあれば、奇跡は再び起こったのではないか。

やり場のない悔みや口惜しさが性懲りもなく込み上げてくる。私は茉莉のいなくなった夜の底で、使い慣れた鑢の柄を握りしめて、しばらく泣いた。

「父は反対しましたが、母のたったひとつの遺言だったので、密葬をすませました」

茉莉の娘の敦子から連絡をもらっていたから、私が故人の家に悔みに出向いたのは、初七日が過ぎた後だった。

茉莉が丹精していた庭には花らしい花もなく、木犀の香りだけが流れていた。簡素なたたずまいの、いかにも空っぽになってしまった家の玄関で、三十年前の彼女によく似た娘が出迎えてくれた。

仏壇に線香をあげ、手を合わせ、故人と声のない会話をした。声はなくても双方に溢れる言葉はあった。ショートカットの髪に赤い口紅をつけた遺影の茉莉は、生きていた頃と同じようにくすぐったそうに微笑んでいる。

「母もどんなに待っていたでしょう。達子おばさんと色々話したかったと思います。ほんとに長い間親友でいてくれて、ずっと支えていただいて。ありがとうございました」

まだ三十歳を過ぎたばかりのはずなのに、深々と頭を下げた敦子の髪には白いものがあった。

「私の方こそ、茉莉にはどれほど助けられたかしれない。でも、良かった。あなたが間に合ってくれて。最後に二人の時間がもてたこと、嬉しかったと思います。ありがとう。帰ってきてくれて」

遺影と忘れ形見の一人娘を順番にみつめながら、血縁のような挨拶をした。

「遅すぎました。十年も親不幸のし放題で。母親の看病さえろくに出来なかった。悔んでも悔みきれません。あたし、一生お母さんに詫びていきます」

しきりに木犀の香りが流れ込んでくる。清雅な庭である。松や石を配した形式的な庭ではないが、草花のごちゃごちゃ咲く賑やかな庭でもない。じきに山茶花が咲き、椿が綻べば点々と女の唇に似た色も灯すだろうが、今は褪せた緑だけに囲まれた喪の庭である。

「最後に会った時、茉莉に頼まれたの。手術の危機を乗り超えることが出来たのは、このお守りの石のおかげだって。すごく嬉しそうだった。元気になってもずっとつけていたいから、ペンダントにして欲しいって預かっていたの。出来上がったから持ってきました。ローズクォーツの天使」

箱から取り出したペンダントを、敦子は手にとったまましばらくじっと見ている。泣かない娘である。茉莉もそうだった。悲しみを口惜しがるように目を据えている。

「真珠、つけてくれたんですね。とっても素敵になりました。母が見たらきっと喜んだと思います」

三センチほどのローズクォーツの天使は翼の下に小さな淡水真珠を抱えている。高価なあこや真珠や白蝶真珠をつけることはできなかったけれど、なるべく真円で巻きの美しい真珠を選んだ。ピンク系の艶やかな光が内側から放たれて、ローズクォーツの少しマットな翼の内側をほんのりと照らしている。

この真珠に決めた時、きっと茉莉も気に入ってくれる気がしてとても嬉しかった。三十二年前、産婦人科の相部屋で出会った時からの長い歳月が甦り、真珠を握り締めたまましばらく思い出に耽った。二人とも平穏だったとは言いがたい歳月だったけれど、お互いが出会えた幸運にだけはいつも感謝していた。

嬉しかったこと、忘れられない言葉やシーンだけが思い出され、それは握り締めた真珠から放射される感情のようにも、茉莉からの最後のプレゼントのようにも思われた。

「鎖の長さは四十五センチで少し長めにしました。敦子さんの首の寸法や好みは判らないけれど、五センチくらいは調整が出来ます。シンプルすぎて地味だと思ったら、お手持ちのホワイトゴールドのチェーンにも付け替えることも可能ですから」

まずつけてみて、と客の誰にも勧めるような言葉が口に出なかったのは、敦子が私の言葉をまるで無関係な説明のように、上の空で聞いているのに気づいたからだった。

「他のチェーンなんて。これは私が持っているたったひとつのペンダントです。ずっと前、自殺未遂を起こした時、病院にいたボランティアの人にもらいました」

天使の羽根に守られた真珠が震えたような気がした。敦子の声は厳しく、冷ややかに響いた。いつまでも首にかけようとしないことに納得がいった。

「親に反抗して、周囲の人を傷つけて、駆け落ち同然で一緒になった男に裏切られて自殺をはかりました。死に切れなかったのに、なかなか立ち直ることも出来なくて。お世話になった病院で、カウンセリングをしていたボランティアの人にもらったんです。守護天使が見守っているから、あなたは一人じゃないのよって」

敦子の口調には悲しみも懐かしさもなく、かすかな自嘲が感じられた。

「でも敦子さんは、その大切な守護天使をお母さんに、茉莉に渡してくれたんでしょ。元気になって、もっと生きて欲しかったから。十年間音信不通でも、ずっと忘れていなかった。大切な人と気付いたから、戻ってきてくれたんじゃないの」

私の言葉は詰問しているように聞こえたのだろう。敦子は少したじろいだ様子で遺影の母をみやった。

「勿論、そのつもりでした。だけど」

ローズクォーツは恋愛運を呼び込む石と言われている。恋のパワーストーン。誰からも愛される女性のお守りとして、特に若い女性の間で人気がある。石が名前の通り初咲きの薔薇のように淡いピンク色ということと、比較的安価というのがもてはやされる主な理由なのだろう。

「いくつになっても、バカな娘です。お母さん、帰ってきました、ごめんなさいって素直に言えなくて。詫びの代わりに、つい母に差し出していたんです。これはお母さんのお守りだよって」

石の悲しい由来など何も知らず、茉莉はローズクォーツを自分の守護天使だと信じて逝った。このお守りが娘との長い間の誤解と軋轢を超えて、和解と親愛の印になると疑わずに。

ローズクォーツは恋の石でも、ラッキーアイテムでもない。薔薇色の天使は愛を守らない。翼が抱えている真珠は逝った人の魂でも、再会の喜びの涙でもない。誤解を抱いたまま死んでいった母親の悲しい遺品に過ぎない。

もう木犀の香りは流れてこなかった。風の向きが変わったのだろうか。あるいは花に寿命があるように、香りにも分泌される限界量のようなものがあって、それを超えると、もうほんの少ししか、わずかな周囲しか香らないような現象でも起こるのではないかと、埒もないことを思ったりした。

「私、明日長野に帰ります。仕事もありますし。こっちにいてもすることは何もないですから。密葬の後、父にもそう言いました」

私は敦子の現在の暮らしについても、主婦亡き後の家族の行く末のことも何も訊かなかった。この家も茉莉との一切の思い出も、木犀の残り香と共に封印することになるだろうとわかっていた。

「せっかくきれいに作っていただいて、こんな申し出をするのも失礼かもしれませんが、このペンダント、母の形見だと思ってもらってもらえないでしょうか」

私は敦子の申し出に驚かなかった。遺影の茉莉が困ったような微笑を返す。言われてみると、何となく予感のようなものがあった。ペンダントを作っていながら、いつものように「作品」や「商品」とは違う、ある親しさのようなものが感じられて戸惑いを覚えた。故人の遺品だから特別愛着が深いのだと思っていたけれど、それだけではなかったのだろう。このローズクォーツの天使は私の元に留まる運命だったのだ。

「でも、この石は元々あなたの物でしょ。敦子さんの人生を守っていくパワーストーンじゃないんですか。ほんとに手放していいの」

敦子は右端の唇を少し上げる母親そっくりの笑みを浮かべた。

「いいんです。パワーストーンとか、守護神とか、元々そういうの信じないたちですから。生きる希望が見つかったわけじゃない。自殺を思いとどまったのは、裏切った男がまた連絡してきたからです」

咎める言葉も励ます言葉も思いつかなかった。茉莉は出て行った娘の行方を一度も捜さなかった。いっときも忘れず心配していたはずなのに、「どこかで生きていればそれでいい」と断念しているようにも見えた。

「今はまた男と暮らしていますけど、一生守ってくれると信じているわけじゃない。今度捨てられたら絶望して、また死にたくなるかもしれません。あなたは一人じゃないのよって、この石をくれた人は慰めてくれましたけど、私はずっと一人です。母が死んで、一人以下かもしれません」

敦子の声は静かで澄んでいた。内容にそぐわないほどのきっぱりした声が、私を三十二年前の産婦人科の病室に連れ戻す。

「赤ちゃんがいなくなっても、あなたは一人じゃないのよ。元気を出して」

看護師はそう言って慰めてくれたけれど、死産したばかりの私は泣きやまなかった。一人じゃないけれど、二度と子どもを産めない女はもう一人以下なのだと心の中で叫んでいた。

「確かに人間はいつも一人よ。子どもを産んでも、産まなくても。母親になったって、一人に違いはない。でも平気よ。あなたはあなた。ちゃんと生きていけるから」

妊娠九カ月だった茉莉は大きなお腹をベッドの端に乗せるようにして言った。凛とした涼やかな声だった。祝福された者と、そうでない者。母親になろうとしている女と、母親には決してなれないと決まった女。虚ろを抱えて泣きじゃくるひとりと、胎内に健やかな命を宿しているひとり。

二人部屋から個室に移された私を、禁じられていたにもかかわらず、茉莉は頻繁に訪ねてくれた。慰めや労りの言葉を尽し、それでも露ほどの優越感も憐憫も感じさせない様子で私に寄り添ってくれた。

あの三十二年前の五月から私たちは親友になった。

「達子おばさん、是非もらって下さい。私にこのペンダントはふさわしくありません。母に一生詫びなければならない娘にとって、これはむしろ辛い。きれい過ぎて、大切過ぎて重荷です。母もきっとその方が喜ぶと思います」

言われてみるとそんな気がしないでもなかった。

聡明な茉莉のことだ。一人娘の帰還にどれほど喜んでいても、敦子の変貌や戻らない十年の歳月について、それほど楽観的であったはずもない。ローズクォーツの天使に守られて、今後はずっと親子仲良く暮らせると信じるほど、彼女は愚かでも弱くもなかったはずだ。

「わかりました。それではお言葉に甘えてそうさせていただきます。大事にします」

私は自分が作ったペンダントを押し戴くような格好で納め、了承を得るつもりで遺影を見た。

「いいのよ。私も敦子も持っていることが出来ないんだから、あなたのところにあるのが一番」

潔い茉莉の声が聞こえてくるようだった。敦子も振り返って母親の遺影を見た。挑むような強い光は消えて、穏やかな悲しみを湛えたまなざしだった。膝を少しずらして、斜めに母親の顔を仰ぎ見る。敦子がまだほんの少女だった時分、こんなふうに故人に甘えていたことをふと思い出した。

とりとめもない生活の中で嘆きが遠ざかったり、淡くなったりすることはあっても、喪失感はなかなか癒えず、私はいつまでも新しい仕事に取りかかることが出来なかった。機械的に手だけ動かすような作業に没頭していれば、気分も変わるはずと、自分を励まして作業台の前に座っても、突然いいようのない虚脱感に襲われる。台の上に散らばった石も、箱や引き出しに加工を待つばかりになっているビーズもまるで何も言わない。光りもせず、透き通りもせず、響き合うことも、輝くこともない。どんな色も一様に褪せて、こつんと忘れられ、温度も手触りもろくに感じられない、文字どうりの石ころになっている。

茉莉のために作ったローズクォーツのペンダントを取り出しても、敦子の寂しい横顔が浮かんでくるだけで、いつのまにか憂鬱の厚い層に取り囲まれてしまう。

長野の町のかすれかかった消印で礼状が届いて、一週間くらい経った頃だろうか。茉莉の夫の慎二から電話がかかってきた。

「先日は家内のためにご足労いただいて、きちんとお礼もできないままで、大変失礼いたしました。今頃になってご挨拶というのも気がひけますが、一度お会いできないでしょうか」

きっとこんな日が来るのではないかと予想はついていた。ついていたからこそ、私の屈託はなかなか底を打つことができなかったのだと気がついた。

指定された場所は定年後の彼が嘱託として通っている会社からほど近い、ホテルのラウンジだった。

名園と称えられる庭がどの窓からもテラスからも眺められるというホテルは、ここが都心であることを忘れさせるような広大な敷地の中にあった。会見の場所と日時が決まってから新調した私の靴は、柔らかい苔色の絨毯を踏んで少し鳴った。

花野をそのまま盛ったような大甕の近くで、着古したコートを脱いだ途端、窓際の席にいたスーツ姿の慎二が、絶妙なタイミングで立ち上がるのが見えた。

形式どうりの悔みの挨拶をした後、改めて向き合った彼が思いのほか窶(やつ)れているのがわかって、私は少し心が和んだ。

「達子さんはお変わりないですね。家内と同年輩とはとても見えない。やはり華やかな仕事をしていらっしゃる方は、平凡な主婦とは違う」

一瞬弛んだ心が巾着の紐のようにたやすく絞られて、私は早々に会見を応諾したことを悔やんだ。

「華やかだなんて。私の仕事など言ってみれば、生活のための内職のようなものです」

相手のペースにまんまとのせられたことになるのだろう。慎二の顔に余裕のある笑顔がゆっくり広がって、目の中にかすかな満足の粒が浮かんだ。

浮かんだように見えた。ブリリアンカットされた一キャロット大のダイヤの自信。入念にカットされたその貴石がどの角度で最も輝くか、その効果を熟知しているからこそ、男は半生をかけて石を研磨することに腐心するのだろう。

「娘から聞きました。本当にずいぶん不躾な申し出をしたようで。いくつになっても、まったく非常識で困ります」

敦子は鋼に似た激情を母親から受け継いだけれど、原石となった意志の強さは、もともと父親似だったのだと改めて気づいた。

「とんでもない。不躾で礼儀知らずはむしろ私です。お嬢さんは率直なだけです」

運ばれてきた珈琲はいやな匂いがした。苦さと濃さが放置されて、煮詰まった黒い液体はとても飲み干せる代物ではなかった。

「何だこれは。まったく、この珈琲はひど過ぎる。達子さん、無理にお飲みになることはない。入替させるか、店を替えましょう」

相手の顔色や様子をいち早く汲んで即座に対応する。もう二十年も会わなかったのに、私はどうしてこの男の気質を飲み込んで忘れなかったのだろう、と自分を罰するような気持ちで嫌な匂いのする珈琲を飲みほした。

「お嬢さんからお聞き及びと思いますが、これが生前奥様から依頼されていたものです」

私がテーブルの上にペンダントを入れた箱を置いても、慎二は身を乗り出すこともしなかった。

「僕の老眼のせいかな。なんだかくすんだ色のぱっとしないものですねえ。ペンダントだそうですが、達子さん、さしつかえなかったらちょっとつけてみてくれませんか」

客の背後に回って留め金をつけるのは慣れているはずなのに、自分の首につけようとすると、かすかに手元が震え思いがけなく手間どってしまった。

そのほんの束の間を待っていたかのように、慎二は少しだけ身を乗り出した。

「なるほど。だけど女性のアクセサリーにしては、地味過ぎませんか。透き通ってもいなければ、目立つほど光るわけでもない。いや、むしろ何もつけていないあなたの首の方がずっときれいだ」

私はみっともないほどうろたえて、そそくさとペンダントをはずした。そんな風に慌てて反応したことが、寧ろ慎二のあけすけな社交辞令を鵜呑みにしているようで、余計苛立ちが募った。

「達子さん、その寝惚けたような薄いピンクの石は何ですか。まさか宝石ってわけじゃあないでしょ。硝子細工としてもあまり上等ではないようだ」

呆れた様子で尋ねはするものの、最初から石の正体に興味がないことくらいよくわかっている。関心のあるふりをして、相手の態勢をゆっくりと観察している。余裕を隠して、自分を印象づけようとする慎二の習性は二十年前とちっとも変わっていない。

「ローズクォーツといいます。水晶の一種です。確かに安価なものですが、一応は半貴石です」

「半貴石ですか。なるほど。透明感も輝きもないはずだ。半分の宝石。またずいぶん曖昧で、いい加減な宝石があったもんだ」

慎二の反応は予想していたが、常識的で的確な指摘に私は心ならずも羞恥を覚えた。

彼がペンダントに示した軽視と侮蔑は、そんなもので生計をたてている私に向けただけでなく、この石をお守りとしていた敦子にも、形見に残した茉莉に対しても等しく及ぶような気さえした。

少しぬくもったままのペンダントを握りしめて私は俯いた。

「本当に申し訳ない。つまらないものにずいぶん面倒をかけて。ましてあろうことか、こんなちっぽけなものを生前ひとかたならない世話になったあなたに、形見に残すなんて。病人のわがままは仕方ないとしても、もう一人前の娘まで。非常識にもほどがある。恥じ入るばかりです」

慎二はわずかに髪の薄くなった頭を深々と下げた。

「とんでもない。敦子さんがこれを形見にと申し出て下さった時、本当に嬉しかった。自身の拙い細工はともかくとして、茉莉が最後に握り締めていたものがもらえて、どんなに有難かったかしれません」

「相変わらずあなたは優しい人ですねえ。今思えばその優しさに、生前妻はどれほど支えてもらったことか」

慎二との会見を承諾したのは、茉莉の死によって断ち切られた縁を一層確実にして彼に示すためだ。ただそれだけのはずだったと、私はテーブルの下で拳を揃えた。

「お詫びというわけではないが、あなたの優しさに甘えて、僕からも是非記念にもらっていただきたいものがあります。妻に先だたれた男のセンチメンタルな願いですが、承知していただけないでしょうか」

慎二のたじろがない目を見据えて、拳をゆっくり開いた。来なければよかった。会わなければよかった。いつまでたっても、相変わらず私は何と感傷的で愚かなのだろう。茉莉を失った慎二の嘆きを少しは共有することが出来ると思っていたなんて。

「とんでもありません。友だちとして、茉莉本人の形見以外何ひとつ頂くことはできません。あなたから労いや感謝の気持ちを受け取ることなど、私に出来るはずがない。そんなこと、許されるはずがないじゃないですか」

靴の踵が鳴るほどの勢いで私は立ち上がった。初老の女の怒りを押さえた顔ほど見苦しいものはない。憤怒はまだ許せる。我を忘れた激情にも優雅はひそむだろう。静かに泣くことも、聖く尊い。

それなのに私は見苦しい惨めな表情で、そこに憎悪の痣でもあるかのように自分の無防備なデコルテに手を当てて、席をたった。一生消えることのない口惜しさを、同じ男に二度も味わわされた屈辱にわずかによろめいて。

慎二が自分の思いつきや意想をあっさり諦めたりしないことはよくわかっていた。私の怒りなど彼にとっては露ほどの打撃でもない。もともと女の怒りなど、含羞と同様に見なしているのだ。

十日後麗々しい包装で、慎二から荷物が届いた。

まるで珍奇なペットでも入っているような嵩高な銀の包装紙を解くと、深紫のビロードに守られた見事な翡翠の裸石が目に飛び込んできた。

グリーンピースほどの大きさ、三カラットはありそうな翡翠の中でも最も貴重とされるロウカンのルースを目にすること自体、私には初めての経験だった。

硬質で滑らかな、とろりとした緑色を見た途端、まるでチョコレート依存症の女が豪華なチョコレートの箱を前にしたように、私の口腔には夥しい唾液が分泌される。涎を流さんばかりに喉が鳴り、甘く溶けそうな雫に、目よりも味蕾が反応するのがわかった。

誰から、どんな策略を秘めて贈られようと、悪意の毒でコーティングされていようと、一切を消去させるほどの完璧な美しさをもった翡翠の玉。支配も汚辱もはねのける無辜な輝き。

見事な宝石がみなそうであるように、それは触った途端溶けるような、液化するような錯覚を私に与えた。完璧な美は人を畏怖させたり、拒絶する印象を与えるというが、裸石は決してそんなことはない。寧ろ反対に強烈な磁気のように人を吸い寄せる。度外れな安心感を与えると言ったら言い過ぎだろうか。裸の石は虚飾の道具でも、権力の象徴でもない。宝石は見つめる本人の、未知なるもう一つの目のように存在するのだ。

私は文字どうり魅せられて、我を忘れ、視線で嘗め回し、愛撫し、陶酔と覚醒を繰り返しながら、少しづつその神秘な美しさの内側に入り込んでいった。凝視は深く長く、そして知らず知らず、私は葬った過去の鉱脈を石の中に辿っていた。

離婚した私が、人生で二回目の、最後の恋をした相手は親友の夫だった。離婚の痛手が癒えない私を茉莉はずっと支え、励まし続けてくれた。そのかけがえのない親友の夫を私は愛した。

愛したのだろうか。今思えばそれは愛と言えるものではなかったのかもしれない。当時の私は相手を理解したり、慈しんだり、支えるような心の状態とはとても遠いところにいた。

離婚に至るまでの複雑な愛憎と不安は夫への不信だけでなく、自身の内部まで及んでいた。エゴはエゴを食い荒す。私は自分の飢えや痛手を慰めるためなら、どんな強い毒でも麻酔でも、ただやみくもに消尽し尽くすような状態だった。

しかし荒れ果てて不毛に見える土壌にこそ、並外れた糖度を持つ果実が実って、危険なほど芳しい酒が醸したりする。同じように、その時私を襲った乾きも欲望も目が眩むような烈しいものだった。

私は彼に会いたいという欲求と一日中戦わなければならなかった。

当時、日に何十回となく鏡を見た。もう若くない女の落ち窪んだ目の奥の獰猛な光。自分の身体をあんなに仔細に、生死を分かつ大手術の前後のように執拗に点検したことはない。そうかと思うと、ただ陶然と両手を重ねて何時間もうっとりと座っていたりした。

彼に会って、見つめていれば、触れていれば、妻である茉莉の存在は即座に消え去って罪の意識も嫉妬も全く寄せ付けないのに、別れてくると嫉妬も罪の意識も会う前の数倍にもなって私を打ちのめした。

茉莉は気づいていたに違いない。いつか私をとても傷ましいものを見るように眺めて言ったことがある。

「どうしてもそれがなければ生きていけないのなら、求め続けるしかないのよ。正しくても正しくなくても、仕方のないことだってある」

一人で始めた賭けに一人で負けたように、欲望は満たされることなく、罪は断罪されることもなく終った。彼はあっけなく私を追放し、親友の夫としての砦を守った。

二十年の歳月が流れ、若さの余栄も荒廃もすっかり遠のいた。恋愛の始まりの狂おしさを不思議な病みのように思い出すことはあっても、決別のきっかけは歳月の中で紛れてしまった。結局彼を許したのだろうか。未練や執着はどんなふうに長引いて、遺恨はいつごろ決着したのか。情熱の鉱脈はすっかり涸れ、殺風景な採掘跡のような私の前に、変わらない優しさと、慕わしさに満ちた茉莉が、故郷の山河のような寛容さで再び私を迎えてくれた。

けれどもう彼女はいない。

私は親友の形代のようにもたらされた翡翠を返そうとはしなかった。慎二と会うことも、連絡をとることもしなかった。会ってしまえば、どれほどの覚悟と深謀を持ってしても、彼は私に深い痛手と敗北感を与えるに違いない。

翡翠のロウカンをどんなアクセサリーにも加工せず、ルースと一般には呼ばれる裸石のまま日がな眺めた。寄り添って、手元供養を続けるようにいつも傍に置いた。

中国の人たちが翡翠をお守りとして尊ぶのは、この石が不老不死の象徴とされているからだ。母国の山が美しいのは、そこに翡翠が眠っているからだと、詠じた詩人もいると聞く。誕生から死までの人生のうちで、中国の人はあまたの翡翠を得る。贈り、贈られ、血族に限らず、愛する人や親しい人の健康と繁栄を祈る。

翡翠の翡は中国語では黄色を意味し、翠は緑そのものをさす。翡翠七十七色と言われる所以である。今では翡翠の多くはミャンマーの山中から多く産出されるが、ほんとうに小山ひとつ分ほどもある黒っぽい巨大な原石は、ジェイダイトと言われる硬玉から、ネフライトと呼ばれる軟玉も含めて、翡翠色のものはほんのわずかしか採れないのだという。ましてや硬玉のロウカンは文字どうり山河に匹敵する宝物なのだ。

慎二がどんなつもりでこれを私に贈ってくれたのか、そもそもの謂れはどこにあって、どんな意図が託されていたのか。目的も、理由もわからないまま、緑色の玉は私を惹きつけ続けた。不思議なことに慎二の方から何の連絡もアプローチもなかった。一週間が過ぎ、十日が経った。三カラットの翡翠はすべてを忘れさせる力を持っていたのかもしれない。

半月が経ち、心が揺れるたびに、私はかつて茉莉の言った言葉を何度も呟いて自分を宥めた。

「どうしてもそれがないと生きていけないのなら、求め続けるしかないのよ。正しくても、正しくなくても、仕方のないことだってある」

茉莉亡き後、一人ぼっちで生き続けていくために、私にはこの翡翠の力が必要なのだと思うことにした。

半貴石の出会い

慎二に口走った通り、私のアクセサリー作りの実態は内職仕事の規模とレベルで、正確には商いとも職業とも言えないものだった。

婦人服メーカーから派遣されていたデパート勤めを辞めた際、これといった特技もキャリアもない私を心配して、元の同僚が接客が苦手でも在宅で出来、内職より割がいいと、勧めてくれたのがアクセサリー作りだった。

当初はあてがわれた硝子やアクリルのビーズを指示通り連ねることから始めた。ビーズは大体が大量生産の粗悪品で、色も形も子どもの玩具に等しかった。一日六時間作業して、月にやっと五、六万にしかならない仕事を一年ほど続けた頃、たまたま使い残したビーズに、手持ちの異素材を組み合わせて作った規格外のネックレスやブローチが、デザイナーを募集していた業者の目に偶然留まった。

狂乱のバブル景気の長い後始末の時期だった。贅沢は続けられないが、一度味わった消費生活をすぐには諦められない。ジムやカルチャースクールといった外出も、それに伴なうおしゃれも続けたい主婦層の間で流行りだしたのが、今では一般的になった高級硝子アクセサリーだった。

高騰する一方の金やプラチナを使った宝飾品は高値の花になったが、手持ちの服をリフォームするくらいの金額で、安価で見栄えのするアクセサリーを足せば、簡単にイメージアップできる。

そんな時代背景を味方にしてコスチュームジュエリーや半貴石の市場はどんどん増大していった。

あれから十年以上経った。私は俗にいう「いい手」を持っていたわけではないが、時代の余り風と、石に対する独自の観点を買われて、すべての工程を一人でこなすのは難しいほどの注文を受けるようになっていた。

アクセサリーの知識も、営業の手腕もない私を文字通り発掘し、育ててくれたのは稲垣美和という私より三歳年上の離婚訴訟中の女性だった。私と同じ契約社員でも美和は常に派遣先のデパートでトップの売上を誇っていた。

出会った数年後、デパートで培った営業手腕と、長い訴訟の末勝ち取った慰謝料を元手に彼女は都心の住宅地で小さなセレクトショップを始めた。

最初はデパートで買うより一桁少ないような安価な服や小物を並べていたけれど、少しづつ常連の確保に成功して、今では隣の潰れた喫茶店を買い取って、サロン風の店に拡張するほどになっていた。その店の服に合わせたアクセサリーや、セミオーダーのジュエリーを作るのが私の主な仕事だった。

茉莉の四十九日も過ぎ、私が美和から頼まれていたアクセサリーを仕上げて納品に出向いたのは、秋も大分深くなった頃だった。

「やっと来た。まったく、そこのショーケースの中を見てよ。閉店セールかと間違えるほどスカスカで、みっともないったらありゃしない」

自動ドアが開くやいなや、美和は持ち前の大きな声と派手なジェスチャーで私に文句を言った。

「ごめんなさい。だから、言ったでしょ。親友が死んで、仕事をするような気分じゃなかったのよ」

レオパード柄のカシミアのセーターを着た美和は手馴れた様子で珈琲を煎れながら、少し痩せた私の全身をじろじろ眺めた。

「気持ちはわかるけど。私たちの年齢になったら、死とか癌の告知とかにショック受けてたら、生きていけないよ。親が死ぬ、夫が死ぬ。友達が死ぬ。飼ってた犬が死ぬ。どんどん死ぬからね、これからは。慣れろとは言わないまでも、参っちゃだめよ」

まだ時間が早いのか、珍しく店には客がいない。下が硝子ケースになっているカウンターの隅で煎れてもらった珈琲を飲んだ。

「新作見せて。秋らしいものたくさん作ってくれたんでしょ。じきコートや毛皮も入るし、セットでじゃんじゃん売るんだから」

美和は中肉中背で、六十二歳にしては弛みのないプロポーションを維持している。日ごろの手入れの成果か、顔にもデコルテにも皺ひとつない。もう二十年、ウエストもヒップもバストも一センチも変わっていないというのが、彼女の自慢だ。

「いいじゃない。このマットなスモーキークォーツ。モダンな感じのオニキスも、ガーネットのペアシェイプカットもゴージャス。さすが私の専属ジュエラーは違うわ。重ねづけが流行りだから、いっぺんに売れるわねえ」

プロポーションは老いを感じさせないのに、会うたびに美和の顔が大きくなっていく気がする。もともと鰓のはった西洋的な顔が、最近ではまじかに見るとまさしく団扇のように広がって見える。半透明の鰓をひらひらさせながら泳ぐ団扇烏賊のような黒い目で、美和は私の持ってきたアクセサリーを一つづつ手にとって、丁寧に検分する。

「ねえ、達子、このウォーターオパールの指輪の台、どうしてホワイトゴールドにしなかったの。十八金なら、この五倍以上の値段で売れるのに」

珈琲を飲み終わった私は、空いているショーケースをゆっくり見て在庫の確認をしていた。二カ月前に持ってきた商品を思い出しながら、それとなく客の嗜好や売れ筋を考えている。肌の露出が少なくなる秋冬は、タートルネックや襟のある服の上からつけられて、少しボリュームもあり、長さもマチネやオペラと呼ばれる七十センチから九十センチほどのものが主流になるだろうなどと胸算用をしたりする。

「このペリドットなんか、勿体ないよ。十八金が無理なら十四金を使えないかしら。銀だとカシミアのコートや上質のレザーなんかに合わせると、見劣りがするって思うお客が多いのよ」

美和の指摘はいつも通り的確だし、褒めてくれる商品は、どれも私が特別入念に仕上げた自信のあるものばかりだった。

「そのことは以前も話しあったはずよ。私は地金にゴールドやプラチナといったプレシャスメタルを使えるほど資金もないし、技術もない。今作ってる半貴石のアクセサリーか、硝子やアクリルビーズのコスチュームジュエリーが限界なの」

私が少しうんざりした顔で言うと、美和は黙ってしまった。もっと高度な技術や最先端のデザインの商品を置くことが出来る資金も、販路もないのは美和自身がよくわかっているのだ。

客が入ってきたので、私は納品書と商品の検品をカウンターの内側で始めた。

「良かった。ほんとに以心伝心。これからお電話しようと思っていたところ」

美和の声のトーンで入ってきたのが馴染みで、それもかなり上顧客だとすぐわかった。

「先日、文子さんにお買い求めいただいたセーターにぴったりのネックレスが今、入荷したばかり。店頭に並ぶ前にお見せしたくって」

カウンターの下が開いているので、客の履いている靴が見える。若い娘が履くようなミュールからはみ出している踵はこわばって、白っぽく無数の皺が寄っている。

「ほんとにグッドタイミング。お引き合わせしたいって、ずっと思ってたの。こちら、この店の専属ジュエリーデザイナーの間島達子さん」

仕方なく立ち上がって目を合わせ、にっこり笑った。

「こちらはお店の大、大お得意様の文子さん」

歳は七十を過ぎているだろう、背の低い女が歯並びの悪い口元を隠すように、余り嬉しそうでもなく会釈を返した。

「ねえ、文子さん。これご覧になって。素敵なカーネリアンでしょ。秋の夕日の色。朱色というか、緋色というか、果物みたいな、炎のようなまさしく秋の色。この間お求めいただいた黒のカシミアのセーターにぽんとのせるだけで、ものすっごく華やいで、映えることはうけあい」

「カーネリアンっていうの、この赤い石」

美和の煎れた珈琲に口をつけてから、客は不審そうな視線を私に向ける。

「ええ、この真ん中の大きな石がカーネリアン。興奮を鎮めたり、感情をコントロールする力があるって言われてます。天然の石はちょっと重いけれど、いろんなパワーを持っていますから」

「なるほどねえ。硝子玉みたいにきれいなだけじゃないんだ」

確認をするように美和を振り返った目に好奇心がちらちらしている。

「そうなのよ。天然の石って、やっぱりプラスチックなんかと違うの。風格があるって言うか。ちょっとつけてみませんか」

なめらかな手つきで美和が客の首にネックレスをつけている間、私は鏡を上半身がちょうどよく映るようにを調整して差し出した。

「あっ、やっぱり似合う。文子さんは顔が小さいから、このくらい派手な方がいいのね。どうですか、見たより重くないでしょ」

客は皺の寄った首を巡らせて、横顔や斜め後ろを試すように眺めている。鏡の角度を変えて、顎を引き、まじまじとネックレスを見つめる。見つめているうちに、しつこく目の奥から消えなかった用心深さが、まさしくカーネリアンの朱に解けるように薄らいでいくのがわかる。

「この赤い石の隣は何。その次の青いのは。この黒っぽいのも宝石なの」

「はい。その丸いのがレッドアベンチュリン。青いのがアマゾナイト。少し長い円錐形のものがオニキス。みんな自然石です」

客は鏡の中で初めて安堵したように笑う。奥歯がないのだろう。前歯があちこち空けているが、笑うと愛嬌のある顔になる。

「覚えられないねえ。そんな難しい横文字の名前。神経を鎮める力があるっていう、この赤い大きなのがカーネリアン。それだけは覚えたけど」

客の声は少し若やいで、等身大の大きな鏡の前にゆっくりと歩いていく。骨ばった全身に張り巡らしていた防御の膜が、歩くたびにひとひらづつ剥がれていくのが、カウンター越しにもくっきりとわかる。

美和は心得たように、距離をおいてにこやかに見守っている。

「やだ、あたしったら、自己暗示が強いのかな。もう神経がちょっと鎮まった気がする。やっぱり歳をとると明るい色が首元にあるときれいね」

客が鏡の前で一、二分、カメラがあれば十ショットくらい撮ったタイミングで、美和はおもむろに客の背後に立つ。

「そうなのよ。顔色もぱっと明るくなって。この色、石なのにあったかい気がするでしょ」

「ほんと。今朝嫁と喧嘩してくさくさしてたんだけど、すっきりした。このネックレスのお陰かも。ねえ、イヤリングもお揃いのがあったら、一緒に頂戴。最近はデパートへも滅多に行かないから、買える時に買っとかなくちゃ」

視線でそれと知らせると、美和が残念そうに顔を振る。

「ピアスはあるんだけど。でもイヤリング、ちょっとお日にちを頂戴出来れば、作ります。せっかくですから、超特急で。そしたら、ご連絡します」

新しい客が入ってきたのを潮に、文子はイヤリングの予約をし、ネックレスはつけたままで帰っていった。

それから二万円のセーターに、一万円のブレスレットが売れた。引き止められるまま、店で二杯目の珈琲を飲んだ時には午後三時近くになっていた。

「それにしても、あなた商売上手ねえ。どこでそんな接客のこつを覚えたの」

十年前に同じ契約店員として知り合った頃の彼女は、ちょっと派手で社交的な主婦に過ぎなかった。女が四十代の終りから、たった十数年でこんなふうに蛹が蝶に脱皮するかのように成長することは滅多にないものだ。

「覚えたっていうより、郷に入っては郷に従えっていうじゃない。習うより慣れろっていうのかな。好きこそものの上手なれっていうか」

ことわざを寄せ集めて繋いだだけの、余り説得力のない答えである。言っている本人も、訊ねた方も一緒に笑った。

「わかったわ。つまり、なんとなく。たまたま、性に合ってたってことね」

珈琲を飲み終わった美和はのんびり爪の手入れを始めた。午後三時過ぎにはパートの従業員がやってきて、午後八時までの遅番を引き受ける。店は彼女に任せて、外出をする予定なのだろう。

「コツは一つだけ。あたし、無闇にお世辞は言わないようにしてるの。パートの女性にもよく言うの。愛想よくすることは大事だけど、中高年の客にみえすいたお世辞を言うなって。二十代の若い娘や、三十代の若作りの母親なら虚栄心や見栄があるから効き目もあるでしょうけど。もう五十過ぎた女に、やたらお世辞言ったって反感を買うだけ」

「へえ。お世辞を言わないとしたら、どうして売るの」

「言葉は言葉なんだけど。例えば色の説明とか、いっぱいするの。形容詞や比喩や。ありったけ繰り出して、何度も。客がアクセサリーをつけた時、洋服を着た時のイメージを想像できるように、ずらずら並べるの。下手な鉄砲も数打ちゃ当たるってことよ。言ってる方も段々その気になって。自己暗示の一歩手前。客にそれが乗り移ったと思ったら、さっとやめる。そのタイミングだけね。難しいのは」

私があまり感心した顔をしたせいか、美和は柄にもなく照れて笑った。

「サービストークだけど、嘘じゃないのよ。嘘はダメ。オーバーや過剰はともかく。人生の半ばを過ぎた女に無闇に嘘を言っちゃだめよ。男にはそれがわからない。甘ければ、いくらみえすいたお世辞でも、相手がその気になると思ってる。男って、自分がそうだから」

整った爪を満足そうに眺めると、美和はおもむろに立ち上がった。

「支払いは明日中に振り込んでおくわ。それから、ちょっとあなたに会ってもらいたい人がいるのよ。来週の土曜日、午後三時頃、予定していてね」

「ええ、それはいいけど、何のために会うの。仕事でしょ」

「勿論、仕事。仕事になってくれなきゃ困るのよ」

美和は意味ありげに微笑み、一人で頷いた。

街路樹のユリノキは少しづつ色を変え、気の早い黄葉があちこちに散らばっている。マンゴーの色から、アップルグリーンに、栗色から、チョコレート色に。枯葉の連想するイメージが食べ物に偏るので、自分がまだ昼食を摂っていないことに気づいた。

美和の店から五百メートルと離れていない路地に薔薇の鉢を並べた古風な喫茶店があるのを発見して、『メイベル』と書かれているドアを押した。

「いらっしゃいませ」と澄んだ声で挨拶されて顔をあげると、主らしい色の白い女性と目があった。

勧められるままカウンターの席に座った。ティーポットとティーカップが整然と並んでいる棚の前にいる主の姿に、つい目が吸い寄せられてしまう。

「今日は温かいですね」

挨拶をしながらグラスを置いた後、視線を逸らすように少し斜めを向いたので、私は思わず、

「あっ」と小さく声が出てしまった。

私と同年輩くらいだろうか、少しふくよかな胸まわりを隠すようにたっぷりしたエプロンをかけている。そのフリルの襟から見覚えのあるペンダントトップが揺れている。

女の視線はあからさまで雄弁なものだ。そして、どんなにぼんやりに見える女でも、同性の視線の意味を間違えることは滅多にない。

「お待たせ致しました。ミックスサンドと紅茶です」

私は自分の気持ちを抑えながら、黙々とサンドイッチを頬張り、紅茶を飲んだ。紅茶のおかわりを注文した後、他の客が入ってきそうにないのを確認して、俯いて熱心にお茶を淹れている主に声をかけた。

「つけていらっしゃるペンダント、お似合いですね。アンバーですか」

主は私の言葉を待っていたかのように頷くと、ポットからいい香りのするお茶を注ぎ、満面の笑みを浮かべた。

「ええ。今はアンバーって言うそうですね。私はずっと琥珀って呼んでましたけど。大ぶり

のわりに軽くて。きれいな色でしょう。濃く淹れた紅茶のような琥珀色」

親切にも胸からはずしてくれたので、私は自分が作ったペンダントに一年ぶりに対面することになった。

「触れるとあったかいでしょ。普通の宝石と違って。胸につけていたせいだけじゃなくて、琥珀は有機素材ですから。もともと自然の温みがあるみたい」

私は自分が施したカボションカットの滑らかな丸みを愛しむように撫ぜた。「そうなの。おまえはこんな所にいたの。良い人の元で大事にしてもらって幸せね」

口に出して言ったわけではないのに、私の言葉を半分聞いたかのように、主は嬉しそうに私とペンダントを見守っている。

「見せて戴いて、ありがとうございました。透き通っているのに暖かい。今の季節にぴったりですね」

ちょうど一年前、小春日和の穏やかな日にこれを作った。琥珀は柔らかくて軽いので、寒くなってからも、年配の女性が臆さずにつけられると思ったのだ。昔、海外旅行のおみやげで買ってきたような、いかにも本物らしい虫が入っているものは避け、透きとおった琥珀色、コニャック色の甘い茶色のバリエーションで十種類くらい作っただろうか。私自身も鼈甲の台に嵌めた指輪を持っている。

フリルの隙間に戻った琥珀を丸い指で撫ぜながら、主は声を励ますように話の続きを始めた。

「ペンダントの他に琥珀の指輪も持っているんです。指輪はずっと昔買ったものですけど。でも喫茶店は水仕事が多いから指輪はつけられない。ずっとペンダントを探していたんです」

「私も持っています。重くなくて、いいですね。琥珀の指輪は」

私の言葉に主は、少し遠くを見るような目つきをした。

「ずっと以前にイギリスに行きました。その頃から主人は喫茶店を経営するのが夢で。本場のブリティッシュカフェを見学するのが目的でした。骨董品屋で琥珀の指輪を買ってくれました。イギリスでは結婚十年目に琥珀婚っていって、琥珀を贈るそうなんです」

「そうですか。いいお話ですね。ロシアや北欧では、我が子を守るためにつけるという話を聞いたことがあります」

色白の顔立ちのわりに染みの目立った手をカウンターに置いて、主はふいにしんみりした表情になった。二杯目のお茶も飲み終わり、思いもかけず自分の作ったペンダントと再会も果たした。そろそろ潮時だと腰を浮かしたら、女主(おんなあるじ)の目が潤んでいることに気づいた。

「すいません。お客様の前で。失礼致しました。せっかく念願の喫茶店を持てたのに。もうじき夫の三回忌になります。お客様に子どもの幸福を祈って琥珀を贈る風習のこと、教えていただいて。あっ、て思ったんです。この喫茶店は私たちの子どものようなものでしたから」

女主の目の隅が赤かったのは悲しみだけではなく、亡き人への追慕だったのかもしれない。

「このペンダントをして、夫の夢だったお店を守っていくつもりです。実は、琥珀婚でもらった指輪、太ってしまったからもう入らないんです」

女主のそんな可愛い打ち明け話を聞いて『メイベル』を出ると、プラタナスの葉を果物のように輝かしながら、晩秋の太陽は早々に店じまいをしようとしていた。


美和から申し出のあった会見の場所は賑やかなメインストリートからずいぶん入った銀座のはずれだった。まだ十二月になったばかりなのに、街は全体がクリスマスラッピングされたかのような華やかさに包まれている。

仕事で人と会う場合、私は自分の作ったアクセサリーの類はいっさい身に着けないようにしている。広告塔になれるほど、自分の容貌にも作品にも自信が持てない。美和にはいつも営業力と野心のなさを非難されるけれど、私にはどうしても自分が「ジュエリーデザイナー」などとは思えないのだ。

方向音痴に加えて、目的のビルがあまりわかりにくいので、二十分も遅刻をしてしまった。

「珍しいわね。達子が遅刻するなんて」

銀糸の入った派手なスーツを着た美和が、軽く睨む真似をした。

「しょうがないよ。こんなわかりにくい場所。遭難しなかっただけ立派なくらいだ」

引っ越してきたばかりだとわかる殺風景なフロアの隅から、杖をついた年配の女性が歩いてきて、親しげな様子で出迎えてくれた。

「叶麗華と申します」

八十歳近いのではないかと思える女性は、宝塚スターのような名前の名刺を差し出しながら、名乗った。

「間島達子です」

名刺を持たない私は、精一杯の営業努力をして、相手の目を見つめて挨拶をした。美和が甲斐甲斐しい仕草で茶を運び、銀座の老舗の和菓子を並べた。

初対面の差しさわりのない挨拶を交わしていると、老女の携帯電話が鳴った。話している最中に、今度は窓際のチェストの上の電話が鳴り響く。老女はその都度、てきぱきとした口調で仕事の指示を繰り出す。時々舌を鳴らして、脅すように悪態をつく。そんな様子を熱心に観察している私を、美和は余裕たっぷりな態度で眺めている。

「まったく歳ばっかりくって、役たたずばっかりでしょうがない」

杖を置くと、私と美和を見比べ「なるほどね」と小さな声で呟いた。

「美和ちゃんの言う通りだった」

まるで親戚の少女を褒めるように優しい声で言うと、美和がくすくすと笑った。

「そうだ。間島さんにもうひとつ大事な名刺を渡すのを忘れてた。作ったばっかりなもんだから、つい忘れちまう」

「叶結婚相談所　代表取締役　叶麗華」

もしや金融会社ではあるまいかと疑っていた私に、老女は薔薇色の縁どりのある名刺を差し出した。住所は私がやっと探し当てたこのビルになっている。

「美和ちゃん。ここへ来てもらった目的、説明してよ。あんまり怒鳴ったんで、喉がからから。込み入った話をする気力もなけりゃ、唾もないよ。悪いけどさ。合いの手ぐらいは入れられるから」

杖に顔を乗せるようにして、叶さんはうっすらと目をつむった。最前まであった強い目の色が消えると、途端に老女らしい萎びた様子で全身に疲れのベールがかかるように見えた。

「叶さんは、ここの他に会員制の結婚相談所を二つ持ってるの。横浜と池袋。銀座は三つ目。ここでちょっと新しい試みをすることになって。達子に協力してもらいたいの」

美和の説明は的確で淀みがなかった。的確、というのは適度に曖昧で、淀みがないというのは終始自信に満ちているということである。

「会費制で登録されたメンバーの中から、パートナーを紹介する。それは他のとこと同じなんだけど、婚約がほぼ決まった時点で、婚約指輪のシステムを導入しようということになったの。婚約っていっても、ここの結婚紹介所は主に再婚者を対象としてるから、初婚の時みたいな晴れがましいエンゲージリングってわけじゃない。男が年金もらう歳になって、給料三カ月分ってわけにもいかないし。言ってみれば結婚前のささやかなセレモニー。その指輪をあんたに作ってもらいたいのよ」

「婚約指輪？」

私の不躾な声に叶さんが杖から顔をあげて、美和と私を同時に見た。

「それはお受けできません。私は指輪は作れない。十八金やプラチナを扱うほどの技術もないし、経験もない。ましてエンゲージリングなんて、とんでもない」

断ることに躊躇いはなかった。商談の余地など最初からあろうはずもない。叶さんの目論見はともかく、なぜ美和が私にそんな話を持ちかけたのか訳がわからなかった。技術や経験はもとより、私の仕事の内容も気質をよく知っているはずの彼女が、どうして紹介を引き受けたのか。

こんな無茶な仕事を前相談もなくもちかけた美和に対して、感謝より寧ろ腹立たしさを感じた。

「ふうん。やっぱりね。あなたの答えは予想してた。きっと断るだろうってわかってたの。それでもここへ来てもらったのは、私の勧めより、あなたを選んだ叶さんの話を聞いてもらいたかったからよ」

二人のやりとりに気を悪くした様子もなく、叶さんは姉妹喧嘩をおもしろがってでもいるように、薄い笑みを浮かべている。

「叶さんはご主人を事故で亡くされて、商売を続け、娘さんを女手ひとつで育てたの。今は横浜や池袋の事務所は娘婿にあたる人に任せているけど、まだ現役よ。もともと大きな質屋さんの家付き娘だったし、人も物も世間も、判断する目が確かなの」

質屋、古物商いと聞いて納得がいった。目の光り方、人の扱い方、商談の進め方に至るまで。品物の真価だけでなく、相手の正体を見抜いていても、決して猜疑心を表に出さない客あしらいのうまさ。豪胆な暴君に見えても、実際は親切なのだと信じさせる愛嬌も持ち合わせている。

宝飾品とは名ばかりの半貴石ばかり扱っていても、質屋や古物商の人とは多少面識もあったので、美和の説明を待つまでもなく、叶さんがその道で成功を収める資質を持った人であることは容易に推測しえた。

婚約指輪の製作という仕事がらみでなく紹介されていたら、私もきっと叶さんに対して好意を持ったに違いない。けれど、と私は薔薇色に縁どられた名刺を握り直していた。

「間島さん。あなた、これ覚えている」

人なつっこい目を閃かせて、黒いレースの袖をめくると叶さんはポケットから二十カラットはありそうなルチルクォーツの丸玉を取り出した。

最近とみに人気の出てきたルチルクォーツは黄色水晶の一種で、ゴールデンニードルといわれる針状の内包物がある。外国ではビーナスの髪と呼ばれている金の細い針が金運を呼び寄せるという評判を呼んで、風水ブームと共に珍重されるようになった。宝飾品としてだけではなく、金運を呼び込もうと床の間に飾ったり、ブレスレットにして身につける男性もあると聞いている。

「ええ、勿論覚えています。大分前に美和さんからお預かりしたものの、リフォームをお断りしたルチルです」

今見ても見事なルチルクォーツである。長く鋭い金の針が、透明感のある水晶に閉じ込められて、まさにビーナスの髪のように光る。見ようによっては取り返しのつかない罅(ひび)のようにも見える。こんなにも大きな金運は、寧ろ持つものを危うくさせるのではないかと思えるほどだ。

「今頼んでも、やっぱりリフォームを断るかしら」

叶さんの目が一段と鋭さを増す。美和がひそかに息をつめる気配がした。

「残念ですけど。やはりお断りすると思います。立派なルチルですが、私の手には負えません」

叶さんは独特の灰汁の強そうな笑みを浮かべると、まるで手品でもするように、ルチルの丸玉を皺の目立つ手の甲でくるりと隠した。

「やっぱり。美和ちゃんの言ったとうりだ。そして私の思ってたとうり」

美和がいっぺんに緊張の解けた様子で軽い笑い声をたてた。

「新しい結婚相談所に婚約指輪のコーナーを設けようと決めた時に、真っ先に頭に浮かんだのが、美和ちゃんから日頃噂を聞いていたあなただった。ほんとは腕前を試すつもりでルチルの製作を頼んだのよ。腕は元よりだけど、あなたの宝石に対する姿勢みたいなものが知りたかったから。そしたら、思ってもいなかった空振り。こんな立派な素材を断るジュエリーデザイナーがいるなんて。正直呆れたよ」

「申し訳ありません」

私は素直に詫びて頭を下げた。叶さんにも、紹介の労をとってくれた美和にも、そして叶さんの手の中にあるルチルクォーツにも謝るしかなかった。

内職仕事のような規模の仕事を続けているのは、確かに美和の言うように野心や営業能力の不足という一面もあるが、実際はそれだけではない。きっかけはパートを辞めたバツいちの女の生活手段であっても、この仕事を続けているうちに自分の中に無視出来ない強い嗜癖（しへき）が育っていったのである。嗜癖というのは大仰かもしれない。ただただ単純に夢中になってしまったのだ。デザインというより、石そのものに固執する傾向は年々強くなっていくばかりだ。

人と人が究極にはそうであるように、人と物も全くの片思いというものは存在しない。すれ違いが長引いたり、欲望の波長が合わなかったりしても、真の情熱というものは、その対象者に必ず通じるという確信がある。まして石はすでに私にとって、単なる物という領域をはみだしてしまっている。

人格とは言わないまでも、石には自我としか呼べない力があり、それは所有者には関係なく存在し続ける。それを単なる思い入れや、感情の仮託に過ぎないと嗤うことは出来ない。確かに石は人の魂と呼応する何かを有している。

私が装飾品に使用されている石のリフォームを引き受けないのはそのためだ。「飽きたから」とか「流行遅れだから」、「今の私には似合わない」と作り直しを依頼される石のほとんどは、すでにもう石としての自我を失っている。もっと言えば、形象だけになっている。

自我も意思なく、何とも呼応しなくなった物を一体どうすれば再生させることが出来るのか。何か別の生き物に仕立て直すことが可能なのか。

今の私の力では、否というしかない。このルチルクォーツは見事なものだけれど、その内包物としてのゴールデンニードルは金色に輝き続けているけれど、私にはもうどうすることも出来ない、どんな物語も生まれない。すでに寿命の尽きた石なのだ。

「間島さんから私の手には負えないと返されて、業腹だから一旦は知り合いの古物屋に売るつもりになったんだけど。出来なかった。引き取り手のなくなった亡骸で儲けるなんてこと、いくら私でも後生が悪いから」

叶さんはもう一度手品をするように皺のよった手からルチルを取り出して、ごろりとテーブルに置いた。

私はいつの間にか叶さんという老女に惹かれ始めていた。命のなくなった石だから、リメイクして再生させることは出来ないなどという、いかにも素人の言いそうな子どもっぽい理由を正面きって認めてくれる人がいるとは思わなかった。

結婚相談所の婚約指輪という企画もただの思いつきや、金儲けの手段というわけではないのかもしれない。

「ところで、間島さん。こんな商売をしてるから訊くわけじゃないけど。あなた、離婚して何年になるの。別れた旦那以外に、一緒に生きていこうと思った男はいないの」

叶さんは煙草によく似たものを、皺の寄った唇でくわえながら思いがけないことを訊いてきた。なぜだろう。私の頭の中に緑色の翡翠が瞬きをするように浮かび、二度と会いたくないはずの慎二の顔が浮かんだ。結婚したいと一瞬でも願ったことはない。ただこの男がいなかったら、生きていけないと思った短い季節があっただけだ。

「野暮なことを訊いちゃったみたいね。もう、結婚なんてこりごりって顔してる」

叶さんは禁煙パイプを口から離して、美和の方を皮肉な目で見た。

「類は友を呼ぶっていうのは、女に関して言うと、まったくそのとうり。おかしなもんだねえ」

叶さんの言葉に美和は高い声で長く笑った。そう言えばすでに十年以上のつきあいになるけれど、お互いの結婚生活も、その破綻の顚末も一切話したことはなかった。

「結婚相談所にきて、再婚したいって女もまったくもって一種類。例外は滅多にない。一緒に生きていく相手を誰かに探してもらって、勧めてもらって、安心させてもらって、どうにか決めてもらいたい。他力本願な虫のいい女ばっかりだ。それが悪いってわけじゃないけどね」

言葉は辛辣だが、客である女たちすべてを庇っているように聞こえた。死んだ茉莉も時折こんなふうに同性を優しく批判したものだ。

美和が肩をすぼめ、柔かい眼差しで私に頷いてみせた。

仕事は断ったものの、気まずくもならず、寧ろ親しさが増した気さえした。叶さんと美和のお喋りに耳を傾けながら、ごく自然に自身の過ぎ去った苛烈な季節を思い出していた。あの危くも激しい時期は遠く去った。記憶の彼方に追いやった惨禍を思うと、逃げ延びてきた安堵と、淡い喪失感が水溜りのように胸に溜まる。

慎二がいなくても私は一人で生きてきた。どうしても、それがなければ生きていけないなら、求め続けるしかないと慰めてくれた茉莉も死んでしまった。

「結婚相談所に来る女は、大体自分の意志というものが希薄でね。決めなけきゃいけない時に、決断できないことが多い。外部の斡旋や型どうりの求愛や、せっつきが必要なんだよ。自分の決心を決定的なものにするために、どうしても、もうちょっとだけ外部の力がいる。結婚相談所のくれたデータでもない。男の誓いや宣言だけじゃあ踏み出せない。ここにくるもう若くない女は、わかってるんだよ。時期が過ぎればそんなもんは何の力もないってことを。だから、指輪が欲しいんだ、ほんのちょっとした力。どんな色でも、輝きでも。〇・一カラットのダイヤでも、誕生石のアメジストでもいい。石の力が必要なんだ。だから、あんたにそれを誂えてもらいたかった」

叶さんは禁煙パイプを離すと、服のポケットから飴を取り出して嘗め始めた。モーブ色のはげた口紅の上にはうっすらと産毛が生え、唾が光っている。

私は彼女の美しくはないが、不思議な輝きに満ちた顔を見つめた。まるでバロック真珠のように、それは完璧な真円でもなければ、無垢な純白さも持っていないけれど、だからこそ侵しがたい自然の威厳をもって存在している。

バロック真珠の特色である歪みや様々な色の混交は、決して奇形や出来損ないではない。寧ろ真珠の内側の巻きがあまり厚く、規定の命の分量をはみ出してしまった結果なのだ。バロック真珠はだからこそ、瑕瑾(かきん)という宿命を越えて、その異形の輝きとピーコックカラーと呼ばれる七色の闇の色で女を惹きつけてやまない。

返事はひとまず保留のままにしてビルを出たら、ヒールの高い音を響かせて美和が追ってきた。

「待って、達子。もう今日はお役御免だから、私も一緒に帰るわ。たまには銀座でお茶でも飲もうよ」

踵の高い靴のせいで、私より頭ひとつ大きい彼女と並んで華やかな表通りに出た。

「えっ、こんな大通りに繋がってたのね。私ったら、ずいぶん迷って。裏道ばかり選んで歩いてたみたい」

「私たち、人生の裏道ばかり歩いてきたから。本能的に華やか過ぎる道を避けちゃうのよ、きっと」

ワタシタチと一緒に言うけれど、もはや美和は表通りに出る最短距離の道を歩いているのではないかという気がする。自分でアクセサリーを作っているのに、ほとんど宝飾品をつけない私と並んでいる彼女は、仕立てのいい薄物のコートの下に明らかにブランドと知れるダイヤのネックレスをしている。

「あっ、そうだ。ついでだからちょっとつきあってよ」

大通りの窪みに似た道を右折すると、間口の狭いチョコレートショップのように見える店の重そうなオークのドアを開けた。

百合の匂いがした。立方体の硝子ケースが六つ。その配置と照明の仕方で私は中を見ない前から、そこに飾られているのがジュエリーだということがわかった。

「いらっしゃいませ」

やはりオークらしいシンプルな椅子に座っていた女性が二人、とても静かに微笑んで迎えた。

こういう店には必ずあると思っていたロココ風の家具も、アールヌーボーのランプもない。簡素と見えるほどシックなベージュの服を着た女性が、ほどなくエスプレッソコーヒーを運んでくれた。

「ちょっとこれ、見ていただけます」

美和が取り出したジュエリーケースには、フラミンゴトパーズと思われる微妙な色のピンクの裸石が納まっていた。

「すごく気に入っているの。指輪にしたいので相談にのってくださる」

眼鏡をかけている方の女性が恭しく白手袋で石を取り出し、奥の部屋に消えるとほどなく戻ってきた。

「拝見させていただきました。ジェムクオリティとして最高に価値のあるものです」

女性は設計図を起こすような紙にすらすらと指輪のデザイン画を描いていく。ギャラリーワーク、カット、台、爪など、美和はあらかじめ決めていたらしく、係りの女性の問いかけに淀みなく答え、デザイン画を熱心に覗きこんでいる。

珈琲を飲んで、店内を通りいっぺんに眺めてから、私は間が持たないといったふうにさりげなく立ち上がった。

耳は美和と担当のジュエラーとの会話を聞き流しながら、目は気儘にすいすいと硝子ケースの中の宝飾品に移っている。ケースの中にも外にもプライスを示すものはない。見つめるポーズはとっていても、実を言うと私はプライスはおろか、飾られた指輪やネックレスにもほとんど興味が湧かないのだった。

それらは豪華で貴重な宝飾品には違いないが、私にとっては矮小なミイラに等しい。財産価値や、鉱石としての希少さ、デザインの芸術性、そういうものにはあまり心が動かない。関心を持つ努力をする前から、急激に萎えてしまって、宝石を見る以前に私の目が仮死状態に近くなる。

インクリュージョンの全くないアクアマリンのティアラも、ダイヤモンドとオニキスのまばゆいクレオパトラネックレスも、照りといい巻きといい完璧なベビーアコヤのラリエットにも私は感動も興奮もしないし、それらもまた私を完全に無視したままだ。

「ええ。無駄は承知していますが、ローズカットにしてください。プラチナより、台はホワイトゴールドにして」

美和の声が少し尖っている。私が話し合いに参加しないのが不満なのだ。彼女がなぜ私を誘ったのか、その目的や企みがわからないでもない。こうしたデザインパフォーマンスによって、自分だけのジュエリーを作るシステムも、そうした宝飾品の世界があることも、私に実施に体験させたかったのだろう。

　私だとて自分の仕事とは対極の、こうした市場やステージがあることは知識として知らないわけではない。けれど、もともとは硝子ビーズの内職仕事としてアクセサリー作りをしてきた私にとって、それは別の次元、全く無縁な世界に等しい。

　もし私の中に向上心や野心の種子が眠っていたとしても、それはジュエリーのランクを上げ、富裕な顧客層を開拓するということとは全く無関係なのだ。そのことを美和は充分承知していると思っていた。

　彼女はジュエラーと店主が示した見積書を小さく畳んで、ハンドバックに仕舞った。

「少しクラシックなデザインではありますが、石の色が貴重でとても華やかなものですから、むしろモダンでお客様にはきっとお似合いになると思います」

　スタッフの応対を聞きながら、私は自分がアクセサリーを何もつけてこなかったことに内心安堵していた。見栄や虚栄からではなく、そうした価値観から自由でいられることに、部外者としての安らかさを感じずにはいられなかった。

「せっかく一緒に行ったのに、なぜ見ようともしないの。失礼な人ね。まるで自分は門外漢で、全然関係がないみたいなふりをして」

　店のドアを閉めた途端、美和は不満そうに口を尖らせた。

「あなたこそ、どうしてあんな所に私を付き合わせたの。今後の参考のために経験させようって思ってるとしたら、無駄よ」

身体がぶつかるほどの距離で声をひそめて、容赦のない口調で応酬しながら歩いた。

「なぜまだ始まってもいないのに、無駄だなんて決めつけるの。相変わらず意固地で、頑固なのね。私は叶さんの話にのるかのらないか、それだけを言ってるわけじゃないのよ」

美和は二階の喫茶店へ通じる階段を上りながら、まだ不満を口にし続けていた。

銀座という街はどんな繁華街よりも季節を早く先取りする。どこよりも敏感に的確に張り巡らされたアンテナが流行と新しい美を交信しあう。女たちの視線すらその錯綜したアンテナの一つなのだ。

瀟洒なドアを開けると、「いらっしゃいませ」というボーイの声と同時に、微量な電磁波を伴っているような視線が私たちを一瞬捕らえ、瞬く間にほどけて霧散する。

珍しく美和が迷わずにケーキセットをオーダーしたことに驚いた。私たちの周囲で彼女の厳しいダイエットを知らない者はいないといってよかった。

「達子はどうしてそんなに強情なの。私が商売や自分のわがままだけでけしかけてるんじゃないことぐらい、いい加減わかってよ。出会いもチャンスもごろごろ転がってやしない。あなたが何にこだわっているのか。ためらっているのか、まったくわからない」

美和が苛立たしそうに脚を組み換えた時、七センチはあるヒールの先が私の踝をかすめた。その時、初めて感じる訳のわからない悪寒が身内を走った。

私は自分が思っている以上に、老いたのだろうか。それとも気づかないうちに病魔に侵されているのかもしれない。悪寒が続く間、私は老婆のような目つきのまま美和から視線を逸らすことが出来なかった。

彼女は運ばれてきたシフォンケーキを執拗に細かくカットし続けている。まるでステーキを切り分けるように無闇に力を入れているので、その名の通り絹のように柔らかいシフォンケーキは、瞬く間に萎びた肉片のように惨めな有様になった。バニラとココアの香りがする肉片。思わず目を背けると、同時に美和がケーキナイフをそっけなく置いた。

「十年も食べずにいると、ケーキの味なんて忘れちゃう。薄甘い小麦粉を卵白で膨らませてある。こんなものを美味しいと思っていた頃もあるのね」

出会ってからずっと私は美和が好きだった。デパートの社員食堂で一個七十円のシュークリームを休憩時間に一緒に食べていた時代から変わらず。苦手のところも、全く相反する嗜好も持っていたけれど、いつも彼女と会うのは楽しかった。驚いたり呆れたりしながらどこかで、彼女に畏敬の念を持ち続けていた。なぜだろう、と腕を組んだままの彼女を視界の隅に捕らえたまま改めて自分に問いかけてみる。

今はブランドのダイヤモンドが鎮座している胸元に、かつては模造ターコイズのペンダントヘッドが揺れていた。北欧の名もないクラフトマンの作った飴のようなガラス玉を毎日つけていた夏もあった。首も肩も比較的骨太の彼女には大きなアクセサリーがとてもよく映えた。ボリュームのあるアクセサリーをし始めると、小さなものでは物足りない。ひとつだけでなく、二連にも三連にも。そのうち年寄りのトーテムポールみたいになるかもしれない、と笑っていた頃からまだ十年も経っていない。

「新しいネックレスをすると、あたし、簡単に自分をリセット出来る気がする。体質にぴったりあった栄養剤が効くみたいに」

私が納品すると、新作は一旦必ず彼女の首に飾られたものだった。美和が私の作ったものを身につけなくなって、「商品」としてだけ品定めするようになったのは、いつ頃からだろう。

私的な打ち明け話はおろか、親しく食事をしたりすることもなくなったけれど、私はずっと、自由で率直で、性別も年齢も立場も無視して生きる彼女の果敢さに惹かれ続けてきた。

「ほらねっ、いつだって、肝心な時に黙りこくって。達子は狡いのよ」

相手の気持ちを忖度するより、つい自分の内部に捕らわれてしまう性癖を非難されるのは仕方がないけれど、美和のように即座に反応する訓練を積む機会が私にはなかったし、その必要もない人生だったのだ。

「無関心なふりしてたけど、あの宝石は見たでしょ。ちょっと派手だけど、素晴らしいものよ。大きさはともかく、あんな色は滅多にないもの」

「ローズカットって、注文をしてたみたいね。だけど、オーバルかカボションにしたほうが、よくはないかしら」

「普通はそうよね。だけどあれは特別。最近ローズカットが流行ってきてるし、あの店はローズカットの得意な技術者を抱えているのよ。出来上がったら、真っ先に達子に見せるわ」

正直あまり見たいとも、自分で細工をしたいとも思わなかった。店のショーケースにあった他の見事な宝飾品と同様、不思議なピンク色を有した石の見事さにも心惹かれなかった。

私が常より一層意固地で口が重いのは、あの石のせいかもしれない。ちらっと見ただけだけれど、あまりいい印象を受けなかったと正直に打ち明けたら、彼女の機嫌を決定的に損なうに違いない。

「あの石、気に入らないんでしょ。隠しても、そのくらいわかるわ」

美和の目に非難と共にほんのかすかな疚しさのようなものが閃いた。

「綺麗だけど、あの宝石はあなたの味方にならない気がする。どれほどあなたに似合うデザインにしても、あの石は持ち主に喜びをもたらさない」

誰の味方にもなれない。どんなものにも呼応しない。あの石の内部にあったものは、自身の美しさを誇る力だけだった。

「あなたがああいうタイプの石を好まないのは知ってるわ。と言って他のハイエンドジュエリーや、プレシャスストーンを扱いたいわけじゃない。達子が本当にしたい仕事って、一体なに？」

一体どんな仕事をしたいのか。現在の仕事に何故こんなふうに固執して、新しい事に挑戦しないのかと問われても返答に困る。私が望んでいないように、石もそれを望んでいない気がする、などと言ったら美和はどんなに嘲笑するだろう。

「あなたはいつも私が口が重いとか、狡いとか言って責めるけど。正直答えようがないの。あまり深く考えたことがないんだから」

「そうかな。ほんとはわかっているのに、言いたくない。言うと自分と相手の立場を明確にしてしまうし、決定的な対立や、決裂を招く可能性もある。退路を確保するために、黙っている。それとも私なんかに言ってもしょうがないと思ってるわけ」

私が言い淀んだり無言でいれば、自分の質問に自分で答える。美和は結局、自分の聞きたい答えだけを求めて、私を詰問するのではないか、とさすがに反発心が湧いた。反発があっても、その時は相手の言葉を引き取ったまま思い悩み、結論のない迷路にはまりこんでしまう。

「あなた、石に穴を開ける機械が欲しいって言ってたわね。連で買ってくるとどうしてもコードの穴を開け直さなくちゃならない。小さなビーズでも一つ五十円とか八十円もするって。

いつかこぼしていたじゃないの」

最新のファッションに身を固め、それに似合うハイエンドジュエリーをつけている美和が、きれいな脚を組みながら言うと、五十円とか、八十円という単位が耳を塞ぎたくなるほど惨めに聞こえた。しかしそんなみっともない愚痴を始終こぼしているのが、私の現実であり、日常なのだった。

「叶さんの仕事を引き受ければ、そんな機械、すぐ買えるじゃないの。気に入った石を使って、十八金でもプラチナでも使えるようになると思うけど」

五十円、八十円、と言われたよりいっそう惨めであさましい申し出をされている気がした。美和の指にまだ嵌められているわけでもないのに、彼女の指に最前のピンク色の宝石が光り輝いて、私を嘲笑っていた。

「あなたがどんなプライドを持ち、どんなポリシーで仕事をしてるのか知らないけど、さして人脈もない五十過ぎの女がステップアップしようと思ったら、仕事しかないのよ。自尊心も誇りも、恋ですらキャリアで買うしかないんだから」

こんな強気の宣言を美和は口早に、柄にもなく恥ずかしそうに口にした。

「私は恋や自尊心が欲しくて仕事をしてるわけじゃない。ステップアップがしたいとも思ってないのよ」

私が石に関わっていたいと思うのは、仕事だけのためではない。そう言おうとしたら、美和のひときわ鋭い研磨音のような声が響いた。

「あなたは欲しくなくても、私は欲しいの。だから邪魔はさせない」

私の拙い細工の練り物のトルコ石を触って、口元に皺を寄せて笑っていた数年前の美和は、もうそこには居なかった。再び不気味な悪寒がして目を瞑ると、鮮やかなピンク色の石が二十四面カットされた視線で私を嘲るように見ていた。

石の予告

酒の名と同じ名前で呼ばれるシトリンのカフリンクスを作り終えた私は、それを手の平で転がしながら、ぼんやりともの思いに耽っていた。

結婚三十五周年を迎える義兄へのプレゼント用に、姉から依頼されて作ったカフリンクス。最初はタイガーアイで、と考えていたのだけれど、どうしても満足のいく石が手に入らなかった。ルートも予算も限られているので、最近はなかなかいい素材を見つけることができない。どんな素晴らしい鉱山が発掘されても、世界中の宝石バイヤーやメーカーが群がって、あっという間に掘り尽くしてしまう。クラリティーの高いものが採掘されるのは、鉱山が発見されて二、三年ほどの短い期間だという。

銀婚式の時には姉にお祝いにペリドットのネックレスを作った。当時ロシアの鉱山は閉山寸前だったが、中国で素晴らしい鉱脈が発見された直後だった。まだ緑石と言えばエメラルド、翡翠、わずかにグリーントルマリンくらいしか市場にはない頃のことだ。別名イブニングエメラルドと呼ばれるペリドットは、日本ではそれほど出回っていなかったので、私は採掘初期の良質のものをかなり大量に仕入れることができた。

ウォーターリリーと呼ばれる睡蓮の葉に似たインクリュージョンを持ったペリドットは神経痛を病み、当時外出のままならなかった姉をことのほか喜ばせた。

「私、きっと治ってみせる。元気になったら、このペリドットみたいな五月の森をどこまでもどこまでも歩いていくの。だから今は関節が痛み出すと、これを握り締めて寝転んでる。ベッドだけじゃあなく、部屋のあちこちで。私だけの小さな森を抱き締めて」

姉は本当に奇跡のように快癒した。今では義兄とあちこちのウォーキング大会に出場するまでになっている。

夫に感謝と労いを兼ねて、退職祝いのプレゼントを贈りたい。姉に相談された時、真っ先に頭に浮かんだのが、タイガーアイだった。人生の勝者になる、先を見越すことの出来る虎の目。第三の目といわれる茶色の玉に、炯炯（けいけい）と光る金の筋。同じ金色でもビーナスの髪と言われるルチルのように透きとおった石ではないけれど、マットだからこそ、金褐色の繊維状組織がシャトヤンシーという魅力的なキャッツアイ効果を生む。

けれどすでに一級のタイガーアイはアジアの金満家の必須アイテムとなり、私などが手に入れられない高価なものになってしまった。

勝者でなくてもいい。成功しなくてもいい。先を見通す目などに振り回されない静かな満ち足りたセカンドライフが続くように。十一月の誕生石であるシトリンが夫にはふさわしいと言ったのは姉だった。

シンプルにカットされたマデラシトリンは、私の手の中で晩熟の酔いを湛えて深いコニャック色に鎮まっている。

「間島さんは、離婚してから一度も恋をしなかったの。共に生きていきたいと思った男と出会わなかったの？」

叶さんの言葉が頭に浮かぶたびに、茉莉の形見となったローズクォーツの天使と、慎二から贈られた翡翠を並べて見ている。

石は喋らない。言葉のないものから、言葉でないものを受け取る。ローズクォーツの天使は淡水真珠を抱いて眠っているように静かだけれど、翡翠は時として裸石特有の強いエネルギーを放射してくる。すると、灰と化した情熱や、荒地となった恋の時代の記憶ではなく、もっと未知の高揚と憧憬が埋ずみ火のように私の胸を熱くする。

翡翠は護符となって、弾丸からも君子を守る。慎二はこの素晴らしい翡翠のロウカンをどこで手に入れたのだろう。こんなにも未知の物語を引き出してやまない、この石の真のメッセージとは一体何なのだろう。これを持ち続けていれば、いつか私にも新しい運命を拓く力が授かるのだろうか。

きりもなく出る溜息にけりをつけて、カフリンクスを箱に収めてから、私は美和の店に電話をかけた。珍しいことに彼女からはあれっきり一度も仕事の注文も催促もないままである。

「オーナーは今、香港に行っています」

留守番のパート社員はどんな言伝も連絡も預かっていなかった。銀座で別れてから一カ月になる。多分あのピンク色のトパーズの指輪は出来上がっているはずだ。彼女を虜にした石が、私にはどうしても敵意を持っているとしか思えなかったことがずっと気になっていた。

驕慢と自己陶酔が凝ったような石は他にも数多ある。もともと石は善良でも邪悪でもないが、人間と同様に、自分を認めようとしない他者に悪意を持つことはあるような気がする。負のエネルギーと言えるほど意識的なものではないが、それらが見るものに引き起こす感情は屈折して、波乱を求めさせ、ある時は危険なほど沸騰する。

「あっ、間島さん。オーナーが香港に行ってること、実はオフレコで。すいません。聞かなかったことにして下さい」

探りを入れるつもりではなく、美和の予定を詳しく尋ねたら、途端に従業員は声をひそめて付け足した。

「わかったわ。じゃあ私から電話があったことも伝えないで」

私は慌てて電話を切った。予感は確信に変わっていた。美和は叶さんと一緒に結婚相談所で扱う指輪の石の調達に行ったのだ。

そんなに計画が具体的になっているのだとしたら、すでに私の返事を待たずに他のジュエラーとの契約が成立したのかもしれない。私は常になく気まずいまま別れた美和との会話をもう一度思い出した。

「五十を過ぎた女がステップアップするのは、仕事で成功するしかない。自尊心も恋もキャリアを積んで手に入れるしかないのよ」

あの時は二人とも常になく興奮していた。お互いに意地を張って、のっぴきならない結論をだす寸前だった。あのピンク色の石のせいとしか思えないような緊張した雰囲気がなくなって見ると、美和の焦りや苛立ちが理解できなくもなかった。彼女の怒りは寧ろ正当だとも言える。これまでずっと、私は彼女の理解と協力を余りにも当然のように甘受してきたのだ。

謝罪というより、もう一度古い友人として落ち着いて話し合いたいと思った。香港から帰った美和は連絡をくれるだろうか。叶さんとの仕事の話は別にして、今までどうり、彼女の店からのオーダーがなければ、他の取引先の仕事だけでは心細い蓄えを取り崩す生活が待っているのだ。

仕事机の隅に置いてあった携帯電話がかすかに震動している。私の携帯の番号を知っている者は数人しかいない。以心伝心で、美和からに違いないと勢い込んで電話にでると、戸惑ったようなかぼそい声が私の名前を二度三度繰り返す。

「わたし、貴子だけど」

まるで内部の声に呼ばれたように私そっくりの声が名乗った。

「お姉さん。一体どうしたの。携帯に電話をくれるなんて」

驚いて呼びかけると、待っていたように電話は切れた。七歳違いの姉は都心から私鉄の急行で一時間余りの郊外に住んでいる。日中のこんな時間に、携帯電話を使って、何か急な用事でもあるのかと心配していると、居間の電話が今度は遠慮会釈のない音をたてた。

「どうしたのお姉さん、何かあったの」

慌てて訊ねると、拍子抜けするほど暢気な答えが返ってきた。

「ごめんね。今、東京にいるの。いい天気だし、誘ったら出てきてくれるかと思ったのよ。でも仕事中じゃ悪いし。一応、携帯にかけてみたんだけど」

私は作業用の眼鏡をはずして、窓を眺めた。初冬のくっきりと乾いた晴天。水底のようなブルートパーズの青ではなく、陶器の肌に似たターコイズの青色。内部の屈託など放って、誰かとお喋りしたくなるような日だ。

「一時間後に銀座で」と約束して電話を切った。

きっかり一時間後、待ち合わせたデパートのディスプレイに張り付くような格好で待ってい
る姉を発見した。

「やっぱり銀座の飾りつけは素敵ね」

ショーウィンドウの中には、一足早いクリスマス用のワンピースを着た少女とサファイアミンクのケープをまとった若い母親のマネキンがリボンのかかった箱をタワーのように積み上げて、にっこり笑っている。

歩きながらも、あちこちをきょろきょろ、まじまじと見入りながら進む姉を、人混みの邪魔にならない端に誘導しながら歩いていた足が思わず止まった。

私の肩すれすれに行き過ぎた娘。まだ二十代の初めだろうか。柔らかなセミロングの髪の下から揺れて光る白蝶貝のピアス。

行き過ぎてからも、振り返って見ずにはいられなかった。雲母を剥がしたような乳白色の切片が水面のきらめきを振り撒いて過ぎる。あれは確かに私がずっと昔に作ったものだ。遠い記憶の澪を分けて、生まれなかった娘の幻影は鏡の森のような街角に一瞬にして消える。

「どうしたの達子、急に立ち止まったりして」

「今、通り過ぎた女の人が私の作ったイヤリングをしていたものだから」

「そう。達っちゃんみたいな仕事をしていたら、そういうこと、あるでしょうね」

一緒に振り返った姉の横顔に見慣れない屈託の陰りが見えた。

「お姉さん。銀座のクリスマスを見にわざわざ来たわけじゃないんでしょ。何か話があるんじゃないの」

姉はうっすら笑うだけで答えない。隠し事の出来ない性格だから、急を要する悪い知らせだったら、まっさきに打ち明けずにはいられないだろう。

「恵美ちゃんのことでしょ。話って」

姉と一緒の時は必ず立ち寄る甘味喫茶に落ち着いてから、水を向けるとすぐに驚いた顔をして頷いた。

「えっ、どうしてわかるの」

「恵美ちゃんの結婚が決まったんでしょ。おめでとう。お相手はどんな方なの」

姉の一人娘の恵美とは東京の大学に通っている頃はよく一緒に待ち合わせたものだ。しばらく会っていないけれど、すでに三十歳を過ぎているはずだ。

「おめでたいのかどうか」

話の糸口が出来ると、姉の舌は途端に滑らかになった。結婚する相手が恵美より七歳も年下であること。デザインの仕事をしているが、正社員ではなく、収入も安定していないらしいこと。

「それなのに、恵美ったら。実はね」

姉の心配の一番の原因は、恵美がすでに妊娠六カ月ということだった。

抹茶を飲み終わった私は途端に猛烈な胸やけを感じた。真緑色の藻が胃の中で膨張していくような気味の悪さ。こめかみがどくんどくんと不気味に脈打ち始めて思わず眉を顰めた。

「あっ、ごめんね。もしかして達っちゃんに辛いことを思い出させたんじゃないの」

暢気で大雑把に見える姉が最近とみに、縁者特有の勘の良さで私の内心を看破することがある。

「まさか、そんな昔のこと。違うのよ。お祝いに何か記念になるものを作りたいって思っただけ」

「ありがとう。喜ぶわ。入学や卒業祝い。成人式の時も、就職祝いも、いろいろな節目ごとにあなたから素敵なものを作ってもらって。あの子、いつでも自慢して大切につけているから」

高校卒業の時は、恵美のリクエストで誕生石のオパールのピアス。二十歳になった際には珊瑚の指輪。就職祝いにはピンクサファイアのネックレスを贈った。いつでも何年経っても姪は生まれなかった私の娘より二歳年上だ。

「お姉さん、じきにおばあちゃんになるのね」

「やめてよ。おばあちゃんなんて、まだこんな若いのに冗談じゃないわ」

眉を吊り上げて見せたものの、目は和んでいた。生まれなかった私の娘は成人もせず、結婚もせず、当然のことだが子を産むこともない。

「恵美ちゃんに伝えてね。エンゲージリングに合わせた石で何か作るから、リクエストしてって」

「ありがとう。でもほんとに結婚する気なのかしら。主人は相手の男に会おうともしないのよ」

「年下でも定職がなくてもいいじゃないの。まだ未知数ってことは、それだけ可能性もあるってことだもの。デザイナー志望なんてお似合いかもしれない。子どもの頃から恵美ちゃん、おしゃれだったから」

姉は昔から地味で目立たない服装を好んだけれど、姪は物心つく頃から好みがはっきりしていて、他人と同じ服装を嫌った。容貌も家族の誰とも似ていないほど、個性的で派手な顔立ちをしている。親戚が寄ると「強いていえば叔母の達子さん似」だと言われているのだと、本人から聞いたことがある。

「デザイナーなんて、夢みたいなこと言って。地道に働きたくないだけの怠け者かもしれないと、お父さんも心配してるの」

ごく身内の打ち明け話の口調になって、姉は夫のことをお父さんと呼んだ。その時、私は最近では日常的になってしまった例の悪寒に襲われた。病気の予兆とも思えないが、それは違和や不安の過剰反応のように思いがけない時に私を襲うようになっていた。まるで予知のように。未来からの信号や、警告の閃きにも似て。

「達っちゃん。携帯が鳴ってるみたい」

姉に言われてバッグの中を覗くと、マナーにしている携帯が私の悪寒と連動するようにかすかな音をたてている。

一瞬美和だと思ったけれど、耳を当てると意外にも聞き慣れない老女の声がした。

「間島さん。わたし、叶です。美和さんのことで。ちょっと話があるから事務所に寄って下さい。そこからは遠くないし。この前来てもらった結婚相談所に夕方の七時くらいまではいますから」

叶さんに自分の携帯電話の番号を教えた覚えはないから、きっと美和から聞いたのだろう。それにしても、私が今銀座にいるとどうして知ったのか。少し薄気味が悪くなって思わず周囲を見回した。

「達っちゃん、どうかしたの。もしかして悪い知らせ。何か困ったことでも起こったんじゃない？」

姉自身、夫の退職や娘の結婚で柄にもなく神経質になっているのかもしれない。私はますます母に似てくる七歳違いの姉を改めて見た。

「今日、突然達っちゃんに逢いたくなったのは、もちろん恵美のこともあるんだけど。他に話しておきたいことがあったの」

あん蜜の中の寒天を分けて好物の杏を取り出しながら、時を稼ぐように姉は口ごもった。

「私ね、最近よくお父さんとお母さんが眠っているお墓の夢を見るの。霧か靄がたちこめているんだけど、そこに何かある。忘れてはいけないものがあるのに忘れてしまっている。それを誰かに責められているような気がして目が覚める。達っちゃんも最近、そんな夢みたりしない？」

とろりとした蜜に覆われた杏は、美和の店に最後に納めたアゲートのペンダントヘッドを思い出させた。

「いやあね。変なこと言わないで。お姉さん、恵美ちゃんのことで神経質になってるのよ。予知夢を見たなんて言いださないでね」

お互いに怪談をしあった少女時代に戻ったように、私は心もち声を低めた。

「ごめんね。急におかしなこと言って。でも夢から覚めた途端、まるで夢の中で誰かに言伝を頼まれたみたいに、達子に知らせなくちゃあって思うの。毎回よ。必ずなの。だから夢の中で呼ばれているのは、私じゃあなくて、あなたなんじゃないかしら」

蜜豆を食べ終った姉は口元と言うより、その表情を半ば蔽うようにハンカチを押しあてた。

和菓子屋の営む喫茶室を出る時、姉にみやげを買うついでに、叶さんにもこの店の看板にもなっている最中を買った。

「ごめんね。後味が悪い話なんかして。でも一度お正月の前に、二人でお墓参りに行こうよ。やっぱり気になってしょうがないから」

地下道に続く階段を一度は降りかかった姉が、また戻ってきて念を押した。

「そうね。恵美ちゃんの結婚も、おめでたも報告しなくちゃあね」

わざと軽い調子で約束すると、姉はやっと笑顔になって、コートの上から私の手をそっと触った。

「きっとね。連絡待っているから」

猫背になって、ようやく去っていく姉の後ろ姿は、ちょうど同じ歳頃の母とまったく生き写しのように見えた。


『叶結婚相談所　あなたの愛が叶います』という看板のある事務所に入っていきながら、私は思わず周囲をはばかるように身をすくめた。初老といっていい年齢になって、ふいに寂しくなった女が残りの人生を共に生きる相手を求めて新しい一歩を踏み出す。そんな疑似体験をするつもりでエレベーターに乗った。

受付のあるカウンターで来意を告げると、奥のドアが開いて、臙脂(えんじ)色のロングドレスを着た叶さんが招き猫のような格好でおいでおいでをした。

「私が近所にいるとよくおわかりになりましたね。お電話を頂いてびっくりしました」

勧められるまま、まだ皮の匂いがするソファに座って、思わず不躾な挨拶をした。

「わかるわよ。これが教えてくれたから」

独特のしなを作りながら手を裏返すと、例の大きなルチルクォーツの玉が出てきた。まるで息をしているように、ルチルの中のゴールデンニードルが光る。

「まさか。からかわないで下さい」

口では軽く流しながら、つい手元のルチルの金針をじっとみつめると、叶さんが老女とは思えない華やいだ声で笑った。

「近くで娘とお昼を食べていたら、あなたとお姉さんらしいよく似た二人連れが歩いているのが見えたの。だからちょっといたずらをしたってわけ」

奥からお茶を運んできたお嬢さんとおぼしき女性に手みやげの最中の箱を渡すと、叶さんが愉快そうに再び笑った。

「ねっ。だから言ったろ。お茶受けの菓子を買うと、きっと重なるって。当たるも八卦、当たらぬも八卦。年寄りの母親をあなどっちゃいけないよ」

「かしこまりました。以後気をつけます」

薫と名乗ったお譲さんは私に向かって軽く肩をすくめてみせた。

「もう相談所、始めていらっしゃるんですね。驚きました。先日伺った時はまだがらんとしていたので、来年になってから営業するとばかり思っていました」

「とんでもない。一年に一度の好機を見逃す相談所はないからね。クリスマスは恋人たちの一大イベント。お正月は家族にとって大事な行事。年末年始をひとりで過ごしたいって思う男や女はいないはずだよ」

そうだろうか。こと私に限っては、クリスマスでもお正月でも格別一人が寂しいと感じなくなって久しい。確かにクリスマスにあやかって、注文は普段の倍になるけれど、個人的にはプレゼントを贈られることも、贈ることもない。それらを身につけて華やかな場所で特別な時間を過ごすことなど夢想すらしない生活を送っている。

「ところで、間島さんのとこに美和から連絡があったかしらね。電話で聞いてもよかったんだけど。もし何か詳しい日程でも知ってたら、教えてもらいたいと思って」

叶さんの話は私を驚かせただけでなく、新たな不安をかき立てるものだった。

「いいえ。私は先日店に電話をして、初めて叶さんと美和が香港に行ったこと知りました。彼女からあまり連絡がないのでちょっと気になって。ずっと一緒だとばかり。もう彼女は日本に帰ってきているのですか」

叶さんは薄目をしたまま、私の話を聞いている。何か考え事をする時、視界を狭めるのは年寄り共通の癖なのかもしれない。父も七十を超える頃からよく眠ったようにして人の話を聞いた。

「ああ、一緒だった。香港に着いて二日目まで。美和がダイヤのサイトホルダーに会いたいっていうから、紹介をした。その後のことはわからない。私はここの開店準備で大忙しだったからね」

「ダイヤのサイトホルダーって何ですか」

「ダイヤモンドを直接買い付けができるバイヤーだよ。世界中でも九十社くらいしかない。確か日本じゃあ一社くらいだったと思う。私が紹介した人は日本語の出来る秘書がいたけど」

やはりそうだったのかと納得がいった。結婚相談所が営業を始めている今、いつまでも返事を渋っているジュエラーの承諾など待っていられないのは尤もな話だ。安堵と共に軽い失望の溜息が出た。自分がチャンスを摑み損ねたことではなく、あっけなく一つの出会いをふいにしたことを勿体ないと感じたのだ。

「誤解しないでもらいたいんだけど。美和がサイトホルダーに会ったのは、私との仕事がらみじゃないよ。私がここで使おうと思ってる石はダイヤじゃないんでね。どうしてもっていう客には、準備はするけど。こう見えてもね、あたしゃあ、ダイヤは見飽きたよ」

お茶を入れ換えてきた薫さんが、高い声で笑った。

「いやあねえ、お母さん見栄はって。間島さん、本気になさらないで下さい。母が見飽きたのは、さんざん人の手を渡ってきた流れ物ばかりなんですから」

「何言ってるの、薫。見栄を張ってるのはおまえだろ。質流れだってダイヤはダイヤさ。だからこそダイヤは好きになれないんだ。氏も素性も因縁も、一緒について回る運命さえみんな金銭で換算できるんだから」

私は母娘の軽妙なやりとりを聞きながら、少しづつ気持ちが明るくなってくるのを感じた。美和を介さずとも、叶さんと繋がりを保っていく方法がないものだろうか。

「そうだ。間島さん、美和の指輪、一緒にオーダーしに行ったんだってね。どうだった。なかなか楽しいだろ。自分も自分の指輪も特別な気がして」

「ええ。不思議な色のフラミンゴトパーズで。まだ出来上がったのは見てませんけど」

「何だい。そのフラなんとかって。私が言ってるのは、パパラチヤサファイアのことだよ。三カラットものパパラチヤサファイアなんて、そうあるもんじゃない。きれいな蓮の花の色だったろ」

私は思わず顔を覆った。あの鮮やかなピンクカラーをフラミンゴトパーズと思うなんて。石が怒るわけだ。敵意と嘲笑の眼差しで私を見つめるのは当然だ。由緒正しき王族の一人と自負しているのに、石にとっては侍女同様の半貴石に見られたのだ。あの時の石の存意を見誤った私にその価値や本質を云々する資格などあろうはずがない。

「ほんとに恥ずかしい。あんなに近くで見たのに、最初からトパーズだとばかり。ほんとに私って、ジュエリーの仕事する資格ないですよね」

「間島さん、恥ずかしくなんてないですよ。私だって初めて見せられた時、色の薄いルビーね。ピンクジルコンじゃないのって言って、母に叱られたくらいですもの。鑑定士の資格返上しろとまで言われたから、あの石、余計好きになれなかった」

薫さんがまんざら慰めだけではない口調で唇を尖らせた。

「パパラチヤサファイア。スリランカ語で蓮の花の色よ。蓮は古来より神聖な花だからね。あれを持ってきた人はあの石は王女の冠についていたと言ってた」

あの石は特別だと美和が言った時、私はその希少性や価値のことばかり頭にあって、石の出自や特異性にまで思いが至らなかった。

「あの石は叶さんの手から美和に渡ったものだったんですか。彼女、何も教えてくれなかったから」

多少恨みがましい口調で呟かずにはいられなかった。私があれほど露骨な無関心さを示さなかったら、当然由来も価値も彼女は話してくれただろう。しかし本当にあの時は心がちっとも感応しなかったのだ。むしろ無関係でいたいというようすらとした反感だけを感じた。

「薫の無知な感想を聞く前から、何となくあの石は私のとこにあるべきじゃないって気がしてたから、実のところ早く手放してしまいたかった。まさか自分の身近にいる人間で、あれを特別気に入る人がいるとは思わなかった。だから、美和が執拗に欲しがった時は、ちょっと驚いた。あの頃からだね。美和が少し変わったと思い始めたのは」

老いというのは、個人の中にいつしか勝手に棲み始めるきまぐれな妖精、精霊のようなものかもしれないと思う時がある。それは疲労やショックや、深い瞑想の合間を縫って、人間の心身を自由に操る。叶さんの厚く塗った化粧の下で皮膚はたるみ、肉は萎み、老いは跋扈する。両手をかすかに震わせて、薫さんの入れ換えた煎茶を眉を寄せてすすった。

「これは知り合いの人にはやらないって断ればよかった。ああ、いやだ、いやだ。年寄りの世迷言だねえ。間島さん、だから余計に今、あの子から連絡がないことが気になってね」

叶さんが、残ったお茶を惜しそうに飲み干すと、あうんの呼吸で薫さんが静かに熱い茶を注ぎ足した。かすかな湯気が母親の老いを優しくくゆらすのを見届けて、薫さんは奥へと消えた。いい母娘だと思った。こんな母親になりたかったのか、こんな娘が欲しかったのか、と思いながら私も黙ってお茶を飲んだ。

今度はゆっくり一緒に食事をしましょうと約束をして、『叶結婚相談所』を出たら、もう夕暮れになっていた。めっきり夜が早くなって、華やかなネオンやディスプレイに彩られている界隈を少し外れると、銀座の闇は存外濃く思われた。

一カ月前に美和と歩いた道を大通りに向かって歩いていたら、再びあの悪寒のようなものが身内をざわつかせながら通って、思わず足を止めた。

どっしりとしたオークの扉の前には銀色のツリーが飾られ、きらびやかではないが暖かいイエローアンバーの内部に似た灯りがともっている。

『fateful』

悪寒は去っては戻り、戻ったと思うとすぐに漣のように遠ざかる。しばらく立ち止まってい
た気がしたが、それは悪寒というものを時間に換算した程度、二、三秒のことだったに違いない。
何度目かの悪寒に背中を押されるように、私は美和が指輪をオーダーした宝石店のドアを開けた。
銀白の髪を撫でつけた背のあまり高くない男性が、ドアの近くに立っていた。
「すいません。ちょっとお伺いしたいことがあって」
美和のフルネームとオーダーの内容を告げると、少し不審そうな面持ちのまま注文リストの
台帳を調べてくれた。
「ええ、すでにお品物はお渡し済みになっております。ご注文の指輪はご満足を頂いたようで、
お会計も済ませていただきました」
私は不躾に台帳を覗き込んで日付を確かめた。七日も前になっている。サインもあるらしい
が、小さくて自筆かどうかまではわからない。
「本人が来たのでしょうか。それとも代理人か誰か」
男性の眼鏡の下で、少し青みがかった白目が光ったように見えた。背が低いので気づかなか
ったが、あるいは外国人の血が流れているのかもしれない。
「ご本人様以外に滅多にお渡しするものではありません。サイズもデザインもご納得してい

ただかないといけませんし。万が一、装着感にご不満でもございますと、困りますから。身体の部位というものは、お客様各位異なりますし、指というものは特にデリケートなものですので」

日本語を逐一詳細に研究して、きちんと組み立てたような喋り方が、私の勘を一層確かなものにした。きれいに手入れされている指の地味なプラチナの結婚指輪にはうっすらと龍紋らしい彫りが見えた。

それだけ丁重に完璧に説明をされてしまうと、私はもう何も言えなかった。指輪はすでに出来上がって、美和が身に着けているに違いないのだ。

悪寒は去って、ショーケースの硝子の台座を取り巻くあの日と同じ百合の匂いが、私を一層いたたまらない気持ちにさせた。

墓参りの約束をした姉から誘いがあったのは、それから十日後だった。叶さんの結婚相談所を訪れた翌日、いたたまれず再度美和の店に電話をかけてみたら、早々と「申し訳ありませんが、本年度の営業は終了させていただきました」という若い女性の声でテープが流れた。やっぱりという思いの底に黒々と広がる不吉な影。ふっきれない思いのまま、納品さえ覚束ない在庫を作っても仕方がないので、私は姉の誘いに応じることにした。

霊園に行く私鉄の電車に並んで座ると、姉がバッグを探って「飴なめる?」とうきうきした様子で言った。笑いながら首を振ると、すかさずポケットからチョコレートの箱を取り出す。

「カカオ七十五パーセントだから、体にいいのよ」

父母が死んでから十五年が経つので、墓参りもハイキングのような気安さである。六十三歳の姉と五十六歳の妹は両親の待つ家に帰る幼い姉妹のように並んで、銀紙に包まれたチョコレートを分け合って食べた。

車窓に流れる景色を眺めていると、自然に新しいアクセサリーのイメージが浮かんでくる。モティーフを思いつくと、それに使う素材を水彩で塗るようにして選び、はずしたり入れ換えたりする。アクセサリーとしての効果や見栄えよりも、使いたい石のカットやボリューム、テクスチュアや、どのくらいのポリッシュにするかなどと思いを巡らす。

私はデザイナーでもアーティストでもないし、職人でもない。イメージというのもごく大雑把なフォルムだったり、仕上げだったりする。どうしてもこの石、このデザイン、素材のランクというこだわりも少ない。石の意志と、私の勘の折衷、ほどほどの折り合いで、ポリシーといえるほどの確固としたものも持っていない。当然、パパラチヤサファイアのデザイナーのようにすらすらとフリーハンドでデザイン画を起こすことも出来ないし、ラフ通りに作る技術もない。それでも「こんなものを作りたい」という気持ちが高まるのは、石との出会いと、作品を身に着けてくれる女性や、そのシーンが眼前に髣髴とする時である。

アマゾナイトのような冷たいブルーグレーの空に、かすかな斑が見える。あの青をラブラドライトの粒と銀の玉で繋げたネックレスはどうだろう。あるいはマットな白いカルセドニーと組み合わせてブレスレットにしたら。などと思いながら冬紅葉を見つめていたら、姉が私の袖を引いた。

「見て。前の席の男の子がつけてるペンダント。冬だっていうのに胸をはだけているだけでいやな感じなのに、鎖につけているのが髑髏よ。今の男の子って、あんなのが好きなのかしら」

中学生か高校生だろうか。十代らしい男の子が二人、仲良くスマホを見せあってお喋りをしている。柔らかそうな髪を肩まで伸ばしている童顔の少年に、体格のいい赤ら顔の大人っぽい顔立ちの青年の両方ともが流行の髑髏のチャームのついた太い鎖を垂らしている。

「シルバーアクセサリーが若い男の子の間で流行してるのよ。髑髏とか薔薇十字とか。意味やメッセージがあるとは思えないけど」

「やあねえ、不気味。あんなものに憧れなくてもいずれ自分たちもそうなるのに」

私たちは墓参りに行く老姉妹にふさわしいひそやかな声で笑った。

視線を車内に戻したまま、見るともなく見ていた。童顔の少年が時おり体格のいい少年に何か話しかける時、男同士の友達にはあまり見かけない初々しい恥らいの笑みを浮かべることに気づいたのは、もう彼らが下車支度を始めた頃だった。

がら空きの車内に投げ出していたカバンを引き寄せてから、童顔の少年がしなやかな手つきで、つと自分のペンダントをはずすとスマホと一緒にズボンのポケットにするりとしまった。

それは目ざとい姉ですら気にもとめないほどの速やかさで行われたにもかかわらず、私は少年が銀のペンダントをはずす刹那の、瞳の暗さに気づいて胸をつかれた。

悲しい目だった。まだ始まったばかりの青春の入り口で、深く翳った目で少年が隠さなければならなかった銀の髑髏。相手をおもんぱかり、周囲を気にして、自身の感情を秘めなくてはならない習性。幼い媚びを含んだ視線が、巧みに逸らされて。

その一瞬の眼差しの暗さには、多分彼がこれからもずっと味わわなければならない一生分の恋の苦さと酷さが秘められていた。

報われないと予め知っている恋情、叶えられない憧憬。祝福されるよりも、忌避されることの多い情熱と欲望。少年は今後、どれほど秘密の懊悩と呪縛に苦しめられることになるのだろう。

二人は駅についた途端急に無口になり、少し離れて電車を降りた。ゆっくりと走り去る車窓から私は二人を振り返って見ずにはいられなかった。少年はうなだれて、それでもひそかに胸を焦がしながら男友達の後ろを一定の間隔をあけて歩く。まるで見えない鎖に繫がれて刑場に向かう罪人に似て。

混乱と欲望に翻弄されながら、それでも求めずにいられなかった。悦楽と共に、いつも自分の内部に決して許されない罪の意識を抱きしめていた。親友の夫と逢瀬を繰り返していた頃、慎二に対する私の恋情もまた少年のポケットに隠された銀の髑髏のようではなかったか。

　少年が相手の友だちに問いかける時の、薄赤い唇。恥じらいながら嬉しそうに応えた時、目の片隅にあった裏切りの強い光。それは二十数年が過ぎても、忘れることのない私自身の姿そのものであった。

「最初からこんなに竹薮の近くだったかしら。じき真冬だっていうのに、青青してるけど」

「去年も一昨年も、お墓参りのたびに達っちゃんは同じことを言うのよ。そのたびに私が、だって今は竹の春、とか竹の秋って教えてる。お彼岸の時もお盆の後も」

　姉はうんざりした様子で私をたしなめる。確かに言う前は忘れていて、言ってから思い出す。同じ役割で同じことを繰り返して、七歳違いの姉妹は老いていくのだろう。新しい落葉を踏みながら、私たちは供花や水を持ち代えるたびに立ち止まった。

「神経痛がひどかった頃に来れないはずね。この墓地、かなりの高台だもの」

「でもお父さんの死後、お母さんは月命日にはかかさずお参りしてた。大変だったでしょうね、きっと」

　霊園といっても寺の背後の山を崩して、檀家以外の人にも分譲したという小規模な墓地である。それぞれの区画に、それぞれの墓石や塔婆が立っている。中にはまだ墓石もなく玉砂利の隙間から細い草が生えるままになっている寂しい区画もあった。

「立派過ぎて、死後の豪邸っていうのも変だけど。すでに生前から誂えておいた墓地が待ちくたびれたみたいに、うらぶれているのは寂しいものね」

姉は長女らしくてきぱきと手馴れた様子で、父母の墓のまわりを清め、水や花を供えた。

「二人ともたまにしか来れなくて、ごめんね」

口に出して詫びる姉と並んで、私も深く頭を垂れた。

「恵美の結婚も孫の誕生もちゃんと報告したし。達っちゃんも言い残すことのないように。包み隠さず報告して、色々お願いするのよ」

まるで幼い妹を引率してきた口ぶりで、姉が私に念を押すように言う。

「はいはい。だけど今さら家内安全を願っても、離婚済みで手遅れだし。この期に及んで子孫繁栄を求めても詮無いし。まあ、商売繁盛くらいはお願いしておくわ」

「達っちゃん、何言ってるの。私だって、みんなの健康だけよ。いつもお願いするのは」

郊外の夕暮れは都内より一足早く、遠くの山は早々と翳って、すでに墓所の周りの空気は冷え冷えとしている。

「そうだ。魔法瓶にコーヒーを入れてきたんだった。どうせ墓地に自動販売機はないだろうと思って」

姉が墓石の背後に積んである外柵に寄りかかって、水筒の蓋にコーヒーを満たしている時、なんだかきらきらと光るものが肘のあたりに見えた。

「お姉さん、側に硝子の破片があるみたいよ。気をつけて」

「ほんと、気がつかなかった。目がいいのね。でもこれ、硝子の破片じゃないのよ。玩具の指輪みたい」

私にコーヒーを渡してから、姉がそっと指輪をつまむと、茜色に輝く冬陽が指先に点火したように光った。ずっと以前に見た『E.T.』という映画のポスターのように、赤く灯っている指輪を見た途端、今までにないような強い悪寒が体を走った。

「どうしたの、寒いんじゃないの。顔がそそけだっているみたい」

訝しげに近づいてきた姉の手から、さりげなく指輪を受けとったけれど、悪寒は収まる様子がなかった。三カラットアップのパパラチヤサファイア。少し錆の浮いたクラウン爪に止められた聖なる蓮の色。「この石は特別」と言った美和の声が木霊のように、きりもない震えを呼び寄せる。

「勿論玩具だけどきれいね。懐かしい。昔、夜店で買ったじゃない、こういう硝子の指輪。赤だったり、青だったり。どうしてこんな所にあるのかしら。墓前に供えたわけでもないでしょうし。きっと小さな子どもが墓参りに来て、忘れていったのね」

思い切って左手の薬指にはめてみると大き過ぎたので、人差し指にはめるとぴったりだった。サイズは十一。それはまさしく美和の薬指のサイズだった。

一旦ははずして、握りしめた手をそおっと開いた。玩具の指輪は冷たくも暖かくもなく、手の平で光ってもいなかった。悪寒が去った時、私はこの墓地で私を待ちうけていた消息のように、もう美和には会えないのだろうという確かな予感に貫かれていた。


石は目覚め、そして眠るのだろうか。私は叶さんから預かってきたブラックオパールのルースを眺めながら、誰はばからない溜息をついた。

「年内にまとまりそうなカップルがあってね。じき六十歳になる彼女の誕生石がオパールなの。遊色効果がオレンジだったり緑だったりするメキシコオパールは以前から持っているんだって。多分最後になるだろう三度目の結婚には、ブラックオパールが欲しいっていうんだよ。最初の成約だから、あんたに頼みたいと思って。納品は年初めでもいいから」

美和を待っていたら埒があかないと叶さんが独り言のように呟いた時は、冷淡過ぎると思わないではなかったが、墓参り以降、私も美和を待つ気持ちは次第に薄れ始めていた。実際問題として彼女からの仕事がなくなれば困窮は目に見えていた。

まだ仕事を引き受けるか否か、迷っていた私に叶さんがこの石を見せてくれた時、石は眠っていた。ブラックオパール特有の深い遊色は紺青にたゆたって、どんな角度に透かしてみても、暗色に翳って鎮まっていた。

昏々と眠っていた石を目覚めさせたものは何だったのだろう。

ブラックオパールはサンスクリット語のウパラが語源とされるほど、古くて由緒ある宝石だけれど、脆いという職人泣かせの弱点を持っている。ナイフの刃より硬度はなく、極めて傷がつきやすい。それと知りながらあえて、パパラチヤサファイアに似た玩具の指輪を添い寝させるように、隣に並べてみたのはちょっとしたおもいつきに過ぎなかった。

二日経って、さりげなく箱をあけると、石はくっきりと目を開けていた。

見事な遊色の景色だった。比類なく鮮やかな混沌。ブラックオパールは今ではほとんどオーストラリアのライトニングリッジという所でしか採掘されないと聞く。カオスを呑み込んだ万華鏡のようなオパールは、ボードレールが女性の情熱に喩えたのだと教えてくれたのは、死んだ茉莉だった。

姪の恵美がやはり十月生まれで、大学の入学祝いの時に「どんな安物でもいいから」とねだられてやはりオパールのピアスを贈った。

「これは宝石の女王だって、シェイクスピアが言ってるって、演劇部の先輩が教えてくれた。私、十月生まれで良かった。ママみたいに六月だったら、湿っぽい真珠ばっかりしてなきゃなんない」

薄い耳朶に開けた小さな穴。やがてそこから流れ込んでくるであろう大人の世界。暗いもの、冷たいものを色とりどりの遊色に変えられるように、小粒でも輝きを失わないファイヤーオパールをずいぶん探して、やっとピアスにして贈ったのが、オパールとの出会いだった。

目を醒ましてからはずっと、新しい決意を促すように私を見つめ続けているブラックオパール。この石を望んだ女性は三度目の結婚だと叶さんは言っていた。ブラックオパールは内部にほんの少し古代の水の成分を残している。その女性は人生の終盤に、かすかに残された夢の残滓を賭け、どんな運命の中に飛び込もうとしているのだろう。この石はどれほどの絢爛たる混沌を彼女に見せることが出来るのだろう。

あまりに力のある石に向き合った時の高揚と混乱の中でぼーっとしていると、電話が鳴った。

「おばさん、私。恵美です」

姉の一人娘の恵美は自宅通勤を数年続けていたが、三十歳近くになって転職し、同時に家を出た。以前は最終電車に乗り遅れたから泊めてほしいと、突然やってくることも再三だったが、独立してからは滅多に連絡をしてこなくなった。

「あまり毎晩帰りが遅いし、待っているのも待たれるのもお互い限度だったのよ。仕方ないわ、女も自立しなきゃならない時代だもの」

当時姉は存外さばさばした口調で、一人暮らしを始めた娘に理解を示したが、義兄はずいぶん厳しい態度で娘の我儘を諌めたという。

「誰に似たのかな、あの無鉄砲は、ってあんまりしつこいから、きっと達子よって言ったら、納得したみたい」

そんな身内話をして姉妹で笑ったのは何年前になるだろう。私はと言えば、姪の闊達さと自由を羨むことはあっても、心配したことは一度もない。

「叔母さん、お母さんから聞いたでしょ、私のこと。そりゃあもう、親不孝なことになってるのよ」

相変わらず平静に、他人事のように言う。私は思わず電話口で笑った。

「私も恵美ちゃんに会いたいって思ってたの。ほんとに以心伝心ね」

「以心伝心っていうより、テレパシーよ。私とおばさんは同じ血が流れているから」

ふいに胸の中に熱いものが注ぎこまれた気がした。正真正銘の同じ血が流れている子は三十三年前に死んだ。死んだ子の歳を数えるなというが、生まれなかった子の歳を毎年小さく小さく畳んで生きている親もいる。墓もなく家系図にものらない死は、私と共に古びていくが消滅することはない。

「叔母さん、今日ひま？　ちょっと会いたいんだけど」

姪は以前に二人でよく待ち合わせをした渋谷の喫茶店の名前を告げた。

この町は老いたと、渋谷のスクランブル交差点を渡りながら思った。見知らぬ男女の足音と匂いと息と、まるで異国のような言葉の渦に取り囲まれ、無造作に触れあって歩きながら、老いたのは街ではなく、自分だと気づいた。交差点を渡り終えた時は、奇妙な大河を遡ったような疲労感があった。前後左右、振り返っても、見渡しても、見知らぬビルがひしめきあって遅い秋の空を汚している。

街は年ふるごとに重厚な美しさを増すものと、ただ薄汚れて磨耗していく街があるような気がする。若いエネルギーに使い捨てにされ続け、渋谷の街はどこか投げやりな疲弊の色を漂わせて見えた。

この街では、銀座で時々目にするような私の作ったアクセサリーをつけている娘とすれ違うことはない。雑踏が隠しているのかもしれない。時々目につくファッション関係者やモデルと見紛うほどの美貌の女性の身につけているものは、私には過去も未来もあまり縁のなさそうな豪奢であったり、奇抜であったりするものばかりだ。どんな娘も私とは全く無関係な物語をまとって慌しく行き過ぎる。

待ち合わせの喫茶店のドアを開けると、鮮やかなアマリリスの林立に出迎えられた。太い茎と葉肉の厚い緑、深紅の花びら。それはとてもこの街らしい斬新で豪奢なクリスマスディスプレイだった。

「叔母さん、ここ」

華やかな花の反射に身をひそめるように、一番奥まった席にいた恵美が手を振った。妊婦だということを知らなければ、この青ざめた長身の女性を人は重篤な病人だと見間違うかもしれない。

「恵美ちゃん、久しぶりね。会いたかったのよ」

会う前には思ってもみなかった愛しさに、ふいうちのように襲われた。三十数年前、私もこんなふうに身籠った一人の女であった。感傷的になるまいとして唇を引き結ぶと、すかさず例の悪寒がアマリリスの茎よりも太く立ち上がってくる。

「叔母さん、風邪なの。疲れてる？」

心配そうに覗きこむ当の本人も、ただならぬ憔悴の相を浮かべている。

「私は歳をとっただけだけど。恵美ちゃんこそ。大丈夫なの、こんな人込みの中に出てきたりして」

「それは大丈夫。母子共に健康。もう安定期に入って、悪阻（つわり）もなくなったし」

だとしたら芽生えたばかりの命を宿した若い母を、これほど憔悴させている原因は何なのだろう。悪寒はまるで私の予感と刺し違えるように次々とやってくる。

「お母さんやお父さんとはちゃんと会ってるの。実家に帰ることもあるんでしょ」

「ううん。まだ仕事をしているし、会っても心配かけるだけだから」

ふと茉莉の娘の文子のことを思い出した。妻子のある男と恋をして、駆け落ち同然に家を出てから十年間音信のなかった一人娘は、天使の形をしたローズクォーツを持って母親の臨終に帰ってきた。

何気なく姪の手に視線を落とした瞬間、薄青い魚の腹のようなそれをさっと振って、彼女が声をあげた。

「純ちゃん、こっち」

その声に顔をあげた他の客の視線もそのまま宙吊りになった。集めた視線をものともしない足取りで、アマリリスの深紅の襞を縫って、金髪の若い男が近づいてくる。

「この人が達子叔母さん。実はあたしの本当の母親。この人は橋本純之介君、二十六歳。私のお腹の子の父親」

とても不思議なことだけれど、悪寒は曳いてしまった。少なくとも橋本純之介という古風な名前の金髪の青年は、私にとって不安の対象でも災厄の種でもないようだ。その確信はすぐに私に落ち着きと安堵をもたらした。

「叔母の達子です。戸籍上だけではなく。恵美ちゃんは正真正銘の私の可愛い姪です」

わざとかしこまった調子で自己紹介すると、女の子のように小さい顔をした純ちゃんは困ったように笑った。

「恵美、かなり冗談きつくって。いつも好き勝手に人のこと紹介して。それでなくてもややこしいのに、よけいわけがわかんなくなっちゃう」

癖っ毛の金髪をうるさそうに払う動作が何となく芝居がかっている。

「あら私はいつだって真面目よ。もしかしたら正直過ぎるかも。それとも純ちゃんにとって、あたしって頭良すぎる？」

彼が来た途端、恵美の顔に生気が戻ってきた。戻って来過ぎたくらいだ。上気した顔には明らかに喜びとは異なった興奮が漲っている。あるいはそれが恵美の憔悴の原因の一つなのかもしれない。

「以前から恵美にさんざ聞かされたんです。達子さんのこと。私の血縁で誇れる唯一の人だって。だからちょっと、緊張しちゃって」

「だからちょっと、見栄はって、金髪に染めたの？　それって普通の人と真逆じゃないの」

二人は本当に恋人同士なのだろうか。恵美はなぜこんなに興奮して、不安で、辛そうなのだろう。三十年前、初めて子を身籠った時、私もこんなふうだったのだろうか。

「恵美ちゃん、見栄は大事よ。私なんか人様の見栄のおかげで仕事が続けていられるんだから」

恵美は肩を落として笑顔を作り、純ちゃんは白い歯を見せて笑った。この二人が恋人でないとしたら、何だろう。勿論夫婦ではないし、新米のお父さんとお母さんでもない。私の脳裏に何の脈略もなく、墓参りに行った時、電車の中で出会った二人の少年の姿が浮かんだ。慌てて打ち消したけれど、その印象はいつまでも残った。

私はどうしても純ちゃんの容貌から目が離せなかった。顔の輪郭をすっと視線でなぞり、おもむろに首、耳から肩の線、腕や手、指で止まる。まるで似合うアクセサリーを見繕うかのように、視線が勝手に品定めしてしまう。

柔らかな髪、恵美と同じくらいの小さな顔。顎、あまり飛び出てない喉仏。グレーとベージュのプルオーバーを一見無造作に重ね着しているけれど、手首からのぞく袖は微妙なモーヴ色のグラデーションになっている。

「まるでクリスマスローズみたいな配色ね。とても似合ってるけど」

私としたことがつい無思慮に言葉を発していた。うてなのようなしなやかな手だけの連想だけではない。うなだれて咲くクリスマスローズは、咲いていても一見は花と見えない。葉であるのか花びらであるのか、まだ未分化の花卉(かき)のたぐいといっていい。

純ちゃんが嬉しそうに私を見るのとほぼ同時に、恵美の目が脅えるように咎めるように光った。その目を見てわかった。かわいそうに、この娘は恋をしている。銀色の髑髏をそっとポケットにしまったあの少年のように。ひたむきで理解されにくい、秘めることによって危険な淵になり、渦となってきりもなく変容していく憧れと欲望に苦しめられている。

「叔母さんは純ちゃんが気に入ったのね。きっと気に入ると思った。私にはわかる。だって、私たちは同じ血の流れる真の親子だから」

甲走った声をあげた恵美の手を、純ちゃんがそっと握った。

「あたしにはわかってた。お父さんもお母さんも純ちゃんを理解することはない。一生ない。だけど、おばさんはきっと純ちゃんを認め、そして好きになるだろうって」

妊娠すると胎児にカルシウムを奪われるとよく聞くが、恵美の歯はまるで産んだばかりの子を咥える獣のように鋭く尖って見えた。

「ごめんなさい。変なことを急に言ったりして。恵美ちゃん、気に障ったのなら、謝るわ」

三十三年前に生んだ娘が、愛した男を初めて母親に見せにきた。そんな幻想にとりつかれていたのかもしれない。アマリリスが遠くで、魔女の舌のような赤い花びらを垂らして取り囲んでいる。

「じゃあなくて。恵美がちょっとナーバスになってるだけ。気にしないで下さい。ほら、マタニティブルーってやつですよ、きっと」

純ちゃんはしきりに気を遣う。俯いている恵美の手をとって、柔らかく振ってみたりする。

機嫌をとっているのかあやしているのか。苛立つふうもなく気長に慰めている様子を見ていると、こういうことが二人にとって日常的なことなのだという気がしてくる。

恋人同士には見えなかったけれど、二人は少しづつ新しい家族の形になりつつあるのかもしれない。

「恵美、おばさんに頼みごとがあるんじゃなかったっけ。ほらあれ、見せたら」

壊れ物でも置くように注意深く彼女の手を離すと、純ちゃんが私に甘えたような顔を向けた。促された恵美は気がすすまない手つきで、のろのろとハンドバックの中をまさぐっている。

「これ。銀なんだけど。もともとはバリのお守りみたいなものなんだって」

直径三センチほどの銀の玉には精妙な彫りが施され、花の形の中央には薄青い小さなガラスがはめ込まれている。

「上手に細工してある。きれいね、ちょっと見せて」

粗末な麻紐のようなものについているそれを受け取った時、かすかな音がした。時々何かの予感のように、異和のように、眠りから覚める際の身震いのようにも、様々な様相で訪れる悪寒としか呼べないもの。その内部からの発信に音をつけたら、こんな音ではないかというような、不思議に静かで、騒がしい、霊妙ともいえるかすかな鈴の音。

「初めて見た。バリのお守りって言ったわね。民芸品の一種なのかしら」

「ガムランボールっていうんです。もともとガムランというのはバリの音楽で。とても神聖なものだそうです。ガムランボールは種類がいろいろあるけど、同じものは二度と作らない。毎回二百九十五個。月の満ち欠けの二九・五にちなんでいるから」

純ちゃんは若い男性には珍しく、丁寧で優しい喋り方をする。

「詳しいのね。言われてみれば確かに細工も形も洗練されているだけでなく、どことなく厳粛な感じがするわ」

まるで身内を褒められたような恥じらいの表情が、またしても車中で見かけた少年の姿を彷彿とさせるのだ。

「このガムランを作った人は王族の剣を作ってた人だって。選ばれた人が作る特別のものにだけ精霊が宿るそうです。ほら、ちゃんと一個づつにシリアルナンバーが彫ってあるでしょ」

促されても、ボールを揺らして再びあの音を響かせるのはためらわれた。怖いというより、一人だけで聞き入っていたい気がする。そして何よりも私を躊躇させたのは、純ちゃんが目を輝かせ、説明が熱を帯びるほど、恵美の目が尋常でないような鋭さを増すことだった。不思議なことにガムランボールと彼を等分に見つめている姪の姿もまた、例の銀の髑髏をポケットにしまった少年によく似ている気がしてくる。

「同じデザインのものは二度と作らないし、作品にはシリアルナンバーもついているんだったら、もしかしてこのガムランボールには名前があるんじゃないの」

「ミラクル」

私の前からガムランボールをひったくるようにして取り戻した恵美が、礫のような声で言った。

「ミラクルよ。奇跡。純、そういう意味よね」

意地悪や嫌味を通り越して、憎悪に近い視線を彼に向けながらも、恵美の声には限りない悲しみがこもっている。そのどちらの感情も受け止めきれずに、純ちゃんは妊婦の腹のあたりに気弱な視線を当てたまま俯いている。

困惑したのは私も同様である。当事者ですら進退極っているような状況につきあわされて、気詰まりな空気が濃くなっていく。こんな状況の収拾は、到底第三者の手には負えない。相手が姪でなかったら、私はさっさとこんな修羅場は放り出して退散してしまっただろう。離婚してからはずっと、狡猾なほど細心の注意を払って、社会や世間の人間関係の縺れや、錯綜する人事とは無関係でいようと努めてきた。

社会的な最低限のつきあいにさえ支障をきたしてパートを辞めてから、私は小さな小さな石の世界だけに目を凝らしてきた。そしてこのまま老いて、一人で死のうと決めていた。茉莉の死は老いと死の前にたった一つ、私が超えなければならない他者との別れであった。

血縁というのは、ほんの少し他者になりそこなってしまった存在なのだろうか。恵美はまるで三十三年前に産んで置き去りにした娘のように、感情を剥き出しに私に向かってくる。受け止めてやりたい気持ちと、放り出して逃げ出したい思いがせめぎあって身動きがとれない。

「ミラクル、ミラクル。何とか言いなさいよ、純。奇跡なんて起こるはずがない。純の子どもであるはずがない。これがあなたの愛するミキが私に言いたいことなんでしょ。ミラクル。ミラクル。あなただって同じことを思ってるくせに」

早口で投げつけるように言われた言葉をやっと拾い集めてみたものの、意味も苛立ちの核も、恵美の憎しみの的さえも、私には皆目見当がつかない。

ミキという名を聞いた途端、初めて純ちゃんの表情が強張るのがわかった。眦(まなじり)と眉山に怒りが凝って唇が歪んだ。黙り込むと、二十六歳より一層若く、十代の少年の顔に見えた。

男性には、慎二のようにしたたかさと堅実さを確実に積み重ねて、それを継ぎ目のない層とすることが出来る男と、層どころか、下手な積み木のように壊すことだけを繰り返す男がいるのかもしれない。

「恵美ちゃん、何を怒っているの。誰を責めているの。そんなに興奮して。母胎は安定期に入っても、心も安定期になるわけじゃない。お腹の子どもだって驚くわ。もういい加減にして、話の続きはまた今度ということにしましょう」

恵美は途端にしょんぼりとうなだれてしまった。やつれた頬に憤怒の名残りの赤さだけが残っている。姉の貴子もやはり姉妹喧嘩をした後など、同じようだったことをふと思い出した。

「電話じゃあガムランボールのことは頼めない。見せて相談したいから、渡す時に叔母さんに会いたいって言ったのは実は俺です。すいません。俺が悪いんです」

純ちゃんが謝っても、恵美は唇を噛み締めたまま口添えもしない。誰も触っていないのにガムランボールの音色は私の中でますますはっきりと鳴り続けている。こんなにはっきり聞こえているのだから、あるいは恵美や、純ちゃんにも聞こえているのかもしれない。

「そうね。私も会えて嬉しかった。せっかく持ってきてくれたんだから、預かっていくわ。ガムランボールを何かアクセサリーに加工したいのかしら。ペンダント？　それともブレスレットにしたいの？」

「出来ればブレスレットに。シルバーの鎖で繋いで」

恵美がうつむいたまま呟くように言うと、淳ちゃんが傍らで深く頷いた。

「こういうスピリチュアルテイストのアクセサリーを手がけたことがないからよくわからないけど、鎖はどんなものがいいの。鎖だけじゃなくて、何かチャームも付けた方がきれいだと思うけど」

「よくわかんない。ミキがしてるのはけっこうごつい鎖で、模様がびっしりある。鎖の隙間がない方が運が逃げないからって。螺旋みたいにぐるぐるしてるのがいいのかも」

説明を始めると純ちゃんの目がげんきんなほど輝く。彼は歳の割に幼く、世間ずれしていない分、場の雰囲気や流れを汲むことに長けていないのだろう。

「あっ、シリアルナンバーの近くに恵美のイニシャル入れるのもいいかも。他に付けるとしたら、きらきらするチャームとか。出来ますか。目立ったほうが運気が上がるって、ミキが言ってたから」

これ以上純ちゃんにガムランボールの話をさせてはいけないと、私は慌てて頷いた。

要件はあらかた済んだ気がして帰ろうとすると、くぐもった音が鳴って、彼がそそくさとスマホを取り出した。受話器を覆うと、唇を突き出して甘えたように応対している。

「すいません。俺はこれからちょっと仕事で。恵美のことよろしくお願いします」

姪の肩にさりげなく手を置いて彼が立ち上がった時、かすかな音がした。ポケットに突っ込んだスマホから、シンプルな皮紐にくくりつけられたガムランボールが見えた。

純ちゃんの姿が喫茶店から消えるまで恵美は顔も上げず、別れの言葉もかけなかった。薄い肩が、私には判らない意地で固まっている。どんな言葉をかけてから、帰ろうか。それともこのまま姉の家に送って行った方が良くはないかと思案していたら、恵美が撓んだ枝がぴしっと鳴るように突然顔を上げた。

「お腹すいちゃった。叔母さん、一緒にご飯食べよう。近くにけっこう美味しいトンカツ屋さんがあるの」

すっかり平静さを取り戻した様子で、恵美は私に微笑みかけた。

「あんまりヒステリー起こしたから燃料切れみたい。赤ちゃんのためにも栄養補給したいし。豚肉って身体にいいいんでしょ」

「そうね。五カ月だったらもうちょっと体重が増えなくちゃあね」

日暮れはどんどん早くなる。長身の恵美の影に付き添うように歩いた。彼が同席していた時とは打って変わって、半ば放心したように姪はふわふわと寛いで見えた。

「地下なんだけど、暗いからおばさん足元気をつけて。ここの階段急なの」

妊婦らしい足運びになって、恵美がそろそろと前を歩く。ほんの少しお腹を突き出すようにして降りていても、膨らみは余り目立たない。

「私は大丈夫だけど。あなたこそ、気をつけなさい」

恵美の足元を改めて見ると、踵が五センチはありそうなパンプスを履いている。

「おばさん、ヒレにする。それともロース。どっちも黒豚で美味しいの。あたしはロース。それからメンチカツとポテトサラダ」

「じゃあ私はヒレにする」

店員が驚いたように私たちを見比べている。ダイエットが必要な母親と、過食症の娘。そんなふうに見えるだろうと苦笑すると、同じことを思っていたらしい姪が目配せをして笑った。

「厚い肉と、ジューシーな油とボールいっぱいのキャベツにソースをだぶだぶかけて、もりもり食べよう。あの店員、きっと目をむくわね」

「思い出した。あなたのお母さんも牛肉より豚肉の方が好きだったわ、昔から」

「お父さんは関西人だから牛肉崇拝者なの。だから、肉じゃがを作る時はいつも揉めちゃって。仕方なく一人娘は気を遣って、牛と豚を替わりばんこにねだることを思いついたってわけ」

運ばれてきた焙じ茶を飲み終えると、恵美は暢気な口調で言った。

「純ちゃんはどっちの肉が好きなの。お父さん派、お母さん派。それとも恵美ちゃん派」

「純ちゃんは豚。ミキは牛。私の人生って、いつも半々」

ミキというのは純ちゃんの元の恋人なのではあるまいか。話題になるたびに気になっていた。純ちゃんが帰ったので、思い切って訊こうとした時、恵美のハンドバッグの中でスマホが鳴った。

「そう。わかった。わざわざ教えてくれなくてもいいから。どうせいつものことじゃない。勝手にすれば。べつに、いいんじゃないの。私には関係ないから」

とり付く島のないぶっきらぼうな応対。そっけない言葉で、冷たい返答を繰り返しながら、恵美は泣いているのだった。目を見開いたまま、声と言葉と心と肉体を別々に切断し、切り刻んでいる。その泣き方は離婚前後の私の泣き方と瓜二つだった。傷つくまいとして、あらかじめ自分をメッタ切りにしてしまう。こんなふうに分断された一つの心はなまなかなことでは再生しない。ならばいっそ心と身体がばらばらなまま死んでいきたいと思った時期が私にもあった。

最初にポテトサラダとメンチカツがきた。メンチカツが隠れるほど千切りのキャベツがうず高く盛られている。

「キャベツのおかわりも出来ます」

店員が告げる間もなく、恵美がキャベツの山に箸を突っ込んだ。

「何て馬鹿な奴。それらしい言い訳も出来ないなら、電話なんか寄越さなければいいのに。まったく、いつまでたっても、ちっとも学ばない」

キャベツの山を崩し、ポテトサラダを陥没させ、メンチカツを齧る。以前よく一緒に食事をしていた頃は、行儀のよいきれいな作法で食べていた。生まれた時から躾けられていた習性すらなくすほど、姪の生活は変わってしまったのだろうか。

「恵美ちゃん、千切りキャベツは椀子蕎麦じゃないんだから、そんなに焦っておかわりを急がなくてもいいんじゃないの」

マスカラがちょっと滲んでいる目を上げて、恵美がにっと口を横に引っ張るようにして笑うと、口の端から千切りキャベツが数本こぼれた。

ロースカツを一人前、私のヒレカツを一切れ、メンチカツとポテトサラダと赤だしの味噌汁を二杯平らげて、恵美はやっと箸を置いた。

「美味しかった。人心地ついたって感じ。でもおばさん、びっくりしたでしょ。私が泣いたり、笑ったり、怒鳴ったり、皿まで食いそうになったりして」

見事な食欲を発揮した後の軽い放心の体で、恵美は普段の調子に戻って言った。

「ええ、正直ちょっと驚いてる。あなたはどっちかというと、落ち着いた明晰な女の子だったから。赤ちゃんがお腹にいるせいなの。それとも、もしかして純ちゃんのせい？」

泣き癖のついたような腫れぼったい目を据えて、恵美はどこまで言おうかと思案しているふうだった。

「ううん。みんな自分のせい。自業自得ってことかな。だけど私だって驚いてるの。純ちゃん以外の人に、こんな愁嘆場を平気で見せられるなんて。恥も外聞もなく、みっともない姿を叔母さんにさらけ出して、甘えちゃってることに」

みんなさらけだしてと言うけれど、肝心なことを恵美は必死で隠している。そしてその同じ必死さですべてを暴きたいと思っている。

「恵美ちゃんはこのガムランボール、どんなブレスレットにつけたいと思ってるの。それに、もし私の見間違いじゃなかったら、純ちゃんも同じ物を持ってるでしょ。ペアにしたいのなら遠慮しないで言ってて」

私は姪の顔色を伺いながら、預かったガムランボールを取り出してテーブルに置いた。それは無音だったにもかかわらず、悪寒が漣をたてて広がり指先にまで及んだ。

「叔母さんってほんとに目がいいのね。耳がいいのかな。純ちゃんのマジックハートは音がとっても小さいのに。私なんか最初、耳元で鳴らされたって聞こえなかったけど」

「マジックハート？　ミラクルじゃないの、あのガムランボールは」

「そう、ハッピー、アンド、サクセス。それがマジックハートに込められたメッセージ。ミキが仕事でバリに行った時、買ってきたの。自分のはハッピーフォーチュン。幸運を招く九つの星」

恵美はテーブルに置かれたガムランボールを自分のお腹に引き寄せて鳴らした。涼やかな、哀しい音だった。どこか遠くで青い湖が目醒めていくような。静かに水輪が広がっていくような。

「ガムランの音色には精霊が宿る。悪しき霊を追い払い、美しき霊を呼び寄せる。それは魂の子守唄だから、胎教にきっといいはずだって、ミキがくれたの。ミラクルロータス。奇跡の蓮。それがお前の名前。それが私の赤ちゃんの運命」

ガムランは恵美の腹の上で鳴り続ける。その甘やかな唄うような口調で、姪が学生時代に演劇に打ち込んでいたことを思い出した。

「ミキさんって人は、彼の以前の恋人？　あなたの結婚の障害になっている人なの」

恵美は返事の代わりに一層激しくガムランボールを振った。不思議なことにこのボールは激しく振るから高い音が出るというのではないらしい。人の心の混濁を吸い取るように、むしろ音はほとんど失われてしまった。

無音のガムランを見つめずにはいられなかった。外傷はなくても、内部だけの変化で壊れるということがあるのだろうか。人間の心のように。

「赤ちゃんがガムランを眠らせてしまったみたい」

恵美は眠ってしまったボールを私の手にそっと置いた。注意深く見ると確かに銀色のロータス、蓮の花らしい彫りがしてあった。

「おばさん、私っておぞましい？」

若い人はとんでもない時に、とんでもないことを言いだすことがある。歳を取るとそういう直感的なもの言いは滅多にしない。思いつきや、インスピレーションが胸の中に兆しても、一旦飲み込んで納めてしまうと、それはすぐに曖昧に、雑多な思念と混じりあって融合してしまう。頑健で鈍感な胃のようにすべてが消化されてしまう。それはあるいは緩慢な忘却の初期段階のようなものかもしれない。

「おぞましいだなんて。どうしてそんなことを言うの。あなたはちょっと神経質で苛立ちやすくなっているだけじゃない。安定期に入ったといっても妊婦は動揺しやすいものよ。普通の状態じゃないんだもの」

本当にそうなのだろうか。私はたった七十八日母親だっただけなので、正確にはわからない。姉だったら、もっと的確なアドバイスができる気がするけれど、恵美の状態が妊婦特有の不定愁訴でないとしたら、姉は一層娘の状態を心配することになるだろう。

「ミキが言ったの。だから女は嫌いだ。子を産む女はおぞましいって」

悪寒は収まっていたが、私の世慣れない頭の中は益々収拾がつかなく、混乱するばかりだった。

「腹がたったから言い返してやった。なれるものなら、そのおぞましい女になってみればって。私ってほんとに最低！　どんなに醜くても、おぞましくてもいい。ミキがどれほど本物の女になりたいかわかっているのに」

ガムランボールが鳴った気がした。そうだったのか。だから私は純ちゃんと姪の姿を見るたびに、電車の中で見かけたあの少年を思い出したのか。銀の髑髏をポケットに隠して、刑場にひかれていくようにうなだれて、男友達の後ろを静かに歩いていったあの少年を。

「こんなこと、叔母さんにしか言えない。金輪際、お父さんやお母さんには言えない。私にはミキという恋敵がいて、純ちゃんの元の恋人の正式な名前は大場幹夫だなんて。だけど、事実なの。ミキと純ちゃんはずっと友達で、恋人だった。ミキから純ちゃんを奪って、彼の子どもを身籠り、私はおぞましい女になった」

事実がはっきりした分、内心私は安堵していた。苦しんでいるけれど、恵美は病んでいるわけではない。苛立っているけれど、憎んでいるわけではない。自分も純ちゃんもミキという人さえ、否定しているわけではない。

恋というものはいつだって、一筋縄ではいかない複雑で隠されたいくつもの側面と暗部を抱えている。苦しむ本人にとっては、特殊で深刻な事情に思えても、それがみな破滅的要素であると決まったものでもない。恵美の苦しみの源は人を愛する苦しさに違いないのだから。

「だけど純ちゃんはあなたと一緒に生きていくことに決めた。ミキという人も胎教にいいからとあなたにミラクルロータスをくれた。ガムランボールに宿った精霊があなたと赤ちゃんを守ってくれるように。そうなんでしょ、恵美ちゃん。違うの」

恵美は頷きこそしなかったものの、険しさの消えたまなざしで黙っていた。柔らかに自足した、母親になったばかりの女の顔になって。

わずかに癒された顔をして俯いていた姪を見た時、ガムランボールのブレスレットに使う石は自然に決まった。ムーンストーン。名前の通り柔らかな白色をしたあまり光らない石である。地球という星を照らす太陽と月という二つの光源。かつては旅人のお守りとして、行く先を照らすと言われたムーンストーン。

岐路に立って苦しんでいる恵美を、月の女神ダイアナが導いてくれますように。

最初はガムランボールの本体である銀とマッチするようにシルバーの粒を間に配すつもりでいたのだけれど、それでは余り地味でつまらない。手持ちの石をいろいろ試してみて、同じムーンストーンでも角度によって青や紫の色を帯びるレインボームーンストーンに決めた。

一粒一粒、発色を確かめながらゆっくりと繋げていく。シルバーの鎖にしろ、ワイヤーにしろ、シルクの紐にしろ、こうして繋げていくという行為が私はとても好きだ。石との高揚した、緊張を孕んだ対峙ではなく、ゆっくりと丁寧に繋げていくと、少しづつ心が凪いで、静かに満ちてくるような気がする。昔から、輪のデザインや意匠が根強い人気を持ち続けている理由がよくわかる。

近年特にサークルのモティーフが多用されているのも、輪というものが不安な世界の中で、言葉ではない癒しや安定を与えているからではないかとずっと思っていた。

「ごめんね、叔母さん。迷惑かけて。私だってわかってるのよ。ミキは売れない俳優なの。劇団も貧乏で。純ちゃんは裏方したり、衣装担当したり、ずっと二人で頑張ってきた。ミキはとっても献身的で優しいの。恋人でなくなっても、二人の関係をすべて壊すことなんか出来ない。わかってるけど。二人で会っているところを想像すると、悲しくて口惜しくて、不安でたまらなくなる」

夕食の時間に帰れないと知らせてきた彼のために、トンカツ屋で誂えたカツサンドの包みを持って、健気に笑ってみせた姪の姿がムーンストーンの一粒一粒に映っているような気がする。

「恵美ちゃん、気持ちは良くわかるけど、いくら不安だからって、踵の高い靴をはいたりしちゃ、だめよ。自棄になっても得をする人は誰もいない。泣いても、怒っても癇癪をおこしてもいいから。後で後悔するとわかってることだけはしないでね」

子どものようにこくんと頷いた恵美の肩を抱きすくめて、薄暮の渋谷は少し優しい横顔を見せていた。

教えてもらったガムランボールの由来に因んで、レインボームーンストーンの粒を二十九・五粒にするために、小さなピンクトパーズを入れてブレスレットを作った後、同じデザインのものをもう一本作った。

「左手から運気が入ってくるからミキはガムランをブレスレットにつけて彼にくれたけど、さすがに私の手前、お揃いのをしつづけてはいられない。といってミキにもらったものを捨てることもできないから、目だたないように持ち続けてるの。そこが純ちゃんの可愛いとこでもあるし、アホなとこでもあるの」

泣き笑いの表情で打ち明けた恵美のために、純ちゃんのマジックハートにつけるブレスレットには深い青のロンドントパーズをつけた。

美和から連絡のないまま、年が明けた。親友の茉莉に逝かれ、仕事上の得がたいパートナーを見失った一年であった。

歳をとってくると、ますます一人ぼっちになっていく気がする。子どもを諦め、夫と別れてから、一人で老いて、一人で死ぬことはわかっていても、孤独で生きていく覚悟がすっかり出来ているわけではない。

歳月は瞬く間に過ぎ去り、思いがけないものが失われていく。年毎に薄くなる年賀状の束を前に思わず溜息が漏れる。仕事関係やＤＭの類のそっけない年賀状をぱらぱらめくっていたら、慎二からの欠礼の葉書を思い出した。ありきたりの印刷文の他には翡翠の翡の字も記されていない。いったい彼はあんな高価な宝石を送り付けたまま、受け取った私の気持ちをどんなふうに解釈しているのだろう。

改めて不審の念が湧いて、彼にではなく、当の翡翠に尋ねてみたいような気になった。

何度見ても、箱を開けるたびにどきどきする。対面すれば此方側が返答を迫られている気になって、緊張で手が震える。答えも結論も出ているはずなのに、何を今更問い詰められることがあるというのだ。決着はついている。弔いも供養もすでにすませたではないかと、自分に言い聞かせつつやっと対面する。

翡翠に見つめられる緊張をまぎらすためにわざと職業的にてきぱきと動く。ルースの下からペンライトを当てて凝視すると、光の中に繊維が絡んでいるようなもわもわとした模様が見えてくる。動きまわる細菌か微生物、あるいは神経繊維の乱れや、分裂のように。

石が生きている、と感じるのはこんな時だ。魂ではないが何らかの情操をもっているとしか思えない。それは私の頭の中に、一種の甘美な信号を送り続けてくる。

藻のような繊維の構造を持つために、翡翠には特有の粘り気がある。ジュエリー用語で言うところの靭性(じんせい)が高いためである。ジュエリーというのは硬度だけでなく、この靭性の強さが特に重大な要素とされる。硬度が高ければ堅牢で割れにくいと思い勝ちだが、外部の力や衝撃に強いのは、寧ろこの粘りなのである。

手のひらに乗せ、指で触り、愛撫するだけでは足りず、思わずその玉に唇をつけた。滑らかで甘いロウカンの舌触りが、私に慎二と交わした数知れぬ接吻の記憶を掻き立てた。

翡翠に見られないように慌てて箱を閉ざしてから、かすかに笑った。寂しいのかもしれない。慕わしいのかもしれない。懐かしくてやるせない気持ちがあるのだろう。茉莉が生きている間は封じ込め、幾重にも閂(かんぬき)してきた、廃れ朽ちていくことを願っていたはずの記憶なのに、翡翠に口寄せて、呼んでしまった。

呼んでしまって、引き寄せたからには、恋しいのであった。

二十年前、いつも都内のホテルで慌しい短い逢瀬を繰り返していたけれど、たった一度、慎二と鮎を食べに遠出をしたことがある。半日だけ時間がとれると呼ばれれば、当時の私は否応もなかった。解禁したばかりの鮎を食べに行ったのだから、五月だったに違いない。幹線道路を猛スピードで飛ばして、都心から一時間半。働き盛りの四十代で、多忙を極めていた慎二が妻に内緒で行ける、それが最大の遠出だった。

期待と喜びで、寧ろ二人とも無口だった。会話も音楽もないのに、景色も眺めていない、相手の顔さえろくすっぽ思い出さない。夢中というのは肉眼では一切見ないことなのだ。

宿も兼ねるという古い料理屋に着いた時、慎二が「川岸に鮎釣りがずいぶん出ていたね」と言った。言われてみれば、高速を降りてから橋を二つ渡った気がする。大きくて高い橋だったが、川も水も見ていなかった。

予約を入れていたから、仲居は心得顔で川の見える離れの部屋に通し、お茶やおしぼりを用意すると、すぐに下がってしまった。

用意された座卓におさまると目の位置が変わって、ずっと見えていた川が消える。庭の躑躅（つつじ）が沁みるほど赤く、藤棚の花は終わって、まどろむようにゆっくりと緑が揺れていた。

ビールと前菜のうるかが運ばれると、「鮎飯はしばらくお時間をいただきます」とことわりを言われ、仲居の足音が遠ざかる間もなく抱きしめられた。

「水の匂いがする」

翡翠を舐めた時に聞こえたものは、慎二のその時の声だったのである。

年が改まったからといって、美和の身辺に新たな展開があったとも思えないが、暇を持て余していたこともあって、ついふらりと店を訪ねて見る気になった。ついふらりとか、暇だからと言い訳を言いながら、心の中で見知らぬ誰かに消息を問いたいような気持ちになっていた。犯人が現場に戻るように、あるいは美和のテリトリー内に行ったら、例の悪寒がしてくるかもしれないという懼れと共に、わずかに恃むような期待も抱いていた。

寒空の下で美和の店は取り付く島がないといった風にシャッターが下ろされ、新年の挨拶はおろか慶賀の気配すらなかった。

「去年からずっと閉まってますよ。店、潰れたんじゃないの」

よほど途方に暮れているように見えたのだろう。見知らぬ人からふいに告げられて驚いた。振り返ると、犬の散歩らしい老婆が連れている犬と揃いの色のダウンを着て立っている。

「買ったことはないけど、ここのウィンドウはきれいだったから楽しみで、いつも遠回りして覗いてたのに。急に店終いになって。ずいぶん流行ってるように見えたけど。どうしたんだろうね」

美和にさんざん催促されて、納品期限ぎりぎりにあたふたと飛び込んでくることが多かったから、しみじみディスプレイを観賞したことはなかったけれど、時々「ウィンドウに飾った途端に売れちゃったから、同じものを急いで追加して」と連絡を受けることがあった。

「ご近所でしたら、噂か何か御存知ないでしょうか。この近辺に急に地上げや開発の話が持ち上がっているといったような」

つい勢いこんで訊ねると、心なしか怯んだ様子で足の短い犬を引きよせた。

「近所といってもねえ。ただここの場所って、昔から縁起が悪いから。次々潰れちゃあ、また違う店になって。この店は落ち着くと思ってたんだけど」

よく仕込まれたらしい犬は飼い主の内心を汲んで、しきりに先を促す。私の礼の言葉にろくすっぽ耳もかさず、老婆はそそくさと犬を追って行ってしまった。

「もう十年も続いて繁盛してきたのに、今さら縁起が悪い場所だなんて」

通行人の耳に入らぬように内心で呟いても、悪寒どころかどんな胸騒ぎも起こらず、容赦ない寒さだけが全身を包む。

立ち去りかねる思いでのろのろと遠ざかり、また振り返る。美和は一体どうしてしまったのだろう。あんなに仕事を第一に考え、客を大事にする彼女が唐突に店を閉めなければならない事情とは一体何だろう。叶さんはやはり何か肝心なことを、私に隠しているのではないだろうか。

寒さに身を固くしながら、思いつく限りの想像をして歩いていたら、去年の秋に立ち寄ったことのある喫茶店のことをふと思い出した。

私が作った琥珀のペンダントをしていたからには、購入先は美和の店に違いない。同年輩で、店も近く、やはり女一人で商いをしている同士、存外親しく往来していたということもあり得る。

そんなふうに思いつくと、なぜもっと早くに訪ねなかったかと心が急いて、つい足早になった。

店には暖かい飲み物と長居できそうな快適な場所を求めて、近所の年寄りたちが三々五々居心地よさそうに寛いでいた。

「いらっしゃいませ」と女主が、暖房で火照っているピンク色の顔を上げて気持ちのいい声で迎えてくれた。

去年来た時と同じカウンターの席に着いた。時間を少しでも稼ぎたいと、あまり食欲はなかったが、サンドイッチとコーヒーを頼んだ。

「申し訳ありません。ちょうどサンドイッチ用のパンを切らしてしまいまして。アップルパイならまだ残っていますけど」

食欲をそそる声というものがあるのかもしれない。女主の恐縮しながらも、期待に満ちた声で勧められると、サンドイッチよりむしろアップルパイが食べたい気がしてくるから不思議だった。

「じゃあ、アップルパイとコーヒーを」

「すいません。ちょっと大きめに切りますから」

水を置いた手でメニューを取り上げた時、女主の胸元で何かが光った気がした。気がしたと思うほどの一瞬、かすかな瞬きほどの輝き。何だろうと、不審に思う間もなく、寧ろ迎えたいような気がしていた悪寒がし始めた。

小さな喫茶店には不似合いな旧式の立派な柱時計が五時を回ると、店内は帰り支度を始めた客の声で俄かにざわめき出した。

「あんた、手袋忘れてるよ」

「おじいさん、マフラーを引きずっちゃダメじゃないの。外は寒いからぐるぐる首に巻いていった方がいい」

「おお寒い。この冷えじゃあ、今夜は白いものが降るかもしれない」

レジの付近に佇んで、長々と身支度やら、別れの挨拶を交わしていた年寄りが女主の丁寧な礼の言葉に送られて一人、二人と帰っていく。

「すいません。すっかり放りっぱなしにしてしまって。お年寄りのお客様って、意外と気が短い方が多いものですから。本当にお待たせ致しました」

支度が遅れがちだからといって、水と一緒にケーキだけ先に出すような無作法なことはせず、同じように丁寧に淹れてくれたコーヒーの味を私はゆっくりと味わっていた。

「美味しい。このアップルパイ、自家製ですね」

「ええ。いつもケーキを作ってくれる人がまだお正月休みで。私がアップルパイだけは焼いています。お口に合いますでしょうか」

ケーキの入っていた硝子のドームには凝った銀の細工が施してある。多分アンティークに違いない。銀は手のかかる素材なのに錆ひとつない。きっと日頃から手入れを怠らないのだろう。

「これ、ずっと昔、主人が蚤の市で見つけて。後生大事に飛行機の中で膝にのせて持ち帰りました。買った時は銀の色がずいぶんくすんだ卵色になっていて、青黴みたいな錆が浮いていました」

女主が笑いながら愛しそうに細かな細工を撫ぜる。撫ぜた時、今度ははっきりと彼女の胸元が光った。

ずっと昔、美和が買ってくれたジェットのクロス。縦五センチ、横が四・五センチの漆黒のペンダントヘッドのクロスだった。

ジェットは一億八千年前の樹木の化石であり、厳密には石ではない。石炭と一緒に採掘される素材は軽く、また硬度も低いので、彫刻を施すことが意外に容易い。まだ真珠の養殖がこれほど盛んでなく、タイや中国の黒真珠が市場に出回らない時代にはジェットは喪のアクセサリーとしてとても貴重な素材だった。

細いシルクコードにつけられたジェットのペンダントヘッドには、稚拙で懸命な唐草模様が万遍なく裏にまで施されている。ハンドメイドの丁寧な仕上げとはいえ、不思議なのは、元々透明感のないジェットのクロスがなぜこれほど光って見えるのかということだった。

「こんな地味で目立たないペンダント。美和には似合わない。無理して買ってくれなくてもいいのよ。これは私が自分のために作ったようなものだから」

「ううん。真珠ではなくて、マーカサイトでもない。メタルの冷たさもなく、真珠の照りもない。ただ深くて黒いだけの喪のアクセサリーが欲しかったの。ずっと捜してたから、本気で欲しいのよ。どうしても」

珍しく真剣な目の色になって言い張った美和の様子をよく覚えている。別に葬祭用のアクセサリーとして作ったわけではなかったから、彼女の言葉に実は少し驚きもしたのだった。

もうずいぶん前のことだ。私が硝子やプラスチックの安価なファッションアクセサリーから半貴石を使ってジュエリーを作り始めた初期の頃。あれからすでに八年の歳月が経ったことになる。

「やっぱりアップルパイ、甘過ぎましたか。今時のスイーツはパイの上にアプリコットのジャムを塗ったりしませんから」

ケーキ皿に残ったパイが気がかりな様子で、女主が私の手元を覗きこんで言った。

「あっ、いえ。美味しいです。私はあまり今風のヘルシー嗜好のケーキ、好きじゃないんです。ダイエットや、スローフーズに関心はありますけど、ケーキはやっぱりきれいで、ちょっとゴージャスに甘い方がお菓子の楽しみがある気がして」

深い考えもなく余り意味のないことをぺらぺら喋っている。あのジェットのクロスがなぜ女主の白い胸元で揺れているのか。いくら同性だからといって、すぐにそれを見せて欲しいと覗き込むわけにもいかず、何となく気もそぞろなのだった。

「よかった。実は私はごらんの通り太り気味なものですから、娘時代からずっとダイエットを心がけて参りましたの。お菓子もついヘルシーなものになり勝ちでした。でも亡くなった主人が大のイギリス贔屓で。アフタヌーンティーとか、ハイティーとか言っては、お茶の度に甘いものを欲しがりましてね。アップルパイもその名残りなんです。これにホイップクリームをたっぷり添え、朝食に食べるくらい甘党でした」

はにかみながら、それでも思い出話をするのが楽しくて仕方がないといった様子で女主が話し続けるのを、曖昧にうなずきながら聞いていた。

ジェットは希少価値こそあるものの、鉱石ほど高価なものではない。私が作っていた頃には漆黒のアクセサリーなど、確かに美和が言うように葬祭用に用いられる程度に過ぎなかった。

しかし時代の趨勢でファッションも変化して、今では黒色のファッションアイテムも多く出回っている。ジェットは有機素材だから軽いという利点もあり、クロスデザインは今や不動の人気を得ている。

でも、どこのジュエリーデザイナーがこんな安価なクロスペンダントの全面に面倒なテクスチュアを施したりするだろうか。だいいち、模様が施してなかったら、ジェットの漆黒があんなに光るはずはないのである。

さまざまな推測や疑問が次々と浮かんでは消える。納得のいく答えが見つからないまま、どんどん不安が増してくるのは、私の全身に小さな悪寒が絶えずやってきて去らないということも手伝っていた。

「すいません。お客様が召し上がっている途中だというのに、勝手なお喋りをして。でも、どうしてでしょう。わたくし、こう見えても普段はそんなにお喋りは得意な方ではないですし、主人からも店を出す時に、しつこいほど私語は戒められておりましたの」

去年一度ふらりと立ち寄っただけなのに、彼女は私のことをよく覚えているようだった。親しげな口調に背中を押されて、私は最前から心を占めていたことをやっと口にすることができた。

「私、ずっと気になっていたんです。不躾なお願いで恐縮ですが、そのペンダント、ちょっと見せていただけないでしょうか」

少し濡れていたのかもしれない、彼女は丁寧に自らの手を拭いてから、ゆっくりとペンダントをはずして手渡してくれた。

「軽いですね」

手にとって改めて、その軽さに驚いた。やはりクロスは私が作ったものだった。稚拙で懸命な彫りの一筋ごとにあの時の思いが発ってくるようで、見つめているうちに熱いものが胸にこみあげてくる。

過去が恋しいわけではない。当時の思いつめた心根が懐かしいのとも違う。時がいつの間にか風化させていた情熱が、思いがけず純化されて突き返された気がしたのだ。見つめていればいるほど、その漆黒のクロスは私の過去への慕わしさそのもののように思えてくる。

「こちらこそ、ずいぶん不躾なことをお尋ねしますけど、もしかしたらこのペンダント、お客様が作ったものじゃないですか」

女主の言葉に驚いて、思わずクロスを握っていた手を開いた。

「唐突にこんなことを言いだして、間違っていたらお詫びのしようがありませんが。もしかして、お客様は美和さんの、ベーネという近所のセレクトショップのオーナーの、お知り合いの方じゃありませんか」

彼女の顔をひたと見つめて大きく頷いた。

最近気づき始めていた。悪寒は悪い予感や予告としてだけ私を襲うのではないらしい。生き物が本来は持っているはずの、未知のものを嗅ぎつける予知能力の閃きに似て、それは危機感や生理的な脅えとは微妙に異なっている。運命の神様には前髪しかないからそれを即座に摑まなければチャンスを逃すというけれど、強いていえば悪寒は運命の神には無いはずの後ろ髪のきらめきのように、私に触れるのだった。

女主の胸元に光るものを見た時から始まった悪寒。それは思わぬものとの邂逅の予告だったのではないだろうか。

「お察しの通り、これは美和さんから頂いたものです。その時、彼女が言いました。これを作ったのは私の親友だって」

途端にクロスを握った手に涙がぽたぽたと落ちた。美和に会いたかった。会って詫びたかった。人生で幾つかの裏切りと別れを経験した私は、世知という鎧を大概のことでは脱がなくなっていた。生身の心が触れ合い、容赦なく切り結ぶことを意識的に避けていた。彼女ともずっと、仕事上の付き合いとか、経済的な繋がりという体裁を装い続けた。私と彼女の間には常に石があって、私はそれを作品として作り、彼女はそれを商品として売った。私は仕事をもらい、彼女はそれを商って儲けた。

何年も何年もそのことを繰り返して、私は彼女との親しさを現実的な側面だけに限定することを心掛けた。一種の友人、仕事上の知人という建前を崩さないように。

本当はこんなに彼女が大切で、大好きだったのに。私は美和に一度も胸襟を開いて、心情を打ち明けたり、相談したりしなかった。秘めていた絶望も孤独も訴えようとはしなかった。自分にも他人にも美和が私の親友だと告げなかった。

「いつそれを彼女から。今年になってからですか。美和はどんなふうだったのでしょう。元気でしたか。まさか病気とか、事故とか。何か言っていなかったでしょうか」

涙でぐしょぐしょになった指を開くことが出来ず、私は性急に女主に尋ねた。一瞬、ここが店だということも、まだ客がわずかに残っていることも失念していた。

「店は営業時間が今年から変わって、午前十時から六時になりました。日が短いこともありますが、このあたりは住宅地でお客様のほとんどが近所の方ですし。それに」

女主は声を低め、口元にあるかなしかの笑みを浮かべて言い足した。

「去年、近くに高級老人ホームが出来てからは、入居者の方のサロンのようになっておりますから、お客様のお帰りはいっそう早くなって。ホームの夕食の時間近くになると、ぱったり。ゆっくりお話ししたいので、もう三十分、ここで粘っていて下さい」

そう言えば、確かに来た時に比べると入ってくる客は少ない。彼女は閑散としてきて寒くなった店のエアコンの温度を上げた。

「ああ、ほんとに外は寒そう。明日はきっと雪ね。降ってるうちはきれいだけど、積もった後が厄介。雪が降ったら、足元が危ないから、ここにも二、三日通ってこれない。ホームの焙じ茶みたいな薄いコーヒーで我慢するしかないわね」

可愛い獣ほどのフォックスやミンクの毛皮に包まれた老女が、甘えるような口調で主に別れの挨拶をすると、店の時計はきっかり六時になっていた。

「喉、お大事に。風邪に気をつけて。暖かい日にはお待ちしておりますから」

まるで親しい縁者にでもするような親身な挨拶をして最後の客を見送ると、女主は思いの他テキパキと閉店の支度をした。

「ここは閉めますから、奥へどうぞ」

店の照明を落とすのと同時に、カウンターの横にあった扉を女主がいっぱいに引いた。

「あっ」と思わず声が漏れた。

蛍光灯の冷たい光ではない、暖かな蜜柑色の照明に照らされた部屋は店の雰囲気とも、普通の住居とも全く異なった異空間だった。

光源はヒーターらしい暖炉の傍に思わず近づいた私に、女主はいたずら好きな少女のようなくすくす笑いをしながらついてきた。

「この部屋を作ることは喫茶店を経営するのと同じくらい、主人の夢でしたの。夫の最初で最後の贅沢。渾身の傑作のつもりだったのでしょう」

部屋には暖かさと明るさの他に、いい匂いが染みついていた。花の匂い、お茶の香り、木の匂い、お菓子とポプリのように乾いた果実の匂い。壁紙は古風な花柄で、巻かれているロールカーテンの色は薄いフクシャピンクだった。無造作に置かれた木の椅子には色とりどりの更紗模様のクッション。胴の膨らんだ壺は花束を抱えるように光のシェードをかかげている。

すっかり暮れた中庭に置かれたテラコッタから、ゼラニュームが赤い花びらをこぼしているのが見えた。

「まるで秘密の花園のような部屋ですね」

子どもっぽい感想を告げると、お茶の支度を始めていた彼女がころころと気持ちのいい笑い声を響かせた。

「まあ嬉しいこと。そんなふうに驚いてもらったり、感嘆の声をいただけて主人もきっと本望でしょう」

紅茶にクッキーを添えて、喫茶店の女主から一家のホステスになったように、彼女は店にいるよりずっと寛いだ様子で大きな銀の盆を運んできた。

ポットから薔薇色のお茶が注がれる時も、シュガーポットを添える時も、ずっと見守られているような視線をぼんやりと感じていた。どこかに誰かの肖像画でもあるのかと見回すと、アンティークらしいどっしりしたカップボードに取り付けられた鏡が目に入った。

「そのカップボードも、このオークのテーブルも、椅子も数々の小物やファブリックまで主人がまったく妥協せずにイギリスまで買い付けに行きました。まるで何かに取り憑かれているとしか思えない熱の入れようで。今思うと主人はきっと急かされていたのでしょうね。自分の命に」

彼女は亡くなった人に語りかけるように鏡の方を振り返った。エプロンを取ると、胸に下がっているジェットのクロスはますます漆黒に輝くように見えた。

輝き過ぎる。美和は葬祭用と言ったけれど、真珠より余程悪目立ちする。これみよがしの、喪失の黒。鎮静しきれない悲しみが蹲って慟哭しているように。若い時分の感情というものは、たとえそれが嘆きであったとしても、かくも賑々(にぎにぎ)しいものなのだろうか。

「すみません。自分の思い出話ばかりして」

彼女は首からペンダントをはずすと、さりげなくテーブルの上に置いた。

「美和さんと初めて会った時にも、今と同じように思い出話をしました。最初から堰を切ったように長々と。ずっと、誰かに聞いてもらいたいと思っていたのかもしれません」

「美和は以前からこの喫茶店に通っていたんですか」

よく見るとさすがに疲れの滲む顔を女主はゆっくりと振った。

「夫が急逝して、途方に暮れました。この店を継いでいく自信なんか到底持てそうになくて。まるで魂が抜けたように、ぼんやりと一年近く店を閉めたままにしていました。ここに住み続けるのも嫌だった。売ってしまうつもりでした」

紅茶を一口づつ味わいながら、彼女は静かに話し始めた。まるで大切にしている布切れを拡げて、丹念に色や柄や手触りを確かめているようにゆっくりと、丁寧な口調で。

美和のことは気になっていたが、強いて私は急がないようにと自制していた。人の心を急かせてはならない、追い詰めてはならない。部屋にはそんな空気があるようだった。

「すべて始末するつもりで不動産屋に行く途中、ベーネの前を通りました。ウィンドウに毛皮が飾ってあって。とてもぼんやりしていた私は、それが小さなペットのように見えたんです」

クッキーというよりビスケットに近い菓子は齧ると、ジンジャーの香りがした。それが淹れてもらった紅茶にとてもあった。

「ふらふらっと店に入って、可愛い猫ですねって言ったんです」

私は美和の驚いた顔を想像して、思わず笑った。話している彼女もつられて笑った。

「猫の前脚に見えた、リスの毛がついた手袋を買いました。とても高かったので、最初は片方だけでいいと言ったら、美和さんはまた笑って。あなたの他に、片方だけ手袋を買う客がいるとは思えないって、言いました」

美和の左側の鎖骨の上には薄い染みがあって、彼女はそれをとても気に病んでいた。小さな魚の形の染みを「私の金魚が動かないように」と染みの上に右手をかざして笑う癖があった。そんなふうに笑ったに違いない。人なつっこく、けれど彼女特有の威厳のある声で。

「片方づつ、二回に分けて手袋を買いに行きました。手袋をつけて三回目に店に行った時、マーカサイトで作った黒い薔薇のイヤリングを見つけました。夫は店の名前を薔薇栽培家のメイベルという人に因んで命名するほど薔薇好きでしたので、急に欲しくなってしまって」

声のかすれてきた喉を労わるように、主は紅茶を口に含んだ。愛した人を亡くした時の嘆きは時を経ると、信仰に似た敬虔さをまとうものだとふと思った。

「最初は非売品だと断ったイヤリングを美和さんは片方づつなら売ると言ってくれました。イヤリングを手に入れるために、結局また二回店に行きました。リスの毛の手袋をして、マーカサイトのイヤリングをして五回目に店に行った時には、もう喫茶店を売ることは考えなくなっていました」

白鉄鉱のマーカサイトは別名「愚者の金」とも呼ばれるパイライトであることが多い。濃い金色は十八世紀にはダイヤモンドの代用にしたとも言われている。

美和は口では「こんな貧乏人の黒ダイヤ、私には全然似合わない」と言っていたけれど、本当はとても大事にしていた。目をつむってそっと薔薇の形を愛しそうに撫でていたのを何度か見たことがある。

「行くごとに、本人すら呆れるほど、長々と夫の話ばかりしました。思い出話をするために通ったのかもしれません。美和さんは退屈がりもせず聞いてくれて、商品を勧めることは滅多にしませんでした。時折ベーネでアクセサリーを買うようになったのは、私が店を再開してからです」

「その後、私が作った琥珀のペンダントを買ってくださったのですね」

「ええ。洋服を買うと、それに合うアクセサリーを少しづつ。主人が亡くなってからは、おしゃれをすることも、装う楽しさもすっかり忘れていましたから」

おしゃれは生活のカンフル剤だというのが美和の口癖だった。装って出かけることは女の立派な社会参加だと、引きこもり勝ちな私をよく叱咤激励したものだった。

紅茶を飲み終わると、女主は暖炉の上に置いてあった古風な木箱を抱えてきた。

「ずいぶん買ったつもりでも、三年以上ベーネに通って、増えたのはたったこれだけ。美和さんは洋服は流行があるから毎年少しづつ買い足すことを勧めてくれたけれど、アクセサリーは私の持っているものをよく覚えていて、新しい商品をあまり買わせたがらなかった」

どこもかしこも英国風に誂えてある部屋にそぐわない鎌倉彫りの宝石箱は、ご主人の生前は多分寝室に置かれていたのだろう。蓋いっぱいに牡丹が彫られた箱を開けると、なつかしい音色でオルゴールが鳴りだした。

「これは私の母の形見です。アクセサリーが増えると、亡くなった母に見せるようなつもりで、この中に入れておきました」

いくら主白身の手で開けてくれても、他人の宝石箱の中身を詳細に検分するわけにはいかない。オルゴールの音色を透かすようにして遠目に眺めると、中には少し色の褪せたワイン色のビロードが敷かれ、指輪やペンダントヘッド、ブローチ、ネックレスが数本、きちんと並べられているのが見えた。

「マーカサイトのイヤリングの次に買ったのがこれ。何の石か知らなかったけれど、とてもきれいな空色。この氷砂糖みたいな形のイヤリングをつけたら、ちょっとお化粧をしなくちゃあねって、美和さんがアドバイスしてくれました」

そのブルーカルセドニーのイヤリングは実は失敗作で、左右のカットが微妙に違う。まだあの頃、私の技術では完璧な左右対称のカットは難しいことだった。けれど美和は「いいのよ。どうせ人の顔だって、完璧な左右対称じゃないもの。これが手作りの味ってことで、売ってあげる」と買い取ってくれたのだ。

私は思わず女主の顔の輪郭を確かめてみずにいられなかった。ふっくらとした頬の線は右側だけわずかに垂れている。口角もそれに倣って、唇の線もまっすぐというわけではない。

「店を再開すると、ぼちぼち以前からのお客様が帰ってきてくれました。だから清潔で見苦しくない程度にお化粧をして、明るい色の服も着るように心がけて。夫の三回忌の直後に買ったのが、この真っ赤な枝珊瑚。喪が開けたら、悪い男も寄ってくるから魔除けになるって。こんなお婆さんに美和さんが真面目な顔で忠告するから、思わず買ってしまったの。ふふっ、でもまだ効果は試してませんけど」

有機素材、それも珊瑚はますます高騰して、日本製のものは私などには気楽に扱えない。地中海で採れるというサルジレッドサンゴは日本製の血赤といわれるものより、ずっと橙朱（とうじゅ）に近い。それでも珊瑚はやはり日本人の肌の色によく映るのはなぜだろう。海に囲まれた国で、昔から簪（かんざし）や帯留めに珊瑚を多用したのも納得がいくのである。

「この宝石箱は鎌倉彫が趣味だった母の形見です。それをオルゴールにしてくれたのが夫だから、つい心細く、寂しくなると開けては、一つづつ手にとって眺めるんです。不思議に心が落ち着いて。だから、きれいと元気の箱って呼んでお守りにしてます。亡くなった母や夫の力だけでなく、この箱にはアクセサリーを選んでくれた美和さんの力も、イヤリングやネックレスを実際に作ってくれた人の力も、知らずに頂いていたんですね、きっと」

「そして、多分、アクセサリーの素材である石からも」

私は宝石箱の中を見つめながら付け加えずにはいられなかった。琥珀は勿論のこと、柔らかな乳白色のミルキークォーツも、一匁目、二匁目と買ってきた淡水真珠を蚤取り眼で選別をしながら連ねたネックレスも、みんな私が選んだというより私を選んでくれたものばかりだった。

デザインもシンプルで、技術も稚拙なアクセサリーの数々はどれもハイエンドジュエリーとは言えないが、工夫を重ね、何度も何度も気の済むまでやり直して、素材と会話をするようにして仕上げた。その時々の私にとって、精一杯心のこもった作品ばかりだった。

「昨年の暮れも近くなってから、久しぶりに美和さんが店に来てくれました。お別れを言いにきたって、突然。この部屋にお通しして、ゆっくりお茶を召し上がっていただきました。その時、自分にはもう必要ないからと、このジェットのペンダントを私の首にかけてくれて」

女主は唐突に宝石箱をパタンと閉じた。箱が開いていて、音楽が響いていた時にはオルゴールの曲の名前が何だったのか、なかなか思い出せなかったのに、その調べがふいに仕舞われてしまった時、突然思い出した。「宵待ち草」である。

待てど暮らせど来ぬ人を
宵待草のやるせなさ
今宵は月も出ぬそうな

口ずさむまでもない。その宝石箱の中のジュエリーの歌声をなぞるように、私は仕舞われたメロディーを心の中で繰り返した。

「事情があって、どうしても店を続けられなくなった。まだ連絡先を教えられないけれど、いつか必ずまた店を出すから、その時までお別れって、おっしゃいました。詳しい事情をお尋ねできない雰囲気だったし。私はごらんの通り、気後ればかりして、機転が利かない性質なものですから」

口惜しく、情けないといった風情で女主はジェットのクロスを恨めしそうに眺めた。機転が利いて、反応が速くても、多分同じことだったろう。美和本人が言わないと決めたら、誰も何も聞き出すことはできない。どんな説得も懇願も功を奏さない。それは私も長い付き合いでよく知っていた。

「美和の様子はどうでしたか。窶れていたとか。まいっている様子でしたか。体の不調とか。辛そうなところはなかったですか」

試練にぶつかるとファイトが湧く。やってやれないことはないと悔しがったり、意地を張ったりする時の、美和の引き結んだ口元と、頑丈そうな顎のラインが目に浮かぶ。

「そんなに弱っているふうには見えませんでした。珍しく、一本だけ煙草を吸われました。美味しそうに。吐いた煙を惜しそうに手で招き寄せて、深々と」

美和と出会ったデパートの職場では、彼女は確かに煙草を吸っていたけれど、禁煙をしてからもう長い。厳しいダイエット同様、彼女はどんな試練でも楽しめるほどの意志の強さを持っていたはずなのに。

「私、ちょっとズルをしました。たまに夫にしたみたいに。紅茶にコニャックを入れたの、ちょっと多めに。夫には効果てきめんで、すぐに口が滑らかになったけど。美和さんには効かなかったみたい。私を軽く睨んで、笑ってました。ただそれだけ」

私は思わずジェットのクロスを取り上げて撫ぜた。どうしても欲しいと言っていたのに、なぜもう必要がなくなったのだろう。彼女にとって真に必要がなくなったのはこのクロスを作った私との絆ではないだろうか、それとも違う何かへの決別の意味があったのだろうか。

わからない。どんなに思いを巡らしても、どんなヒントも手がかりも浮かんでこない。喫茶店の女主同様、私も自身の勘の鈍さにうちひしがれる思いだった。

メイベルの客の老婦人が予言した通り、その夜から雪になった。

しんしんと冷える作業台に座って、古い作品をしまってある引き出しを開けた。わざと見つけられないほど奥に、ジェットのクロスは仕舞われている。手に触れると、それはまるで私との邂逅を待ちわびてでもいたように、夜の水の色で光った。

店を辞去する時、メイベルの女主が言った言葉を思い出した。

「美和さんに教えてもらいました。ジェットの石言葉は忘却だって。それなのにどうしてでしょう。寧ろこのクロスを首にかけると、思い出してばかり」

美和が石言葉を知っていたというのは意外だった。商品のキャッチコピーとして一応調べたりはするけれど、私は石言葉というのを信じたことがない。それは花言葉同様、栽培する者や、商う側が、消費者によりアピールするためのこじつけに等しい。色や花期によってあてずっぽうに決めたり、神話や伝説にのっとって安易につけただけのものだ。

石には言語ではない力があるのだから、営業用につけられた石言葉など愚かしくて無意味だと、私も美和もほとんど無視するのが常だった。

けれどジェットの黒い十字架に緻密な模様を彫った時、私もこの石言葉に縋(すが)りついていた。それほどまでに忘れたかったのだ。忘却が完遂しないのなら生き続けたくないとまで思いつめていた。

忘れたいことをすべてジェットの漆黒に封じ込めるように、祈るようにクロスを作った。自分を裏切った夫と、自分をついに愛してくれなかった慎二を十字架の形にして、自分の罪や悲しみを磔刑(たっけい)の形に封じた。

それなのに、忘却というのは思い出すことをどれほど繰り返せば完了するのか。記憶は磨滅する気配もない。メイベルの女主が口にしたように、ジェットの漆黒の輝きは黒い水のように光って、いつまでもどこまでも付いてくる。

「店に通い始めた頃、美和さんがぽろりと言ったことがあるの。信仰を持たない私でもジェットのクロスがどうしても必要な時があると」

メイベルの女主の言葉が蘇ったのと同時に、一種の痺れのように例の悪寒が通り過ぎた。

ジェットが喪のジュエリー素材として有名になった経緯は、ヴィクトリア女王が夫アルバート公の死去に際して身につけたというエピソードによるものである。忘却という石言葉は、寧ろ「忘れない」という決意を秘めて使われたのかもしれない。

石炭と共に産出されるジェットは、炎の後の炭化とは遠く、忘れず、死なず、闇の目を見開いて、再び燃える時を待っている。

窓辺に立って、降る雪に見せるように黒い十字架をかざした後、私はそれを鳩尾に当てた。忘れないという誓いのような、使命のようなものがクロスから放射され、それは冷やかに鮮烈に私の悪寒と交差してひとつになった。


「達っちゃん、一人？　傍に誰かいるんじゃないの」

受話器をとった途端、唐突な姉の質問に驚かされた。

「えっ、誰かって、どういうこと？　恵美ちゃんなら来ていないけど」

「違うの。恵美じゃないのよ」

当たり前のように否定するので、思わず部屋を見回してしまった。数日前降った雪がまだ残るほどの厳しい寒さが続いて、いつまでも結露の筋が残る窓ガラスには、新年になって掛け替えられたカレンダー以外には、全く旧年と変わらない女の一人世帯がちんまりと映っている。

「そっちこそ、何かあったの。変なこと言いだして、びっくりさせないで。初夢で不思議なお告げでもあったっていうの」

軽くふざけたつもりだったのに、姉は神妙な返答をした。

「そうなの。でも初夢じゃないのよ。目が醒めてもちっとも夢のような気がしない。あなたの部屋に誰かがいるはずなの。なにかがあなたと一緒に暮らしているって感じ」

あまり真面目な声で見ているように言うので、少し薄気味悪くなってきた。受話器を握りしめたまま、さらに念入りに部屋を眺める。

築十六年の2LDKのマンションは、私との結婚生活にピリオドを打って、新しい家族を得るために夫が私に支払った慰謝料のすべてだった。十畳のリビングに四人がけのテーブルと椅子。壁際に寄せたソファ。食器棚とアクセサリーケースを兼ねる飾り棚。他には絵や置物といった装飾品のない殺風景な部屋で、生き物らしい気配を漂わせているのは加湿器のかすかな音だけだ。

「誰も来てないいし、テレビも音楽もかけていない。静かなものよ。まったく、お姉さん、変なこと言わないでよ。新年早々、夢の中で私が再婚でもしたって言うの」

姉は六十歳を過ぎてから、急に姉妹の役割が逆転したような心細そうな、怯んだ様子で私に話しかけることが度々ある。

「再婚ってわけじゃないんだけど。それが男の人か女の人か。人であるかどうかもよくわからないの。ただ一人ぼっちではない、まるで」

姉は言い淀んで黙ってしまった。続けにくそうに言葉を飲み込んでいる気配で、私には姉の言おうとすることが寧ろはっきりとわかった。

「男なのか、女なのか、その両方なのかもしれない。まるで、人間じゃない誰かに囲まれているみたいなのね」

姉の無言が続いて、その沈黙の間にいくつかの深い溜息が挟まれたのがわかる。きっと受話器に向かって困ったように頷いているのだろう。

「とってもぼんやりしてる、夢だもの。声もないし。ただ居ることは確かなの。足音や寝息みたい。囁きみたいな、頷いたり、静かに笑ったり、そんな感じ。だけどいつもあなたと一緒なのよ。親しそうに、和やかに、打ち解けて」

少し前の私だったら姉の夢の話など一笑に付しただろう。あるいは離婚した妹を哀れんでいるかと邪推して怒ったかもしれない。

「ありがとう、お姉さん」

思わず礼を言ったのは、姉の夢が全くの妄想だと思えなかったからだ。加湿器と床暖房で心地よく温まった部屋で軽く目をつむると、意外にも姉の想像通り、親密なものたちに囲まれている気配が、肌に馴染んだショールのようにふんわりと自分にまつわるのを感じる。

「気を悪くしたなら、ごめんね。だけど、初めてじゃないのよ。いつか訊こうって、ずっと思ってたの。私、耄碌しちゃったのかな。達っちゃんに変なことばかり言って」

二十七歳で産んだ娘が結婚して、私には似ない気楽さで年子の子を次々生んでいたりしたら、姉が言うように私は孫に囲まれた忙しい祖母になっていたかもしれない。私は子を産まずに離婚して、夫婦円満を絵に描いたような姉もたった一人の娘しか授からなかった。間島の家系に多産だった女は余りいないらしい。

「初めてじゃないって、その夢、今年になってから、急に見るようになったんじゃないの?」

「そうね、去年からだけど。最初は目が醒めると忘れちゃうほど淡い夢だったの。色も音もなくて。耳元で誰かが囁く感じ。そのうち頻繁に見るようになって、目が覚めても消えないの。だけど、気味が悪いってわけじゃない。むしろほのぼのとするくらい」

姉の口調は少しづつ確信ありげになっていくのに、具体的な内容はさっぱり伝わってこない。

「おもしろそうね。お姉さんは案外予知能力とか、透視の力があるのかもしれない。夢がもっと現実的になったら教えて。私にはそういう霊力は備わっていそうにないから」

予知能力でも霊力でもないが、何かが絶えず悪寒として、その存在を主張してくるのだと告白したら、姉はどんなに驚くだろう。

「お正月が過ぎて、お父さんが中国に旅行に行ってる最中に、恵美が帰って来たの。さすがにお腹が目立ち始めた。もうじき七カ月になるから」

暖房の効いた床にムートンの敷物を引っ張ってきて本格的に座り直す。義兄が留守だとしたら、姉の話はきっと長くなるだろう。

「母胎に問題はないし、赤ちゃんも順調らしいのに、恵美ったらちっとも母親らしくない。相変わらずきついことをぽんぽん言うし。新生活のことは喋りたがらない。うまくいっていないのかしら。私が心配すると思って隠しているのね。黙っていれば余計気がかりなのに」

ガムランボールがどこか遠くで鳴り始める。涼やかに、かすかに、澄んだ美しい音色にもかかわらず、心はちっとも鎮まらない。きっと恵美の心も純ちゃんの心も、まだ安定していないのだろう。

「ひところより食べないし。仕事も続けている。まったく何を考えているのか。私が恵美を産んだ時とは全然違うのよ。心配していろいろ訊くと、私はお母さんとは違う。お腹の子はミラクルだからなんて、突拍子もないことを言ったりするし」

日々大きくなるお腹の子のためにも、早くガムランボールを届けてあげなければ。ミキという人の願いがこもったミラクルロータスと、祈りをこめたムーンストーンが姪の心を少しは慰めることができるかもしれない。

「達っちゃん、相手の彼と会ってくれたんですってね。どうだった、正直に言ってよ。年下でも、しっかりしてた？　私たちは顔みた程度で、ろくに話もしてない。お父さんが怒りだしそうで、はらはらしてたから」

まるで少年のように屈託なく、ガムランの説明に目を輝かせていた純ちゃん。クリスマスローズのような繊細さも、姉夫婦にしてみればただ頼りなく、得体がしれないと感じるのは当然かもしれない。

「優しそうな人よ。まだ若いから子どもっぽいとこもあるけど。お父さんになれば、変わるわ。案外父性に目覚めるかもしれない」

三十数年前、妊婦だった私は心配する父母に同じことを言った。だからこそ産みたい、どうしても家族の絆が欲しいと、若い私は縋るように思っていた。結局、夫が父性に目覚めたのはそれから十数年後、私以外の女の産んだ子どもによってであった。

「私の夢が頻繁になったのは、恵美が帰って、すぐ後だった。ほら、台所で煮炊きなんかすると、窓が曇るでしょ。もやもやって白っぽく。ここだけはあったかいですよっていう印みたいに。あんなふうに、夢に出てくるの。達っちゃんの部屋が」

今はマンションの窓は曇ってはいない。昔、私や姉が子どもだった時代は石油ストーブを焚いていると、よく窓がそんなふうになった。姉の夢を補足しているのは私たちの記憶の光景なのかもしれない。

「ねえ。もしかして達っちゃん、誰か好きな人がいるの。その人とつきあっているんじゃない」

「まさか。私が半同棲でもしてると疑っているの」

飲み終わったコーヒーカップを置いて、私は笑った。

「恵美がしつこくきくの。叔母さんはどうして離婚したのか。結局、子どもを亡くしたことが原因だったのかって。今更そんなこと、まして妊婦が聞きたがるようなことじゃないでしょ」

姉は何と答えたのだろう。恵美はどんな答えを想像したのだろう。母娘の話の内容はわからなくても、私には何となく恵美がなぜ私の離婚話に興味が湧くのかはうっすらと想像がついた。

「お母さんやお父さんには絶対理解できなくても、叔母さんはきっと純ちゃんが気に入ると思った」

ヒステリックな調子で姪が叫んだ言葉を忘れてはいない。二十年前の叔母の離婚と、現在の自分の不幸にはどこか似通った悲劇の匂いがすると感じているのだろう。

恵美の予感は全く外れというわけではない。四十代もすでに後半にさしかかってから初めて父親となった夫は言ったのだ。

「全く考えたこともなかったんだ。この歳になって、自分の子どもが生まれるなんて。まるで奇跡みたいな気がした」

夫の子を身籠った女は、当然のことだが離婚を強く要求し続けた。

「赤ちゃんのために私たちは一刻も早く家庭を持つ必要があるのよ。自分が子を産めないからって、赤ちゃんまで不幸にしようとして。ほんとに、おぞましい女ね」

おぞましい女。ミキという人が姪に投げつけた同じ言葉で私も罵られた。寧ろ彼らの子が生まれてからは、要求は鎮静化した。母親になった女はもう離婚も結婚も表立って欲しがらなかった。ただ新しい命に飽和して満ち足りた様子が、私には寧ろ悲しく、辛かった。

「わかってくれ。俺はあいつと子どもを守りたいだけなんだ」

夫の声がありありと蘇っても、今となっては悲しみも憤怒も感じはしない。年月が忘却を完成させたわけではないが、ありふれた離婚劇の底にどんな真実が埋められていたのか、私はもう正確に思い出すことが出来ない。

「今度恵美に会ったら、達っちゃんの口から言ってあげて。親になるということは、少しは自分たちの人生を犠牲にすることだって。犠牲や忍耐に価する、それ以上の喜びを得たことに、いつかきっと気づくから」

私は犠牲を払わなかっただろうか。夫との離婚で、得たものは自由でも自立でもなかった。子を産まない一人の女としての自尊。それを貫くために私は生きてきた。そして、その孤立と孤独を石だけが満たしてくれた。

「どうして、半貴石なんていうひどい呼び方をするんだろう。この石、とってもきれいで、珍しいのに。すっげえ高いとか、手に入りにくいとか。そういうものだけが本物の宝石ってことなの」

純ちゃんの瞳にはほんの少し菫色が混じっている。まるでガムランボールを繋いでいるレインボームーンストーンのように。

「石には固さを表すモース硬度っていうのがあって、ダイヤモンドが十。ルビーやサファイアが九。七以下だと概ね半貴石と呼ばれるみたい。それが唯一の基準てことでもないけれど」

「硬いって、石にとってそんなに大事なことなの?」

純ちゃんの質問に答えようとしたら、テーブルに置いた携帯が不満そうにズズッと鳴った。

「ああ、わかった。いんじゃない。恵美はちょっと遅れるし。うん、一応聞いとくけど」

スマホを切った途端、純ちゃんは「あれっ、何だっけ」というような宙ぶらりんの顔をした。

もう一度ガムランを見てから、ついでのように顔を上げた。

「達子さん。今ミキから連絡あって。ちょっとここへ来たいって言うんだけど。いいよね。あっ、もう来た」

喫茶店の薄暗りから光の溢れる外を見ると、目がくらくらして、一瞬すべての影と輪郭が消える。冬晴れの午後とはいえ、真夏でもないのにこの光の氾濫は尋常ではないと思った途端、久しぶりに左半身を袈裟懸けにするような鮮やかな悪寒が走った。

「こんにちは。お邪魔します」

青年の髪の匂いがもう真横から匂った。

「達子さん。これ、ミキ」

視線を軽く二往復させて、純ちゃんのしごく効率的な紹介が済むと、大場幹夫という青年はもうしっかりと純ちゃんと向き合っていた。純ちゃんだけとしか向き合わない、決意しているかのようなきっぱりとした姿勢のミキを、私は心置きなくしげしげと眺めた。

想像していた通りだった。意志を持った珍しい木のように骨格は整っていたが、造作はむしろ平凡と言っていい。純ちゃんの持つ華やかさや際だった個性は感じられない。黙って立っていたら誰も振り向きはしないだろう。しかし、容姿の凡庸さを補うように、ミキは自分の外見にわざとらしい工夫をこらしていた。

「もう、子ども、動くんだってね。暴れてるって、恵美が言ってた。男でしょ。男よね」

まるで私など居ないかのように、純ちゃんにだけ話しかけているミキの首には、ロッククリスタルと呼ばれる、三十カラットはゆうにありそうな水晶をつけたペンダントが揺れ、左右の耳だけではなく、唇の端にまでピアスをつけている。長い長い黒のカーディガンは床に触れるばかりだし、余りにもぴったり張り付いたジーンズの裾から踵の高いブーツが覗いている。

「純に似て自意識過剰で、早く外に出たくてたまんないんじゃない？　恵美の赤ん坊」

大きな手を奇妙な形に揺らしてミキが喋ると、ペンダントとお揃いの巨大な指輪がくらくら揺れる。輝きはしない。ロッククリスタルという名の通り、ロックアイスの形をした水晶は底の見え過ぎる水のように人の心を不安にする。

「いつ出てくるの。恵美の赤ん坊。四月だっけ。だとしたら誕生石、ダイヤモンドね」

正面は巧妙に逸らして、ほんの少し視界にひっかけるように、ミキは初めて私をみた。

「五月の初めが出産予定だそうです。こどもの日のあるゴールデンウィークに生まれてくるなんて、母親に似てよく気のつく子だって言ってましたから」

「ほんと。いい子なんだ。利口で、音楽的センスもある。だってガムランボールを聴いて育ったんだもの」

純ちゃんが屈託のない様子で口を挟むと、途端にミキの目が暗く翳った。純ちゃんには、男女を問わず、自分を愛する者の心の動きに等しく鈍感だという困った性癖があるらしい。

「わかった、もういいよ。生まれる前から親バカなんて、みっともない。ねえ。あなたもそう？親ばか？　赤ちゃんは無敵なの？」

ミキは問いかけても、返事など待ってはいない。多分私が離婚経験のあるひとりぼっちの女だということを、すでに知っているのだろう。相手との間にほんの少しでも無言の余白が生じるのが怖い。常に言葉の矢を放って、反応や共感で掻き回していないと不安なのだ。あるいは静寂が彼にある種の凶暴さを与えるのかもしれない。

そして、それらの予想も懸念も、かつての自分に当てはまるということに、私は気づかされていた。この親しい、絶え間ない悪寒によって。

「奥様がどんな手段を講じても、この子の存在だけは消せない。たった八カ月でも、私たちの赤ちゃんは無敵なんだから」

夫の子を身籠った女は、私が口をつぐむたびに同じことを言った。

「赤ちゃんは無敵だ」と。

ミキがブーツの踵を鳴らしている。髭のないつるりとした口元と顎。長すぎる眉。白っぽい唇。すべてが二十年前の出来事をありありと蘇らせる。幸福の形は似ているというが、不幸な状況が相似形ならば、苦悶の形も似るのかもしれない。絶望と嫉妬に駆られている今のミキは、二十年前の私とペアのようだ。

「ほら、ミキ。ガムランボール、達子さんがこんなにきれいな石で繋げてくれたんだ。これが恵美の分。俺のはこれ」

純ちゃんが無邪気に二つのガムランボールを取り出すと、大事そうにテーブルに置いた。

「この石、本物のジュエリーなんだ。ガラスじゃないよ。ムーンストーンって言うんだって。角度によって紫や青に光る。よおく見て」

純ちゃんの説明が終わるや否や、ミキはわざとのように乱暴にブレスレットを摑むと、首に押し当てた。ガムランボールが澄んだ音をたてて彼の首元で鳴った。

「わかったよ。宝石かどうかは別にしても、石だ。プラスチックじゃない。冷たいもの」

ミキの確かめ方は乱暴だけれど間違っていない。誰でも、どんな資格も経験もなくても、手っ取り早く石であることを確かめるには、温度を知ることなのだ。有機素材は別として、天然以外のビーズはどんな巧妙な染色や加工を施しても、石の冷たさを真似ることは出来ない。温度というのは瞬時に対象に感応するが、石の冷たさと孤独だけは、どんな方法をもってしても侵すことはできない。

「冷たすぎる。少なくとも冬には向かない。俺はこういう地味なのより、じゃらじゃらしたコスチュームジュエリーの方がいいな」

棘のある言葉とは裏腹に、ミキは大きな掌で大切そうにガムランボールを握った。銀の髑髏をポケットにしまった少年と同じ目をしていたのかもしれない。前髪を垂らして俯いていたから、確かめる術はなかったけれど。

「でもコスチュームジュエリーには限界があるよ。石のパワーがないんだから」

「石のパワーなんて、役者には邪魔なだけ。演技以外にどんなパワーが必要なんだよ。子どもを産むわけじゃあるまいし」

ミキが口を開くたびに悪寒は身体のどこかで起きる。まるで泉が湧くように。水輪に似た悪寒が私の身体に広がり、繋がって形を変える。

悪寒の水玉。それにしてもなぜこんなに長く鮮やかに、ミキの存在に私の内部は呼応するのだろう。純ちゃんに初めて会った時には不思議なほど悪寒は起きなかったのに。

「わかった、わかった。でもそういうこと、恵美に言うのは禁止だよ。またかーっとなるから」

さわさわと草が靡(なび)くような悪寒の中で、私はなるべく平静に純ちゃんを見た。

「恵美のヒステリーは相変わらずなのね。でも大目に見てあげて。妊婦さんは不安で、あなたに甘えたいのよ」

愚かな年寄りの縁者のように私が口添えをすると、ミキがあからさまな嘲りの笑みを浮かべた。ミキという人には男性的とか女性的ではなく、何か特殊な感受性の襞が備わっていて、それに生来の演技的資質が一層磨きをかけているらしい。

「まったく、新米パパは大変だよね。ヒステリーの新米ママの面倒を見て、別れたはずの恋人のご機嫌もとらなくちゃあならない。罪の意識で、俺が怖いのなら、いい気味って気もするけど」

秘めた傷を感性の襞深く畳んで、傷ついた心を脚色したり消してみせたりしている。それでも私には、抑制しきれないミキの苦悶がくっきりと透けて見えた。

演技力にも抑制力にも欠ける純ちゃんの目に怯えや心配がちらちら浮かぶ。私だとて、今更こんな複雑な抗争に巻き込まれたいわけではない。ミキの痛ましい闘いを、私も二十年前にさんざん味わい尽くした。その無惨な記憶が、単なる懐かしさに変わるほど私はまだ老いているわけではない。

「レインボームーンストーンなんて、オーバーな名前。こんなちっぽけな石なんかより、コスチュームジュエリーの方がずっとマシだ。半貴石なんて、ただのガラスやプラスチックとは違うって見栄でしょ。それとも、今流行りのパワーストーンとか、スピリチュアル効果といった付加価値が目当て？」

私が花嫁の縁者という役目を降りない限り、ミキの苛立ちと反発が収まることはないらしい。

「付加価値や効果を宣伝するつもりじゃないけれど。私はこの仕事をしているうちに、半貴石のきれいさや、不思議な力にとても惹かれてしまったの。高価なプレシャスストーンを扱うほどの財力や技術がないせいもあるけれど。きっと私自身が人間として中途半端だから、半分同志気が合うのかもしれない」

言い終わった途端、悪寒はふいにぴたっと止まった。わかった、もうそれくらいにしておけという合図のように。

合図は敏感なミキにも正確に伝わったらしい。ふいに怯んだように目を翳らせた後、悪びれない様子で態度を一変させた。

「すいません。イヤなことばっかり言って突っかかって。純から素敵な人だって聞いてたから、会いたかったのに。恵美より悪質なヒステリー起こしたりして。ほんとは度し難いやきもちだから、純がステキなんていうと、なんだか冷静でいられなくて」

「安心したでしょ。ただの無力な親戚のおばさんで」

本当はミキに言ってやりたかった。二十年前、私はあなただった。敗者であっても構わない、せめて追放だけはされたくないと捨て身の闘いをしていた。口惜しさや妬みや、憎悪や執着の発作を領することに必死だった。なりふり構わず戦える人間はむしろ強者だ。何かに本当に執着していたら、なりもふりも捨てることが出来ない。完全無欠に戦いたいと骨身を削るのだ。

ミキは新たな告白をするように、カーディガンのポケットから、自分のガムランボールがついたブレスレットを取り出して、恵美と純ちゃんのムーンストーンのブレスレットの横に置いた。素直に寄り添って心を通わせ、静かに満ちたりて生きていきたい。せっかく出会ったのだから、別れたくはない。石には許されている成就が、人間にはどうして叶わないのだろう。

三つのガムランボールを置いて、私たちは黙っていた。鳴らないガムランボールの音色に耳を澄ますように。ミキは長い腕を自分の身体にゆるやかに巻きつけ、純ちゃんは困った子どものように眉に皺を寄せ、私は二十年前の裏切りと別離の記憶に身を委ねて。

一時間ほど待ったけれど、結局恵美は来なかった。純ちゃんが携帯に電話をすると、少し気分が悪いので外出できないという。日を違えて、姪とはまた会うことにして、私たちは店を出た。渋谷の雑踏に欅の木は似合わないとずっと思ってきたけれど、欅の裸木の続く坂を連れ立って歩いていく二人を見送っていたら、木の影というものはどんな街にも似合うものだと気づいた。坂の途中でミキが振り返って、不思議な形に身を反らして手を振った時、私は寒さと共に自らの悪寒の束さえも抱きしめずにはいられなかった。

冬木立のシルエットに挟まれたミキの、一人芝居の終りのような大仰なポーズ。寒夕焼けに反射して、ロッククリスタルが巨大な義眼のように、薄氷のように鈍く光った。

彼はやっぱり男でも女でもない木の種族の末裔なのだ。その昔、舞踏会で貴婦人が手のほてりを取るために使ったというロッククリスタル。ミキも演技をする前には握りしめるのかもしれない。こんな形で出会わなければ、どこかの劇場で俳優としての彼にきっと魅了されただろう。

玄関に入った途端、電話の音が鳴り響いた。

電話は案の定恵美だった。

「おばさん、きれいなブレスレット、どうもありがとう。純ちゃんが本物の宝石がついてるから、豪勢な婚約ガムランボールなんていってすっごく喜んでた」

作り終えて、他人のものになったネックレスや指輪が、作り手に素知らぬ顔をするように、もう私の中で幻聴であってもガムランボールが鳴ることはないのだろう。祈るように繋げた二十九個のレインボームーンストーンが恵美と純ちゃんの長い旅を明るく照らしてくれますように。ミラクルロータスとハッピーフォーチュンのガムランがこれから生まれてくる子をどうぞ守ってくれますように。

「それより、恵美ちゃん。身体の方は大丈夫なの。お腹が目立ってきたからじきに産休に入るって純ちゃんも言ってたけど」

「そうなの。もう何をするのも億劫で。私は電車がとくにダメみたい。一・五までは我慢できても、一・八になると人体として限界。息苦しくて、受容量もアップアップ状態」

意外に明るい声なのでほっとした。外出を中止した真の原因は、ミキの同席だったのだろう。

「産休に入ったら、出産準備も兼ねてお姉さんと二人であなたたちの新居に行く約束をしたの。

行ってもいいでしょ？」

　恵美の沈黙が複雑な形に膨らんでいるのがわかる。初産の不安、甘えたい衝動と意地を張り続けたい気持ちと、警戒心が混ざりあっている。

「断られても、行くわよ。私たちは心配なの。純ちゃんがどんなに優しくても、彼はまだ若いし、女同志の方が気楽に話せることもある。それにお姉さんが娘の出産を手伝いたいと言うのは、当り前だもの。出産は病気じゃないけど、そんなにありふれたことでもないんだから」

「そうね。おばさんの言うとうりね。出産はありふれたことかもしれないけど、私の場合は特別。ミラクルだから」

　恵美の返事に混じる皮肉には気づかないふりをして、訪問の日時を決めて電話を切った。ミキと純ちゃんのことには敢えて触れなかった。出産を控えた姪を案じている叔母の役目だけに徹するつもりになっていた。

　ミキとのことは純ちゃんが決める。二人に会う前に私が密かに恐れていたことは杞憂だとわかった。ミキは愚かでも弱くもない。愛を諦めることは難しいけれど、別れはどんなに時間がかかっても、きっと成立するだろう。

　姉と待ち合わせて二人で恵美と純ちゃんの新居に行ったのは、それから二週間後だった。

アパートかマンションだとばかり思っていたけれど、二人が住んでいるのは二階建ての古い一軒家で、取り壊すまでの期間、管理も兼ねるという条件で格安な家賃で借りたのだという。

沈丁花の匂いがしている玄関に立った時、強い既視感に襲われた。なぜなのか思いつかないまま立っていたら、恵美が白い顔をのぞかせた途端、記憶はすぐに蘇った。

去年、弔問に訪れた茉莉の家である。出奔同様で家を出て、音沙汰のないままだった敦子が迎えてくれた喪の家、香っていた金木犀。既視感のきっかけはよく似ているけれど、状況は全く異なっている。茉莉の病みと悲劇が取り持った母娘の和解。その反対に、姉と姪は新しい命の誕生によって、再びその絆を結び直そうとしているのだ。

「どうぞ。古い家だから掃除なんかしたって、限界があるの」

私たちが入る間もなく、敷居に仁王立ちした姪が言い訳の先まわりをした。

「片付いている方よ。あなたは普通の身体じゃないのに、ずっと仕事を続けていたんだもの」

姉はさりげない素振りながら、早速もう一人の同居者を捜す目つきになっている。

「お母さん、純ちゃんならいないから。きっと気をつかったんだよ。まあ、お父さんも一緒かもしれないって、びびっただけかもしれないけど」

相変わらず皮肉な口調ながらも、姪の動作はすっかり妊婦らしくおっとりしてきている。

「びびるなんて子どもっぽい。じきに彼だって父親になるんじゃないの。親が娘を心配するのは当り前よ。お父さんだって私だって、べつに世間体を気にして怒ってるわけじゃないんだから」

持参した食糧の鮮度が落ちるほど愚痴や小言が長引いては大変なので、私は姉の腕を軽く叩いた。

「お姉さんもオーバーくらい脱いで。部屋はあったかいし、とても居心地がよさそうだもの」

暖房は入っていたが、サッシにもなっていない木枠の窓からは隙間風が絶えず入ってくる。八畳ほどの洋間には柄の違うカーペットがつぎはぎ状態で敷かれ、テーブルと椅子のセット以外、家具らしいものもない。がらんとした感じのする部屋には、寸法が合わないカーテンが揺れている。

「お茶、どうぞ。お母さんの好きな葛餅を買っておいたから。ここの黄粉、香ばしくてけっこういけるから」

あつい焙茶の湯呑を囲むようにして持つと、やっと客になった心地がする。絵柄は勿論、形もまちまちの皿には葛餅を覆うほど黄粉と黒蜜がかけられている。

「甘い物はあまり食べなかったのに。恵美ちゃん、好みが変わったのね」

大きく切り分けた葛餅をおおう黄粉と黒蜜を恵美はスプーンで掬っては舐めている。黄色い粉にまぶされた細い舌がちらちら見えるたびに、どういうわけか私の耳にはミキが言ったという言葉が木霊のように響いてくる。

「子どもを産む女はおぞましい」

母親としては当然小言が始まるに違いないと傍らを盗み見ると、案に相違して姉の顔には安堵と、隠しようのない満足感が滲んでいる。

「葛粉は腹持ちもいいし、黄粉は栄養もあって妊婦にはぴったりよ。野菜ジュースの中に入れて飲む人もいるんだって」

自分の取り皿にかけられた黄粉を娘の皿に移してやりながら、姉の顔に浮かぶ笑みは、一種の法悦を湛えて緩む。反発も齟齬も跡形もなく消えて、無条件に娘を庇う母親になっている。

おぞましいのは子を産む女でも、かつて産んだ経験のある母親でもない。寧ろ連綿と続く係累の外にはじきだされて、それらを他者として冷静に観察する女の方なのかもしれない。

私はハンドバッグの中に入れてきた小さな翡翠のお守りを出しそびれたまま、「おばさんだけが、私たちを理解してくれる」という姪の言葉につられて、姉に同行してきたことを悔やみ始めていた。

「良かった。恵美が栄養のあるものをたくさん食べられるようになって。心配してたのよ。おまえが小食で偏食なのは私の責任だってずっと思っていたから。母親の偏食は子どもの好き嫌いの元だもの。恵美のお腹の子はきっと元気な男の子ね」

皿に残った葛餅を、恵美は肘を突いたままのだらしない格好で食べ続けている。黄粉と黒蜜のついた唇を姉が微笑んで見ている。許しあい、祝福しあっている母子の姿を、私は死んだ茉莉の目と「ずっと詫び続けていきたい」と言った敦子の目で見ている。

孤独な人間だけが遠くまで行ける。遠くまで行くには、一人でなくてはならない。かつて私にそう教えたのは、誰だったろう。茉莉だったか、慎二だったか、美和だったか。誰であったにせよ、その人は私と離れて遠くへ行ってしまった。もう決して出会うことのない人。遠くまで、一人で行って、帰っては来ない誰か。

「何でも食べて、元気な子を産まなくちゃ。肉も魚も、鰻の白焼きも買ってきたのよ。カルシウムもたんぱく質もいっぱい摂って。大丈夫、カロリーオーバーとか、医者は色々言うけど。何よりも体力が一番、そうよね、達っちゃん」

姉はやっと私の存在を思い出したらしく、ウキウキした様子で振り返った。三十年も昔、たった十五週間妊婦を経験しただけの女に同意を求められても困る。身一つに戻った途端、自分だけを養う生涯などすぐにでもお終いにしたいと、点滴に繋がれながらどれほど強く願ったことか。

私はハンドバッグの奥にある翡翠のお守りを所在なく触った。慎二が送ってきたそれとは比べ物にならないほど安価でささやかな玉だけれど、翡翠は安産のお守りにもなるので、いつでも身につけられるようにと勾玉の形に削ったものだ。そう言えば、勾玉の曲線は胎児のうずくまっている形によく似ている。

私は翡翠の入った袋から手を放して、バッグの内ポケットを開けた。

「恵美ちゃん、これ。ガムランボールと一緒に渡そうと思ってたんだけど、この間は会えなかったから。ささやかな結婚祝い」

祝儀袋を受け取ると、姪は無邪気な笑みを浮かべた。昨年会った時とは一まわりほど大きくなった顔には見覚えのない雀斑(そばかす)が無数に浮いている。目の周りの雀斑の模様まで、姉に似てきたのがおかしかった。

会う前の屈託や用心など双方ともすっかり忘れたように和気あいあいと話が弾む母娘を残して、私は用事があると嘘をついて、早々に新居を辞した。隣家にある欅の鋭い影を踏みながら、私の胸にはミキや純ちゃんと別れた時には感じなかった深い寂寥感が湧いていた。疎外感と言うほうが正しいかもしれない。

裸木の優しさ。思わず立ち止まって、ごつごつした幹に触れてみた。人はみな自分が選んだ道の、今いる位置から感じたり、思ったり、動いたりすることしか出来ない。裸木を離れると、無性に茉莉に会いたかった。流産した私を「人間はみんな一人よ。子どもを生んでも、生まなくても。それは変わらない」と言って支えてくれた茉莉の凛とした涼しい声が懐かしかった。

叶さんの自宅に突然招かれたのは、早春らしい暖かい日だった。

新年になってから、依頼された指輪を納品したり、さらに新しい仕事を受けたりして、二、三度『叶結婚相談所』を訪れたけれど、毎回叶さん母娘は不在で、見知らぬ従業員が忙しそうに働いていた。実際のコンサルタント業務を営業している隣のオフィスにはいつも数人の会員がいるらしかったから、商品の受け渡しをしたきりでそそくさと帰ってくる。味気なさの混じった、宙ぶらりんな思いで与えられた仕事だけをこなしていた。

「やっと休暇が取れたから、一度ゆっくりお食事でもしましょう。今後のことも色々お話したいから」

いつもの少ししゃがれた声で短いメッセージが入っていただけなのに、留守電の声を聞いた途端、例の悪寒がよぎった。やり過ごしてから、もう一度約束の日時をメモした。

想像していた豪奢な邸宅と違って、叶さんの家はごく普通の二階建ての家だった。成功した実業家の派手さも、彼女の容貌を連想させる個性的な趣向もない。築二十年は経っていそうな木造家屋の中からかすかにピアノの音がしている。古いブザーを押すと、ピアノの音が止み、すぐにお譲さんの薫さんがエプロン姿で出迎えてくれた。

「分かりにくかったでしょ。このあたりは目印になるような建物が何もないし、細い路地ばかりで。銀座は地価が高いから仕方ないとしても、池袋も横浜の事務所もここと似たりよったり。母は訪問者を困らせるような場所に居るのが好きなのね、きっと」

家の内部は外観よりよほど近代的で整っている。バリアフリーの玄関も廊下も最近改築をしたに違いない。玄関を入ってすぐの控えの間に、古い市松人形が座っているアンティークらしい椅子と、信楽の壺に蕾をたくさんつけた木瓜の花が生けてある。

廊下の奥のドアを開けると、葱と生姜の匂いがした。

「まったく、ご近所にも筒抜けじゃないか。お客様をお迎えした玄関口で母親の悪口を言う。孝行娘を持ったもんだ」

叶さんの着物姿を初めてみた。古代紫の鮫小紋に、鈍色の帯を締めている。前髪を昔風に膨らませて結った髪の背後には、低く刺した平打ちの簪が光っていた。

「素敵ですねえ。叶さんの着物姿。貫禄があって、艶で。見惚れちゃいます」

お世辞ではない感嘆の声が思わず漏れた。

「よかったわねえ、お母さん。夕べから大騒ぎしてお支度した甲斐があったじゃないの」

私に向かって鷹揚な笑顔を作った後で、叶さんが聞こえよがしに「懲りない娘だ」と悪態をついたので、私も薫さんも声を合わせて笑った。

私などのためにこんな身支度をして待っていてくれたのかと、恐縮しながら勧められるまま食堂の椅子に座った。

「なにね。娘はあんなふうに親を冷やかすのが癖のようなもんだけど。正月用に着ていたものを仕舞う前の、ほんの風干し」

「お正月ですか？」

とっくに立春も過ぎたので、不審に思って聞き返すと、薫さんが笑って説明してくれた。

「香港や中国のお正月は三月なんです。毎年、招かれてお正月はあちらで過ごすものですから。着物はその際の礼装なの。クリーニングに出す前に、衣桁にかかっていたのを着ただけ。と言っても手伝わされる方はなかなか面倒で」

食事の支度をしながら薫さんがする丁寧な説明に、叶さんは至極当然の体で頷いている。

白菜にクコの実を散らしただけのスープを一匙含むと淡白なのに、何ともいえない深い滋味が隠されていて、すっぽんの豊かなこくが口いっぱいに広がった。

私の賛嘆の意を汲み取ってくれたらしい叶さんが、満足そうに薫さんに目配せをした。

他にお手伝いの人の気配もないのに、ご馳走の皿は絶妙な間で運ばれてきた。私が「美味しい」というありきたりの感想を漏らすたびに、叶さんは合図のように薫さんに目配せを繰り返し、自分もせっせと皿を空にしていく。

ほうれん草と海老の入ったきれいな水晶餃子。鮑ステーキや、牛肉と網茸の炒めもの。どの皿も感嘆するほどの盛り付けで運ばれてくるので、これは食べ過ぎると思いながらも、気がつくといつもの食事の倍ほどの量がお腹に納まってしまった。

「これ、みんな薫さんがお作りになるんですか。プロ並みですね」

象牙の箸をやっと置いて感嘆の声をあげると、叶さんが着物の襟にぶら下げていたナプキンで口をぬぐいながら頷いた。

「私も死んだ連れ合いも外地で育ちました。結婚する時に自宅にいたコックから教わった料理を、娘にみっちり仕込んだの。薫はジュエリーデザイナーとしてはイマイチだけど、料理だけは飲み込みが早くて。離婚しても、家が破産しても、コックをして食べていけるかもしれない」

「はいはい。素晴らしいお仕込み、感謝しております」

薫さんがお茶の支度をしながら皮肉な様子で応酬する。

「ずっと日本にいらっしゃらなかったので、銀座に行ってもお目にかかれなかったんですね」

私は口を聞くのもけだるくなるような満腹感を覚えながら話題を変えた。

「まあ、今年は特別だからね。日本は猪年だけど、向こうじゃあ猪年っていうのはない。似たようなものだけど、豚年ってことになってるんだ。豚は多産な動物だから、縁起がいい。商売をしている家は、豚年は稼ぎ年なんだよ」

私と同じ分量を食べているはずなのに、叶さんはまだデザートくらい食べられそうな涼しい顔をしている。

「そうでしたか。商売繁盛のせいで、私までこんな御馳走に与かって。何十年ぶりです。時間をかけて、たっぷりと美味しい中国料理を食べたのも。楽しく、賑やかに食事をしたのも」

口中の油が不思議なほど瞬時に消えるお茶を飲みながら、つい本音を漏らすと、叶さんが口紅のはげた口を文句がありそうに曲げてみせた。

「間島さん、それはだめだよ。長い間、一人だけでものを食べていると、人を愛したり、人と戦ったりする体力がなくなるよ」

私は死んだ母親に意見をされたように粛然とした。人を愛したり、人と戦ったりしないように生きている、と叶さんに打ち明けたらどんなふうに叱られるだろうか。

「そろそろコックは下がらせていただきます。お母さん。私は楓を連れてマンションに戻ります。達子さん、後片付けはお手伝いの方がしてくれるので、どうぞご心配なく。ゆっくりしていって下さい」

エプロンを取った薫さんが、丁寧に挨拶をしていなくなるとすぐに、庭にあるガレージから車の出る音がした。

「楓ちゃんって、お孫さんですか。幼稚園にお迎えに行かれたんでしょ」

「そう。幼稚園の年長。楓は娘にとって世界で一番大切なたったひと粒のプレシャスストーン」

私は叶さんの口ぶりにかすかな苦さを感じとった。三煎目のお茶のように。

「孫はまだたった五歳。ご覧の通り、私はどんなに気張って着飾っても、七十五過ぎのお婆さんだ」

いちいち計算をしてみるまでもない。以前に私と美和のことを「類は友を呼ぶっていうから」と言った叶さんの言葉を自然に思い出していた。

「命からがら外地から引き揚げてきたら、私は子を産めない女になってた。国のせいでも、時代のせいでもないよ。夫の事業が軌道にのってから、子どもをもらおうと言いだしたのは私だった。女の子なら、跡継ぎの婿は親が選べるからね。当時は養女をもらうのは今ほどややこしくなかったんだよ」

私が驚いたのは薫さんが養女であるという事実より、叶さん母娘が血の繋がりが全くないということだった。私でなくても、誰が見ても二人の血縁関係を疑ったりしないだろう。

「お聞きしてもすぐには信じられません。だって、仲がいいのは勿論、とてもよく似ていらっしゃるじゃあないですか」

「血の繋がりなんかなくっても、薫は正真正銘、私の娘だからね」

黙りこんだ私をそのままにして、叶さんは居間の隣にある小部屋から一枚の写真を持ってきて、テーブルの上に置いた。

「今日、来てもらったのは、私の打ち明け話を聞かせるためじゃない。これを見てもらおうと思ってね」

カラープリントされたらしい写真には一つの指輪が大きく写っていた。

「これは、パパラチヤサファイア。美和の頼んでいた指輪じゃないですか」

私がちらりと見た現物より、色はピンクがかって、まさにパパラチヤ、睡蓮の花の色に映っている。ローズカットされた石には丹念なギャラリーワークが施され、パヴェセッティングされたダイヤにぐるりと囲まれている。

「そうだよ。私が美和に譲った石だから、見間違うはずはない」

「この写真はどこで、誰が撮ったものですか。美和が送ってきたんですか」

鮫小紋の袖に片手を入れて、叶さんは写真に見入ったまま何も言わない。何をどこまで私に明かせばいいのか、まだ迷っているように見えた。

「教えて下さい。この指輪は今、どこにあるんですか。美和の手元にあるんじゃないんですか」

「これはねえ。薫がインターネットからプリントしたものだよ。私はそういうことはよくわからないけど。パソコンでオークションできるサイトがあるんだってさ。多分、そもそもの売主はファタフルだろう。あの銀座の宝石屋だよ。売値は百五十万。結局、それ以上で売れたらしいけど」

私は椅子にもたれて、深く息を吐いた。なぜ指輪のオーダーを引き受けた店が、出来あがった品をインターネットでオークションにかけたりできるのか。本当の売り主は美和なのか。それとも私などが想像も出来ないようなルートを経て、あの指輪は買い戻されてしまったのか。

最近では、美和のことは半ば諦め、忘れようと努めていた。それでもメイベルの女主がしていた同じジェットのクロスをときどき眺めずにはいられなかった。石言葉は忘却。それなのに、このクロスペンダントをすると思い出してばかりいると彼女が言っていた通り、私も美和のことを心底忘れたいと願ったことはない。ジェットの漆黒の光は私にいつもそのことを思い知らせた。

「指輪の経緯は知らない。もうどうでもいいんだ、あんな石。誰の指を飾ろうと、どんな破滅を呼び寄せようと、知ったことじゃない」

苦々しそうに呟いて、叶さんは唇を引き結んだ。言おうかどうしようかまだ迷っている。百戦錬磨の彼女をもってしても、それほど苦しまなければ告白出来ないことを、私のような弱い人間が果たして受け止めることが出来るのだろうか。問い詰めるような言葉を発したものの、それ以上の詳細を聞くのは心底怖かった。

「美和に会った。正確には会わされたと言った方がいいだろうね。二度目はこっちから出向いた。面会に行ったんだ。拘置所に」

うなだれて顔をおおった。拘置所と聞いても、驚かない自分が許せない気がした。日本に帰ってきているのに、ずっと消息が知れない。知人や友人に連絡をとりあっている気配もない。数カ月前まであんなに元気だった人が病気とも思えない。大切にしていた店の突然の閉店と、メイベルの女主と会った時の美和の様子。

叶さんの告白を聞くまでもなく、私は似たような想像を何度もしていた。ただ確信するのを恐れていたのだ。

「詐欺の容疑だけなら、どうってことはなかった。ただ薬の密輸は重い罪だから」

聞きたくなかった、信じられないという思いは強かったが、すぐに消えた。経緯や詳細はどうでもいい。起きてしまったことより、現在美和がどうしているのか、ただそれだけが知りたかった。

「きっと美和は騙されたんです。知っていて、彼女が犯罪に手を貸すはずはない。大胆に見えて、人の心を踏みにじったりできない、潔癖なところがあるんです。誰かに利用されたに決まってる」

首を小刻みに振りながら、叶さんはパパラチヤサファイアの写真を睨んだまま顔を上げない。口惜しさは彼女も同様なのだ。香港に一緒に行ったことでどれだけ自分を責め、悔いていることか。無言で耐えている鮫小紋の背中を私はそっとさすった。

「あの子はどんなに訊かれても、あんたのことは一切伏して隠しおおした。だから私も達子さんには打ち明けられなかった。連絡の方法も教えなかった。意地や、見栄じゃあない。美和にとって、黙っていなくなることが、あんたや私を守ることだった」

鮫小紋の背中をさすりながら涙が止まらなかった。私は自分の孤独を守るために、干渉も幇助もしなかった。それは彼女を見捨て、去らせるままにしたのと同じことだ。

「美和の気持ちを汲んだから、私はあんたに何も打ち明けなかった。万が一取り調べの手が伸びたらと思うと。寧ろ知らないままの方がいい。そう判断したんだ。あの子には、非情なことをしたのかもしれない」

叶さんはかすかに足を引きずりながら、窓近くにある小さな灰皿をとって戻ってきた。かつて手品でもするようにルチルクォーツの玉を取り出したのと同じ手つきで、彼女は着物の袂と帯の間から、煙草とライターを取り出した。

「美味いねえ。家族には悪いけど、やっぱり煙草はやめられない。類は友を呼ぶっていうのはほんとだね。美和も拘置所で欲しいのは煙草だけだって言ってた」

メイベルの女主の話を思い出していた。一度吐いた煙を惜しむように手で引き寄せて、美和が深々と煙草を吸ったと。

「私が美和と最初に出会ったのは、火葬場の喫煙室だった。もうずっと昔のことだけど。同じ煙でも斎場の煙より、こっちの方がいいですねって、泣き笑いしながら女の人が声をかけてきた。それが美和だった」

かつての夫も、私の親族の誰も煙草を吸わない。漂う煙を美味しいとかいい香りだと感じたこともない。同じ類でも、美和は私よりずっと叶さんと共通点を持っていたのかもしれない。

「美和はまだ若いのに、喪服がよく似合っていた。だけど指にも首にも耳にも一粒の真珠もつけてなくて。多分あなたの御親族の後焼かれるのは、自殺した私の妹ですと言った」

美和は真珠が嫌いだったのだろう。そういえば一度も彼女が真珠をつけているところを見たことがないし、私に真珠のアクセサリーを所望したこともなかった。だからこそ彼女は真珠ではない、もう一つの喪のアクセサリーであるジェットのクロスを欲しがったのだ。

「初めて聞きました。叶さんと知り合ったのは、デパート勤めをしていた頃だとばかり思っていました。そういえば美和は家族のことや、プライベートのことを一切話さなかった。一緒に働いていた職場で、離婚の慰謝料を吊りあげるために、訴訟を長引かせてるっていう噂は聞いたことがありますけど」

叶さんは小さな舌打ちをした。おおっぴらに何かを罵ったりできない時の癖なのだろう。

「何とでも言わせとけばいい。世間なんてものは実態のないお化け同様、無責任に出たり引っ込んだりするもんだからね」

自分の人生を他人や世間に干渉させないためには、私もまた、一定の距離を守って他人にも、世間にも近づき過ぎないように生きてきた。血縁関係も交友も、仕事もすべてそのことを前提に行動した。その鉄則が危うくなると、無視したり、怯んで、がむしゃらに背を向けて、逃げ出した。親しさも依存も警戒し続けた結果、興味も欲望も大体制御することが出来るようになった。

そうした処世術を身につけて、慣れたということは、鈍感になったことなのだ。鉄則を破らないために、私は周りの人たちの優しさも思いやりもないがしろにしてきた。自身が世間からはぐれ、寄る辺ないお化け同様になっていた。私は誰かに己を犠牲にしてまで庇ってもらえるような、そんな値打ちのある人間ではないのだ。

「美和を失ったことで、私はひとつ決心したことがあるんだけど。聞いてくれる？」

名残惜しそうに煙草を仕舞うと、叶さんはいつもの自信に満ちた商売人の顔に戻って、私に向き合った。

「達子さん、うちの結婚相談所の仕事をしながら、もう一度ちゃんと宝石の勉強をしてみる気はないかい。学校に入るのも結構。ジュエリーコーディネイトの試験を受けるとか。いい先生がいたら、みっちり仕込んでもらう手もある。外国に行ったって構わない。昨今じゃあ、勉強っていやあ、外国みたいだからね。資金はみんな私がだすよ。どうだろう、真剣に考えてもらえないだろうか」

身を挺して庇ってもらう価値もなければ、親身になって援助してもらう資格もない。美和とのことでまだ打撃を受けたままの私は、不意打ちなような申し出に呆然と叶さんを見返した。

「こんな時に妙なことを言い出して、驚かせちゃったかもしれないけど。誤解しないでもらいたいんだ。別に美和に対する罪滅ぼしってわけじゃない。でも、やっぱりあの子も、あんたにそうして欲しいと願ってた気がするんだ」

叶さんの申し出の奥にある祈念に似た思いが私にはよくわかった。忖度ではなく、最近では叶さんの考えている道筋が予め見えることがある。心が通うというのは、心の向きが似ていて、意向がおぼろげに読めるということなのかもしれない。

「でも、御存じのとうり、私はもう歳ですし。何よりもジュエリーデザイナーなんて表舞台に出るような柄じゃないんです」

こんなふうに曖昧に応えることは、受け入れる素地は少しはあるということだ。最近の私は、人と人の結びつきが導いてくれたものを斥けたり、無視するのを簡単に拒みたくないという気持ちが芽生えていた。

「断る理由があるの。新しいことを始めるのに、支障があるかい。例えば相談したい人がいるとか。健康上の不安とか」

私は心弱く首を振った。実は最近わけのわからない悪寒がして、その正体が知れないから、と言ったら叶さんは笑うだろう。叶さんだけではない、誰だって呆れるに違いない。私の中にある悪寒の原因が、自分の将来と深く関わって、私の人生を変えるかもしれないなどと口走るのは、妄想か狂気の沙汰に近い。

「他人の人生に干渉しない。正しいとか、正しくないとか判断しないのをずっと信条にして商売もしてきたし、人ともつきあってきたから、くどくは勧めないけど。なるたけ早く答えをだして。あんたも若くはないけれど、多分私の寿命はもっと短い」

戸惑いと躊躇の底に血縁に抱くような甘えと、一種の責任感のようなものがあった。

「でも、薫さんはジュエリーデザイナーとしてすでにご活躍ですし」

叶さんは、再び手品のように袂から禁煙パイプを取り出すと、額に縦皺を強くよせて少し迷い、それをテーブルの上に投げ出した。

「まあ確かに、薫は飲み込みも早いしセンスもいい。だけど、あの子には楓がいる。少し頼りないけど夫もいる。大切なものに囲まれて、しょっちゅうそれらと話しあってる者に、石は口を開かない。石は真に孤独な人間にしか、話しかけないから」

類は友を呼ぶ。叶さんが口癖のように言う言葉は、子を生まない同志の暗黙の了解だけではない。石と話すことの出来る種族であり、自らも石に選ばれた孤独な女であるという告白でもあった。

ミキの死を知ったのは、南の島で初めて桜が咲いたというニュースを聞いた日だった。

「おばさん、私だけど」

恵美から午前中に電話があることなど滅多にないので、「何かあったの。恵美ちゃん、大丈夫」と慌てて訊いた。

「私は大丈夫だけど。ミキが死んだの」

また姪の悪い冗談か、ヒステリーの発作の前ぶれかと思った。

「ミキが死んだの。タイで。一週間前に」

「事故なの。まさか犯罪に巻き込まれたわけじゃないんでしょ」

思わず美和のことを思い出していた。不慮の事故か、事件か。動揺で息は途端に苦しくなった。鳴らないガムランの映像だけが瞼に点滅する。

「事故と同じよ。手術に失敗したんだと思う。詳細はわからない。詳しいことは純ちゃんに聞いて。私には教えてくれなかった」

電話口で恵美のしゃくりあげる声がしたが、動揺している様子ではない。済んでしまったことを悼んでいる。嘆いてはいるが、悲劇から隔たった無難な場所にいるという感じが伝わってきた。

「渋谷の小さな劇場でお別れの会があるんだって。私はこんな身体だから行けないけど。行って欲しいの、私の代わりに。純ちゃんを慰めてあげて」

妊婦にとって、死者ほど遠いものはない。その遠さを守ってあげたいというのは近親者の思いやりであり、夫として当然の配慮だろう。私は必ず行くと約束をして、渋谷にあるという小さな劇場の名前と場所と日時だけを確認した。

「ありがとう。こんなことお願いできるのは叔母さんにだけなの。きっと純ちゃんも叔母さんになら色々話す気になると思うから」

思いがけない訃報を聞いた後、しばらく寒の戻りが続いて、桜前線は一向に進む気配がなかった。

ミキのお別れ会の当日も、まるで氷雨でも降ってきそうな寒い日だった。

見知らぬ場所の初めて行く劇場なのだから、タクシーで行くつもりだったのだが、ふと渋谷から歩いていく気になった。

純ちゃんとミキが連れ立って帰っていった同じ坂をゆっくり上った。涙もでないし、感傷的にもならない。ただ永訣の日にふさわしい冬空と厳しい寒さが、私の身体の中に冴え渡るほどの緊張感を与えていた。

坂を二つ上って、坂を一つ下りた。ごみごみした繁華街のはずれのような場所を想像していたけれど、案内状どうりに二十分ほど歩くと、意外にも古い家屋が建ち並ぶ郊外の住宅地のような所へ出た。空き地の目立つ人気のない道には、早春の雑草が疎らな緑を撒いている。『演劇集団　オルフェ』という看板の下に〔故大場ミキ　お別れの会〕という手書きの案内が貼ってあり、黒い矢印がついていた。

矢印に従って歩くと古い三階建ての建物に着いた。以前は何かの工房か、小さな工場兼住居といったところだろうか。薄いベージュに塗られた壁には幾筋もの長い罅が模様のように入っている。矢印は正面玄関ではなく、横にある階段の前で終わっているので、お別れ会は地下ということなのだろう。

螺旋階段を二、三段降りるとまだ会場の全容も見えないうちに、不思議な音色が下から立ち昇るように聞こえてきた。どこか霊妙でエキゾチックな調べである。階段の踊り場に〔献花用〕と書かれた大きな花籠が置かれている。籠一杯に盛られた花を見た途端、私は思わず小さな声を発してしまった。

去年純ちゃんと初めて会った時、思わず口にした花の名前。緑色と淡紅とモーブ色の微妙な配色。クリスマスローズと言う名前であってもバラではなく、クリスマスと冠されていても、クリスマス時期には咲かない。早春の木漏れ陽を浴びて下向きに咲くクリスマスローズ。

照明が暗いせいで、螺旋階段の後半は足元が危うくなった。私はミキの訃報を聞いてから作ったレインボームーンストーンのブレスレットが入ったバッグを胸に押し当てて慎重に降りた。

密葬に等しい寂しいお別れ会だろうという想像は半分だけ当たっていたけれど、半分は間違っていた。集まった人々は思っていたより多く、また年長者は私くらいだろうという予想も見事にはずれた。五十代か、六十代の男女が寧ろ目立った。

当然ミキや純ちゃんと同世代の男女も十数人いたが、みな式服ではなく、色とりどりのフッションに身を包み、一様に無口だった。

「わざわざ来ていただいて、ありがとうございます」

受付か祭壇らしい場所を探す間もなく、純ちゃんの声が背後から聞こえた。振り向くと、初めて会った時と同じ恰好をした彼が、十歳は老けたような大人の顔をして立っていた。

「こちらにどうぞ」

まるで劇に出演しているような淀みのない動作でエスコートされ、私はミキの遺影が飾られた場所に案内された。

献花をして、手を合わせ、遺影の傍にブレスレットをそっと置いた。ちょっと目が捜したけれど、ガムランボールは置いてなかった。

音楽が止んで、正面の壁に大きなスライドの画面が出現した。多分彼が演じた数々のシーンがつなぎ合わされているのだろう。金色の冠をかぶったミキの姿がクローズアップされると、会場からいっせいに拍手が起こった。近くにいた初老の女性がしきりに涙をぬぐいながら、私のすぐ近くに寄ると耳元で囁いた。

「あなた、純之介君のお母様でしょ」

「ええ、そうです」

質問に驚くより早く、純ちゃん自身がためらいもなく返事をしたので私は二重にびっくりした。

「ミキちゃん、心の中では純ちゃんの結婚を祝福してたと思うの。あの子のこと、許してやって下さいね」

純ちゃんは当惑している偽の母親を隠すように、さらにピッタリと私に寄り添った。

「あの子の分までお幸せにね」

強い香水の匂いを残して彼女がきびすを返してから初めて、人違いをして去っていった人が、実は男性だったということに気づいた。

色石の選別にもあることなのだが、傷や斑が一つ見つかると、次々と同じものが見つかるようになるのと同じで、最前の人が男性だと気づくと、女性の恰好をしている人が実は男性であったり、男装している女性だったりすることが簡単に判別出来るようになった。国籍も性別も自身の意志で選んだかに見える老若男女が、喪というしめやかな意匠をまとって、演じることが天性のようにみえる所作で歩きまわり、不思議な鳥のように囁きあっていた。

「あの音楽はどこの国のものなの」

途中まで送るという純ちゃんと一緒に会場を後にしてから、一番気になっていたことを尋ねた。

「マントラ。ガムランと同じように聖なる音楽なんだって、タイの。一種のヒーリングミュージックかな。ミキが眠れない時によく聞いてたCDをかけてたみたい」

会った時とすっかり同じ衣装を着ていても、純ちゃんは四カ月前の彼ではなかった。顔立ちだけでなく、態度も声も、すっかり平凡な大人の男になっている。突然の悲劇という運命の大車輪に、少年のような純ちゃんは轢かれてしまったのかもしれない。無事生き延びた今の彼は二十六歳の男の薄い型紙のようにも見える。

青年の型紙は寒さで背も肩も丸めて、私の顔をまっすぐに見ることもなく喋った。

「達子さんは勘がいいから気づいたかもしれないけど、あの骨壺はからっぽなんだ。ミキの無残な死体はまだ日本に帰ってきてないから」

「それじゃあ、純ちゃんもミキさんとはきちんとお別れができなかったの?」

哀切で痛ましい打ち明け話を聞いているのに、寒さに半分凍結してしまったように、どんな悪寒の漣も私の身体から起こってくる気配はなかった。

真実の別離はどこか遠くにある。私だけでなく、故人の最愛の人であった純ちゃんからも遥か遠くに。そんな気がしてならなかった。

「それは、いいんだ。二人の別れは日本で済んでたから。ミキが本物の女になりたいから、タイで手術をすると言いだした時に」

純ちゃんの声には聞き苦しいほどの怨嗟の響きがあった。

「あんなに止めたのに。医療の未熟や、悪辣な業者のせいとかで、手術に失敗した例を知っていながら、ミキは誰の忠告も聞かなくなっていた。意地と自暴自棄で手がつけられなくて」

マントラを聞きながら眠れずに過ごした長い長い夜々。ミキは自分を救うためにはたった一つの道しか残されていないと思いつめてしまったに違いない。悲しみは人を殺さないが、苦しみから逃れる方法として、人は死に近づいてしまうことがある。魅せられたように、思慮も分別も捨てて、まっしぐらに進むしかないと思い込んでしまう。

「達子さん、骨の代わりに僕が骨壺に納めた物、何だと思う」

ガムランボール、と純ちゃんに会う前だったら即座に答えただろう。ハッピーフォーチュン。ミキが現世の成功と幸福を願ったガムランボール。そのガムランに付けるために、私はシリアルナンバーと同じ数のレインボームーンストーンのブレスレットを訃報を聞いてから作った。死んでしまった人への餞としてアクセサリーを作るのは、茉莉に次いで二度目だった。

「ミキがコスチュームジュエリーにいつも付けてたでっかい水晶の塊。ロッククリスタルって言ってた奴。冷たく氷っていて、燃えない。すぐに粉々になる透明な骨」

純ちゃんがこんな苦々しい声で喋れるということが驚きだった。こんな皮肉な話し方をいつ覚えたのだろう。

寄り添うほど近くにいるのに彼を正視できなくて、私はそっと目を逸らして、庭のない建売住宅が並んでいる私道で子どもが遊んでいるのを眺めた。私の視線の先を追うように、純ちゃんもまた、白い息を吐きながら駆け回る子どもを大人っぽい落ち着いた眼差しで眺めている。

「骨壺の中の硝子の骨。ミキはトム・クルーズの大ファンで、彼の誕生石だというあの水晶を大事にしてた。俺のもうひとつの心臓だって」

なぜ献花がクリスマスローズだったのか訊ねたかったけれど、もう話題にする気は失せていた。たった一度しか会わなかったのに、それも決して楽しい状況ではなかったのに、こんなにも心の底からミキを悼んでいることが自分でも意外な気がした。

「達子さん、生まれ変わりって、信じる?」

純ちゃんは私の沈黙を恐れるように間を置かずに喋った。話しかけては、目を逸らす。彼はすっかり変わってしまった。もうそこにはクリスマスローズのような繊細で微妙な美しさは一輪も残っていなかった。

「いいえ。そんなこと考えたこともない。一度生きて、一度死ねばそれで充分」

私の言葉に純ちゃんはほっとしたように頷いた。

「そうだよね、恵美のお腹の子は最初からずっと男の子だった。もう九カ月もたっているから、これから女になるなんてあり得ない。ミキの生まれ変わりであるはずがないんだ。だって、死からは何も生まれないもの」

遊びまわる子どもたちを目で追いながら、純ちゃんは心の荷を降ろしたようにきっぱり言った。

石の別れ

死からは何も生まれない。そうだろうか。死から始まるものもあるのではないか。死がなければ、始まらないこともあるのではないだろうか。

その夜、ただならぬ疲労感に打ちのめされて、ベッドに崩れるように眠った。

数時間後に目が覚めた時、自分の身体が熱と痛みにすっかりのっとられているのに気づいた。身体中の節々が軋むように痛く、意識が収束しているはずの脳は役目をまったく放棄して、濁った沼の水のようになっている。

起き上がろうとすると頭がぐらぐらするほど痛い。ベッドに横たわっている以外にはなす術もなく、誰はばかることなく、唸りながら眠っては目覚めることを繰り返した。途中、朦朧としたまま風邪薬を飲んだが、すぐに吐いてしまった。水の上に寝ているような気分は、立ち上がっても変わらず、視線が定まらないまま這うように歩き、あちこちに摑まりながら水を飲み、トイレに通った。

夜が三日分、黄昏が三回、その間に昼も朝も二曲一双の屛風のように畳まれたまま過ぎた。頭は朦朧としたままで、いつ目覚めて、いつ眠ったのか時間と日にちの繋ぎ目も境もはっきりしない。

そんな熱に浮かされた状態の中で、心が身体の内部だけでなく、あちこちに外在しているような錯覚に何度も襲われた。心身の分離とか離脱。あるいは理性と感覚の乖離とでも言った方がいいだろうか。

私の内部にあったはずの良いもの、優しさや善良さ。感謝や満足感、意欲といったものはみな、外部に流失してしまった。外にあって、私を見ている。一度私から出ていって、もう一度私の内部に戻ってくるのを拒んでいる。そんな感覚に執拗に苦しめられた。

譫妄状態のなかで、やがて頻繁に私を襲うようになったのは色彩の混沌だった。ラピスラズリの紺碧の天井。タイガーアイのうねる縞模様。枝珊瑚の指がひらひら動き、ロッククリスタルが回転木馬のようにぐるぐる回る。

漆黒のジェットはかすかな燐光を放ちながら私を凝視する。何が言いたいのだろう。大切なことを告げたがっているように見えるのに、言葉は発しない。それとも、めくるめくイリュージョンの点滅は、視線だけとなって散在する誰かの霊なのだろうか。

突き詰めて思い続ける体力もないまま、意識は薄れ、また新しいイリュージョンに捕らわれたまま目が醒める。

口に含んだ途端とろりと液化する甘い翡翠。遠くで鳴るガムラン。映像と色彩と匂いと、懐かしい音色。私の扱った石のすべての色や触感や輝きが個々の響きとなり、像を結んだり、オーロラのように棚引いたりする。それでも現われては消える仮象のすべてが、私を見守っているのを感じるのだ。不思議な近親者のように。

見知らぬ瀞（とろ）にぽっかりと浮かんだように目覚めると、三日が過ぎていた。どこも痛いところはなく、当り前のように平熱で目覚めた自分を発見しても、なお眠りについたのが前世で、今生に目覚めた。それほどの途方もない距離感と空白感が感じられた。

洗面所の鏡に映った変わり果てた自分の顔を発見して、さらに驚いた。痩せただけではない、肉を包んでいる皮膚が古い角質と汗の汚れでくすみ、触ると和紙のようだった。窪んで弛んでいる頬と、土気色の翳。

まるで時間の砂州に長い時間埋められていたかのように、すべてが変わり果てて見えた。

食欲はなかったが、葛粉に白湯をさして飲んだ。小さな塗りの匙で一掬いずつ、慎重に掬ったはずなのに、二匙ほど顎にこぼれた。べとべとした手を洗おうとして、台所に立つとまだふらふらする。たった三日間のうちに荒廃してみえる台所を見回し、改めて途方に暮れた。

長い一人暮らしで、病気や怪我を経験したこともあったのに、こんなになす術もなく放りだされてしまったと感じるのは初めてだった。

自分の日常や生活の片鱗だけでも引き寄せようとするのに、手繰ろうとすればするほど、みんな濃淡も遠近も失って茫茫と離れていく。

冷めていく葛湯を一匙づつすくいながら、何か新しい感情が兆し、意欲や手ごたえのある感覚を呼び起こしてくれないかと、頼りない気持ちで待っていた。葛湯の最後の一掬いが私に気づかせたのは、自分が老いたのだという実感だった。

どんな状況の変化や、内部の混乱があっても、意思を取り戻す一番手っとり早く確実な方法は、作業台の前に座って仕事の続きを始めることだったと、しばらくしてやっと思いついた。『叶結婚相談所』から受け取ってきたばかりの、ガーネットのルースを取り出し、いつものように石と向き合った。

私のように専門的な知識や技術に乏しく、設備も最低限のものしかないジュエラーにとって、頼みとするものは熟練した技でも、独創の閃きでもない。根気よく石に向き合い、その内部に身を投げるほどの執拗な目の力だけなのだ。

一月の誕生石とされるガーネットは青以外のほとんどの色があるが、ノアの箱舟の唯一の灯りとして闇を照らしたという伝説を持つこの石の魅力は何といっても、その色彩にある。叶さんから託されたガーネットも、最近よく見かける紫がかった色のロードライトガーネットではなく、日本で石榴石（ざくろいし）と呼ばれる馴染みのある深紅色だった。

「若いとは言えないけど初婚なんだから、ガーネットじゃああんまりお粗末だと反対したんだけど。本人の強い希望でね」

依頼主の事情は滅多に明かさない叶さんが、このルースを渡す時、珍しく新婦について少し前置きを言った。

「認知症を患ったお母さんを二十年近く介護してたらしい。五十一歳で初婚で、相手の男はもう六十五歳。同じ赤でも、婚約指輪だもの。ルビーにした方がいいと勧めたんだけど」

もしルビーだったら、私は辞退するしかなかったろう。預かった石の正式名はパイロープガーネット、俗に言うアリゾナルビーならば私も何度か手がけたことがある。この石は大部分が二カラット前後の小粒だが、熱にも強く、硬度もあり、房にして集合させ、ブローチやネックレスに仕立てることも多い。

私はルーペで見る前に、いつものように石の表層の輝きを一旦払うようにしてから、ガーネットの内奥に目を凝らした。色彩の奥からさ迷いだしたかぼそく、とりとめのない波長は、石の声にも吐息にも至らないはかなさで消える。私はガーネットの赤色を燃え立たせようとわずかに石を傾け、問いかけるように微妙に触り続けた。

石は目覚めない。石は応えない。私を無視して閉じこもっている。何も言わないし、受け付けない。無というより、遠くにさまよったまま帰ってこない木霊のように、内実がつかめない。ガーネットは現世の形と色を保った二センチの冷たい裸石以外の何ものでもないのだ。

角度を変え何度も光にかざした。前後、左右からペンライトをつけてしげしげと見た。普段は余り使わない十四倍のルーペをかざし、左手の薬指と中指に意識を集中して、様々に呼びかけた。少し間を置いて放りだしてから、再度触ってみたりもしたが、どんな方法も虚しかった。執拗な凝視がたたったのだろうか。失意と徒労感が募ってくると同時に目の奥が鈍く痛み始めた。特に左目に感じたことのない圧迫痛がある。目を開けているだけで、涙がじわじわと染み出てきた。

目をゆっくり閉じ、私は一つの断念を呑み込むしかなかった。間違いはない。石は私を見捨てたのだ。

三十数年前、たった三カ月滞在しただけで消えてしまった子ども。他の女性と家庭を築くために、私を裏切った夫。死に物狂いで求めたのに、何ひとつ与えてくれなかった慎二。別離と裏切りと喪失の末、やっと私のすべてを受け入れてくれ、支えてくれるものに巡りあったはずだったのに。石は別れの合図すらなく、私を見捨てた。

それでもなかなか諦められず、もう一度だけ私は引き出しに仕舞ってあったガーネットのルースを全部取り出し、調べ直さずにはいられなかった。箱一杯のロードライトガーネットはもとより、俗語で売春婦という名を持つオレンジがかったマラヤガーネット。豊かな果実の色をしたマンダリンガーネットの粒までみんな机いっぱいにぶちまけて、私は執拗に直視し続けた。けれどどう考えても、何度見ても同じことだった。もともとはガラナイツ、種子という語源を持つガーネットは作業台の上で、永遠に発芽しない種子のようにばら撒かれたままだ。石の無言は石の完璧な拒否なのである。

私はどうしていいか判らず、机の上に顔を突っ伏して、声をあげて泣いた。

玄関のチャイムの音で目が覚めた。いつの間にか眠ってしまったらしい。病みあがりの身体は新たな懈怠をまとっていて、起き上がって、インターホンを取り上げるまで大分手間取ってしまった。

「あたしよ、達っちゃん。どうしたの。何かあったの」

「お姉さん、今、何時？」

一向に覚醒しない頭を振りながら、来訪者である姉に逆に尋ねた。

「八時半。ごめんね、こんなに早くから。だけど夕べも一昨日も電話をしたのよ。家にも携帯にも。ちっとも出ないから心配で、朝一番にすっとんできたの」

慌てて来たという言葉を裏づけるように、コートを脱いだ姉は実に奇妙な恰好をしていた。

着古したトレーナーに毛玉の付いたニットのスカート。家事を放りだしてそのまま来たような普段着の上から、私が以前に贈ったペリドットのネックレスをイコンのようにぶら下げている。

「コートを着ちゃえば、わからないと思って。でも電車に乗っている間、ペリドットのネックレスを何度も握りしめずにはいられなかったから、変な服も見られちゃったわね、きっと」

喋り続ける姉を居間に通して、お茶を煎れようと台所に立ったら、思いがけないスピードで涙が手に滴った。茉莉は死んだ。美和は去った。慎二は一度も私を愛してくれなかった。そして、石にすら私は見離されてしまったのだ。

「達っちゃん、あたしがいるじゃないの。お父さんの分も、お母さんの分も。これからはあたしが一緒にいるから」

母親が死んだ時に言った姉の言葉が同時に思い出された。

「だけどお姉さんには、お姉さんの家族がいるじゃないの。何よりも、たった二カ月いただけで、お墓もないような私の子どもと違って、自分が生んで育てた大切な娘がいるじゃないの」

自分の不幸を盾のようにして、その時私は心の中で姉を拒んだ。

あれからずいぶん長い歳月が流れ、たったひとつの心の拠り所であった石からも見離されて、私はこうしてまた血縁の優しさに庇われて、泣いている。

「やっぱり病気だったのね。もっと早くに来てあげればよかった。無駄な遠慮なんかしないで」

襲れて、急に老け込んだ私を見て、すぐに事態を察したのだろう。姉は私が打ち明ける前からすでに目を潤ませていた。

風邪の要因となったミキのお別れ会について話すわけにはいかない。私は幼い妹のようなこっくりをするしかなかった。

「お父さんが、中国へ行って美味しいお粥の作り方を教わってきたの。これから作ってあげる。一緒に食べよう。絶対元気が出るから」

持ってきた袋から次々と食料を取り出す姉に、私は再び頼りなく頷いてみせた。

「一カ月前くらいに、純之介さんの御家族と会食をしたの。無事に出産が済んだら、簡単な披露宴をすることも決まっててね。御両親はとてもきちんとした方で、私たちやっとひと安心したのよ」

死の前からすでにミキとは別離が済んでいたと純ちゃんは言った。ミキが不幸な決意をした背景には、そうした経緯もあったのかと、私はひそかに納得した。

今にしてみれば、すべてが遠い出来事のように思われた。ガムランは恵美の腕でも、純ちゃんの携帯でももう鳴ることはないのだろう。さ迷う旅人を導くというレインボームーンストーンは新婚の二人へではなく、絶望の末異国で死んだミキにこそふさわしかったのかもしれない。

「お父さんたら、すっかり気を良くして、お産のお守りだからって、中国から翡翠のお守りを恵美に買ってきたのよ。自分だけ点稼ぎして、もうすっかり気分はおじいちゃん」

姉と二人で恵美の自宅を訪れた際、私が渡しそこねた翡翠のお守り。あれは二子の誕生の時にでもあげることにしよう。私はそんなことをぼんやり思いながら、帆立と干しエビの香りがする餡がとろりとかかったお粥をすくった。こぼさないように、丁寧に。

姉と恵美の母子に感じた疎外感は、滋味の溶け込んだ粥の暖かさと柔らかさに、しごく簡単に解けていくようだった。

「ねえ、達っちゃん。翡翠ってそれほど貴重なパワーストーンなの？　中国じゃあ、誰でも一つは持っているほど霊験あらたかなものだって、お父さんが力説するのよ」

「そうね。でも翡翠ってほんとにピンキリなの。安価なものが全部偽物ってわけでもないけど。色も透明度もまちまちで。今では着色は勿論、緑がかっているだけで平気で翡翠として、観光客に売り付けたりするみたい」

翡翠だけはその貴重性と、種類や等級の多様さから原石でも、連や重さで売買されず、個体でひとつづつ取引されるらしい。

「宝石って、素人には真贋を見分けるのは難しいって言うけど。お父さんが買ってきたものは本物よ。だって、案内してくれた先生は中国の宝石業界でも一目置かれているらしいから」

義兄が退職後に中国語の勉強を始めたという話は聞いていた。在職中に知り合った中国人と親しくなり、彼の愛国心にだいぶ影響を受けたらしい。

「日本にいる時は別に偉い人のようにはみえなかったけど。招かれて中国に行ってみたら、集まった人がみんな著名人ばっかりだったんですって」

著名人なのか、権力者なのかは判らないけれど、確かに伝授されたお粥のレシピに限って言えば、かなりの料理人に違いないということはわかった。

「ほら。私にはこれを買ってきてくれたの」

翡翠双魚。淡い緑色の魚が二匹尾を跳ねた形で向き合っている。二匹とも緑というより淡いモスグリーンに近い柔らかな色をしている。双魚は中国の人が好む縁起のいい意匠である。

「ねっ、偽物じゃないでしょ」

「とってもきれい。お義兄さんはセンスがいいわ。彫りも立派で、上物よ」

翡翠の話がでてからずっと、私は慎二とあのろうかんの関係のことを考えていた。そもそも慎二はどうして私にあれを送ってきたのか。贈ったままで、その後何故何も言ってこないのか。何か訳ありな気がする見事なロウカンはどんな由来を持ち、どんな経緯で慎二のものになったのだろう。

「お姉さん。お義兄さんの知り合いだという宝石に詳しい人は今でも日本にいるのかしら。私、一度お目にかかってみたくなった」

お粥をきちんと平らげた私を見て、やっと一安心していたらしい姉は、突然の申し出に再び心配そうな表情を浮かべた。

「勿論よ。丁度来週の土曜日、食事にお招きしてるから、あなたもいらっしゃい。だけど、どうして会いたいって思うの」

「見て頂きたいものがあるの。心配しないで、仕事上のことよ」

すぐに相手の依頼を受け入れるのが習性のようになっている姉は頷いたものの、やはり気がかりらしく眉根に深い皺を寄せたままだった。

再生の石

ガーネットのルースと虚しい対峙をしてから、精神面だけでなく、私の目は現実的なダメージを受けたらしく、特に左目の視力がぐっと衰えてしまった。疲れやすいだけでなく、少し根を詰めてルーペを覗いたりするとすぐ充血したり、異物感を感じて涙が出たりする。それでも眼科に行くのをためらっていたのは、石の決別の現実的な要因を通告されるかもしれないという怖れがあったからだ。

日常生活に限ればそれほど支障はない。時間が経過するにつれ、右目で補足しながら見ることに慣れたらしく、夜になると右肩がこったり、偏頭痛に悩まされたりするようになった。

朝起きて、気力が充実しているような時、ふと視力が戻っているような気がして、作業台の前に座ることがある。大切にしているルースが納めてある箱から、その時々の気分の石を選んで対面するのが、諦めの悪い私の日課になってしまった。春が近づいて光が増すと、やはり明るい色の石に惹かれる。最近はよくアクアマリンのルースを手に取ることが多い。

アクア（水）とマリン（海）という双子の名前のような透きとおった水色。透明度の高い石はとても高価で、その最たるものにサンタマリア島だけで発掘され、青い色ののった、そのくせ不思議な透明感のあるサンタマリアアクアマリンがある。しかしそれはガラスケース越しに見るだけの高根の花だ。当然私が持っているものは安価で手に入りやすい、ミルキーアクアマリンと呼ばれている少しスモーキーな青灰色の石ばかりだ。

淡く白濁した分だけ甘く、色に変化があった。水というより、煙のイメージがある。マリン、といえるような強さはなく、湖水の柔らかさ、水面の多彩なゆらめきを湛えている。

高揚した気分で晴れ晴れと見入る時も、落ち着いて語りかける時も、石はどんな思いも意志も私に伝えてはこない。第三者の視力だけを借りたように、半貴石の冷たさと曖昧さを秘めて黙している。諦念と淡い失意。言ってみればミルキーアクアマリンの石は、初老の女の目の色なのかもしれない。

姉の家に行く約束をした日は春らしい麗らかな日だった。

行楽客で混む急行電車を避けて、閑散としている鈍行に乗った。快速や特急の待ち合わせのたびに、開いたままの車内に桜の花びらが舞い込む。車窓から眺めても桜の木は見当たらない。散り敷いた落花を風があちこちに吹き散らしては遊んでいるらしい。

運ばれた後、花びらはどんなふうに地上から姿を消すのだろう。眩しさを避けて、うっすらとつむったままの瞼の裏に、消えていったはずのものが流れては過ぎる。こんなふうにうっすらと目を閉じて、花も死んでいくものなのだろうか。視力の衰えた左目が右目よりわずかに冷たい。まるで半貴石のひとつがそこに嵌められているかのように。

「いらっしゃい、達子さん。お久しぶりですね」

単線の駅らしい長閑な改札を通ると、義兄が出迎えてくれた。たった一年ほど会わなかっただけなのに、義兄はずいぶん太って、髪も薄くなっていたけれど、顔つきや目の色は寧ろ以前より生き生きして見えた。

「お元気そうですね。自由を満喫しているから、かえって若返ったみたい」

「嬉しいねえ。女の人に褒められることなんか滅多にないから。でもじき本物のお爺ちゃんですからね」

お客さんのもてなしの準備に忙しい姉の代わりに、迎えがてら買い物を頼まれたという義兄は、以前よりずっとのんびり歩く。

「恵美ちゃん、もうじきですね。出産にはちょうどいい季節で良かった」

「いい季節なのかな。こっちはさっそく端午の節句の準備をしなきゃならない」

困ったもんだ、と言いながら、義兄の顔には隠しきれない笑みが広がっていく。

「私も、恵美ちゃんの赤ちゃんをとても楽しみにしているの」

義兄の足が止まって、驚いた顔で私を振り返った。

「達子さん、少し変られましたね。穏やかになったというか、なんだかとても豊かになられた気がする。あっ、またこんな軽はずみな事を言って、家内に怒られる」

お礼を言う代わりに私は少し笑った。それだけ老いたということだ。それだけ諦めが身についたということだ。私の病んだ目には、アクアマリンに似た水の色がたゆたっているのだろう。諦観と失意。石はどんなに虚しくても、孤独でも戦い続ける女だけが好きなのかもしれない。

「お義兄さんの持っている箱に何が入っているの。まるで生き物でも入っているみたいに大事そうに抱えているけれど」

「ふふっ。何だと思う？　春のご馳走には欠かせない食材だよ」

こでまりが咲く緑道のベンチにそっと乗せて箱の蓋を開けると、籾殻の詰まった中に薄赤い卵が三列に並んでいた。

「驚いた。ほんと、これじゃあお義兄さんが、大事に扱うわけね。スーパーでパック入りの卵ばっかり見慣れていると、何か別の生き物のような気がするわ。きれいで、ちょっと不気味」

「きれいで、ちょっと不気味。ははっ、やっと達子さんらしい言葉が出た」

義兄は卵の一つを掌に乗せて、私の顔に近づけて言った。何気ない言葉にも仕草にも姉とよく似た優しさと労わりが感じられる。一緒に長く住んでいると、他者に対する対応の仕方まで似てくるのかもしれない。

「確かに生き物の命というものはみんなきれいで不気味だ」

義兄の掌から私の手の平に薄赤い卵が移されると、私は未知な石を眺めるように少し緊張した。

「このあたりに変わり者の養鶏家がいてね。その日に産んだものしか売らない。放し飼いの鶏が、好きなものを喰って、あちこち走り回ってる」

「だからまだ生暖かいのね。いかにも生きてるって感じでちょっと食べるのは気がひけるけど」

卵を箱に戻すと、義兄が籾殻で上手におおった。

「そこは料理人の腕次第。乞うご期待」

大分遠回りをして、姉の家に着くと玄関に大きな靴が脱いであった。

「あれっ、モウさん。いつ来たの。どの道を通って来たの」

義兄がスリッパを履くのももどかしげに居間の戸を開けると、エプロン姿の姉が笑いながら出迎えた。

「きっと鶏が卵を産むまで待ってるんだろうって噂してたのよ。ずいぶん遅かったのね」

人見知りで社交嫌いの姉にしては、ずいぶん口が滑らかで、ご機嫌な様子である。姉の横に私が想像していた印象とはまったく反対の、中国人というよりロシア人のような上背のある白髪の男性がにこにこ笑いながら立っていた。

「達子さん、初めまして。私、モウです。年寄りの牛ではありません」

義兄が後ろにいる私を押し出すようにすると、モウさんはごく自然な仕草で私の手を握った。日本人の男の手ではなかった。長い指と厚い掌。がっしりしているのに、滑らかで暖かい。私はふと叶さんと初めて会った時のことを思い出した。

料理の種類も、食卓の雰囲気も叶さんの自宅に招かれた時のことを思い出させる豊かさと和やかさだった。

「達っちゃん、これ春餅って書いて、シュンピンっていうのよ。ちょっとペキンダックみたいでしょ。野菜や肉を挟んで食べてみて。先生に教わって作ったの。それから、この牡蠣と大根の煮たのも美味しいのよ」

「食べている最中にそんなにうるさく言ったら、達子さんだって、困るよ」

姉夫婦のやりとりを、モウさんは一家の主のような鷹揚さで眺めている。初対面の時の印象より少し年取っているらしい。叶さんより何歳か年上かもしれない。

「楽しくたくさん食べないと、正しく生きられない。とっても大事なこと」

日本語は上手だが、無造作な発音ではない。語尾をぷつっと切る癖が、柔らかな口調でありながら、控え目な日本人男性より意思の強さを感じさせた。

やはり叶家に似たコースをとって、美味しい中国茶で食事が終わると、洗物の手伝いを申し出た私を姉が目で制した。

「病みあがりの人に手伝ってもらわなくても大丈夫。それに私はこれから卵をたくさん使って、大量のカステラを焼くの。お父さんを助手にするから、達っちゃんは先生と食後の散歩でもしてきてちょうだい。染井吉野は終わったけど、近所の八重桜が満開だから」

「それがいい。テニス場へ行く途中の坂道。先生はよくご存知だから」

姉の気遣わしそうな視線に送られて、先生と家を出た。

少し気詰まりな気分で歩き出したものの、数分もするとごく自然に寛いで、春ののどかな陽射しに心がほぐされていくのを感じた。

「この花、何と言う名前ですか」

歩き出すとまもなく、近所の垣の前で先生が立ち止まった。

「どうだんです。正確にはどうだんつつじっていいます」

「こんなちっちゃい花なのに、躑躅ですか。躑躅なら良く知っています。中国にもたくさんたくさん、うるさいほど咲きます。なあんだ」

先生は少し腑に落ちない顔つきで、俯き加減に咲いていた白い花を指で突いた。

「鈴蘭に似た可愛い形の花でしょう。どうだんつつじのドウダンは日本語で満天星って書きます」

「満天星。ああ、なるほど。日本語はちゃんと実物を観察してつけているから、好きです」

先生はひょいと一枝折って、カーディガンの胸に挿した。私はその姿があまり若々しいのでつい笑みが漏れた。

通りがかりの人が見たら、長年連れ添った夫婦のように見えたかもしれない。私は先生の歩みに寄り添い、先生はいかにものんびりした様子で気儘に歩いたり立ち止まったりする。

縁側で老夫婦がひなたぼっこをしているのを、芽吹きの始まった垣根越しに眺めていた先生がふいに私を振り返って言った。

「私は結婚したことがありません。ずっと家庭を持ちたいと思いながら、相手を探そうとしなかった。とんでもない暢気坊主ね」

悲惨な戦争の災禍をまともに浴び、過酷な時代を戦い抜いた人だと義兄は言っていた。私は先生の穏やかな表情を見ながら、男と女の闘いの違いを思った。

「ヤエザクラ、これは納得できない。桜ではありませんね。濃い色の、花びらいっぱいで重い。私、ヤエザクラよりこっちの花が好き」

満開の八重桜の下で、先生が立ち止まって見惚れたのは、樹下に咲いている白い花韮の群れだった。

「これは花韮です」

「えっ。中国の韮にこんな花は咲かないです」

慌てて花の匂いを嗅いでいる先生の傍に、私は笑いを堪えながら蹲った。

「名前は韮でもこれは園芸種の花です。匂いは似ていますが、食べられません」

先生は摘もうとしていた手を慌てて引っ込めて、恥ずかしそうに私を見た。

「誤解です、達子さん。わたし、摘んで食べようと思ったわけではありません」

もう我慢できなくて、私は無遠慮な笑い声をあげた。笑ったら余計に楽しさが倍増した。誰かの側で存分に笑うことがこれほどいい気持ちだったなんて。子ども時代に父と一緒にいた時の開放感を思い出していた。懐かしい和やかさ。甘えていられる心地良さが、私の肌に春の陽射しのように降り注いでいる気がした。

私も先生も時計を持っていなかったから、姉から携帯に電話がかかってくるまで、散歩に出て一時間も過ぎていることに、二人とも全く気づかずにいた。

「大失敗。お姉さんは怒って、私たちにカステラを食べさせてくれないかもしれない」

先生がテニスコート脇のベンチから慌てて立ち上がった時、私はやっと姉の家を訪ねてきた目的を思い出した。

「先生は翡翠にとてもお詳しいと伺いました。実は見ていただきたいものがあって、持って参りました」

束の間緊張した面持ちになって座り直した時、散歩の道すがら先生がカーディガンの胸に無造作に挿し続けていた草花の一つが、私の膝に落ちた。名前も知らない花は、ロンドントパーズのような青い色をしていた。

私は慎二から送られてきた箱のまま先生に差し出した。

「素晴らしいロウカンです。インペリアルグリーン。極めて希少。グレイトです」

最大限の感嘆の言葉にしては、そっけない仕草で先生は翡翠の角度を変えて何度も見つめ直した。感嘆と共に、質問攻めにあうのではないかと身構えていた私が、少し拍子抜けするほど無造作に先生は翡翠を私に返した。

「とても不思議。人はなぜ宝石を珍重するのか。わたし、わからない。どうして地下や鉱山に眠らせておかないのか。奪い合いあうように、商品にしてしまう。美しいから。珍しいから。お金儲けしたいから。誰かに自慢したいから。なぜですか、達子さん」

先生の言葉に初めて憂いの凝った憤りの気配を感じた。

「多分、力ではないでしょうか。石の力に魅せられ、どうしても欲しくなる。誰にも渡さず、自分だけのものにしたくなる」

私の返事に先生は何度も何度も頷いた。頷くたびにカーディガンに挿していた白や黄色の小さな花がぽろぽろ落ちた。落ちた途端に萎れたように見える草花を、私は何となく寂しい気持ちで眺めた。

思わず「力」などと言ってはみたものの、私に限って言えば一度も石の力を得たいと思ったことはない。石を求めたのは、所有するためではなく、対話したかっただけ。そのことを先生にもっときちんと話したかったけれど、上手に説明する自信がなかった。

「確かにこの翡翠には力があります。美しさと同じくらいの大きな力。暴れたことはなかったですか」

翡翠をバッグに仕舞った私の肘を先生のがっしりした手が摑んだ。一瞬だったけれど、そのまま胸に引き寄せられるかと思った。

「石が暴れるんですか」

摑んだ腕を即座に引いて歩き出した先生に、追いすがるようにして訊いた。

「手脚ではなく、体ではなく。暴れることがある。石の暴力」

ハンドバックの中でまた携帯が鳴っている。よほど姉はしびれをきらしているに違いない。腕を伝ってくる震動は私に、石と話せなくなって以来ぴったりと止んだあの不思議な悪寒を思い出させた。

「大きな力を秘めていて、暴れる石なんか持っていたら、危険ではないでしょうか。ずっと持っていると悪いことが起きたりしませんか」

美和の失踪とミキの死。得体のしれない悪感。先生の話を聞いて、私は心底翡翠を持っていることが怖くなった。茉莉が死んだ後、理由も目的も明かさず私にもたらされたこの緑の石は、どんな禍々しい力を私の人生に授与するのだろう。

「翡翠は私の人生にどんな力を及ぼすのでしょう。これを持ち続けているのはいけないことなのでしょうか。教えて下さい」

私の問いに、先生は一心に何かに思いをこらしているようにしばらく無言だった。

「この翡翠は長く長く祈られたのです。思いを込めて、祈願された。願いは叶えられ、玉は聞き分けのいい石になった。持っている人を守る石になった」

祈ったのは私ではない。それでは誰が、何のために祈ったのか。まさか慎二が一心に祈願したとも思えない。多分彼はこの宝石の謎めいた由来など一切知らずにいるのだろう。

「達子さんは怖がらなくて大丈夫。翡翠は今、あるべき所にあり、鎮まっている。危険なのはこれを手放した人。その人の心は祈りの支柱を失い、漂っている。弱くなっている。どんなものにも簡単に捕らわれる。とり憑かれてしまったら、逃げられない。かわいそう」

自分の言葉に呪縛されたように、先生の表情はくもって、声は弱々しくかすれていた。

春の日は移ろいやすい。風が出てきて、あっという間に私たちの姿は霞網のような影にすっぽり覆われてしまった。

長い散歩を終え、姉の家に戻ってからはずっと四人で歓談して過ごしたけれど、先生は翡翠のことについては、その後一言も触れようとしなかった。

「私と達子さん、とても仲良しになりました」

あまり何度も先生が宣言するので、義兄はその都度姉と微妙な目配せをする。翡翠の一件がなかったら、私はきっと姉夫婦の仲人じみた策略にのってみせるくらいのことはしただろう。それくらいに先生の心の広さと温かさが心地よく感じられた一日だったのだ。


先生の謎めいた御託宣を聞いた後、翡翠は一層威力を増し、私の心を占めるようになった。慎二の真意を推測するたびに、落ち着かない宙ぶらりんな気持ちが募った。けれどどれほど問いかけても、やはり翡翠は何も明かさないままだった。

何も語らないのは他の石も同様だったけれど、激しい情熱や欲望を喚起しなくなった人の寝顔を満ち足りてみつめることが出来るように、他の石はかつての安らぎと充足を思い出させた。言葉もなく、秘めた交感もないからこそデザインが気楽に閃いたり、今までは考えたこともない組合せが容易く試せるようになった。

それはアクセサリーの製作者としての新境地という一面でもあったかもしれない。技術も知識も中途半端であるからこそ、更に丁寧に、入念にカットや磨きに時間と技を凝らすようになった。テーブル面の石座の作り、ロウ付けや打ちタガネでのならしなど、指馴染みがよくなるまで、何度もヤスリがけを繰り返した。職人としての手仕事に徹していると、心は気持ちよいほどからっぽになって、神経と手が個別の生き物のように動いた。あんなに怖れていたプレシャスメタルを使った細工も試してみると、シルバーやロジウムコートの素材とそれほど変わらずに扱うことが出来た。

結局依頼されていたガーネットの指輪はカボションカットの復輪止めにして、サイドにピンクトルマリンをあしらった。

仕上がった指輪を届けると、叶さんは箱を開けた途端、「あれっ」と言うような表情をした。

「お望みのものとイメージが違ったでしょうか。気にいってもらえないようでしたら、おっしゃって下さい。作り直します」

不安になって申し出ると、更に意外そうな表情を浮かべた。

「気に入らないわけじゃない。この指輪の石が、ずいぶん若々しい、優しいものに感じられて驚いた。何よりも、達子さんが私の反応ひとつで、作り直すなんて気軽に言うから、びっくり仰天さ」

叶さんはとても優しい手つきで、訊ねるように指輪に触った。

「ええ。初めて石には何も訊かずに、私の一存で作りました。赤い石は主張が強くて、派手ですから、もう少し柔かく馴染む石を添えることで若々しさや優しさを足せる気がして」

「石には訊かずに、私の一存だけで作ったって？　どういう意味なの」

私は半月前の病気と、それに伴う変化を簡単に説明した。さすがに「石に見捨てられた」などと口走ったりすることは慎んだものの、これからの仕事にも影響が及ぶので、少し踏みこんで話しておいた方がいいと判断したのだった。

「へええ、なるほどねえ。長い間、同じ仕事を一心不乱に続けていくと、そりゃあ色々なことがあるだろうねえ。石だって人間と同じで、つきあっているうちに変わってきて当然かもしれない」

長い間つきあっていれば、人の心も変わる。恋や情熱はたやすく執着と習慣に変わり、愛していると思い続けていても、いつのまにか見知らぬ骸を抱いていることもある。だからこそ、私は不変の命を持つ石とだけ向き合って生きていこうと思いつめていたのだ。

同じ仕事を続けていれば色々ある、と叶さんは厳しい声でもう一度呟き、やがて労る声になって、「石だって変わるんだ。あんただって、変わることが出来るなら、変わればいいよ」と呟いた。その言葉はジュエラーとしての私への激励と、美和を失ったことへの慰めが滲んでいる気がした。

「技術も知識も未熟で、試行錯誤が続くと思います。御迷惑をかけることがあるかもしれませんが、一生懸命頑張ってみるつもりです。宜しく願いします」

仕事を始めたばかりの若い娘のような言葉がすらすらと口をついて出た。半年前、パパラチヤサファイアを見せて、私を叱咤激励した美和にどうして同じように言うことができなかったのかと素直に悔やまれた。

叶さんと話していたら、ドアが軽くノックされて、白いブラウス姿の薫さんが大きなマスクをして現われた。

「こんにちは、達子さん。お母さん、ちょっとお話があるんだけど」

立ち上がらずに身をよじって振り向いた叶さんに、中腰で何か囁いている。

「どういうこと。えっ、今、来てるの。しょうがない。私が行くよ。待っててもらって」

急な仕事の話だと察して、腰を上げた私を叶さんが片手で制した。半分雇い主の顔になって、

「そのままで」ときつい声で言われたので、私は中途半端に又椅子に座り直すしかなかった。

叶さんが出て行って十分ほど経っただろうか、薫さんが私に隣室にきてくれと言伝を伝えにきた。

心地良いチェンバロの音がドアの隙間から漏れてくる。私が若かった時分に通った古風な喫茶店のような調度の部屋に通されると、叶さんの向かいにいた地味なスーツ姿の中年の女性がすっと立ち上がった。

「田村須美子と言います」

唐突な自己紹介に戸惑って、叶さんを見ると、唇の端にわずかな笑い皺が寄っている。

「間島達子です」

名乗ったものの、急に招ばれた理由もわからず、曖昧な微笑を浮かべたままでいると、まるでそこから信号が発せられているように、田村須美子と名乗った女性の指に、つい今しがた納品したばかりの指輪がはめられていることに気づいた。

「この人がお礼が言いたいって、言うもんだから来てもらったんだけどね」

薫さんが紅茶と一緒にバームクーヘンの乗ったケーキ皿を運んできたので、私の緊張と不審はとりあえず解けた。いつか、縁談がうまく言った時は紅茶にバームクーヘンをつけて出すのがスタッフ同士のサインになっているという話を叶さんから聞いたことがあったのだ。

「開店時に、菓子は何にするかでずいぶん揉めて。ケーキは日持ちしないから不経済だし、和菓子は上物ほど渋いだろ。お祝いにしちゃあぱっとしないからね。といって若い人が好みそうなチョコレートなんか、歳をとってくると敬遠しがちだし。バームクーヘンはその点しゃれてて、ちょっと意味もありげで気に入ったんだよ。薫にしちゃあ、いい思いつきだった」

私は年輪の断面がきれいにカットされたバームクーヘンを見ながら、叶さんの自慢げな言葉を思い出していた。すぐに認めたり、賛成したりしなくても、結局叶さんは大体のことでは薫さんの意見を取り入れることになるらしい。仕方なくとか、諦め顔とかポーズは様々だが、やはり娘に弱い母親の一人なのだと苦笑することも度々なのだった。

「きれいな指輪を作ってくださって、ありがとうございました。これ」

須美子さんは左手を僅かに掲げて、恥しそうに笑った。働き者らしい太目の節の薬指にはめられた二カラットのガーネットと一カラットのピンクトルマリンが姉妹のような輝きを放っている。

「気に入っていただけて、嬉しいです。こちらこそありがとうございました。そして、おめでとうございます」

羞恥というより驚きと当惑の混じった表情で頭を下げながらも、須美子さんはまだ指輪から目を逸らせずにいるのだった。

「自分がこういうものを男性から贈っていただけるようになるとは想像もしていませんでしたから。私、年甲斐もなく舞い上がってしまって。つい会ってお礼を申し上げたいなどと、わがままを言ってしまいました」

叶さんは顎を引いて厳粛な顔をしている。こういう場合、指輪は婚約者の手から贈られるものだとばかり思っていたので、何か特別な事情が発生したのかと少し気になってきた。

「指輪を見せてもらったので、やっと結婚を決意したなんて、ずいぶん欲の深い女のように思われるでしょうね。でも、所長さんの言う通りでした。私のための唯一の指輪ですから。やっぱりこのままはめていたくなったんです」

須美子さんは決まり悪そうに叶さんと私をみやった。少し気づまりな間を薫さんの、普段のしとやかさに似合わない豪快なくしゃみが破った。くしゃみは立て続けに響いて、叶さんは呆れたような苦笑を浮かべた。緊張が解けて、私と須美子さんは顔を見合わせて笑った。

古風な仕草で口元を抑えて笑う須美子さんの手で指輪が光っている。自分が作ったことも忘れて、私は指輪に見惚れた。小さな赤い火、つつましい花弁のように、指輪は輝いていた。

「花粉症なんて病気のうちじゃあないけど。あんな色気のないくしゃみをされちゃあ営業妨害だ」

叶さんが軽い舌打ちをして部屋を出ていくと、私と須美子さんは今度は遠慮なく笑いあった。

「とってもお似合いです。その指輪」

指先を見つめた私の視線をすくうようにして、須美子さんは頷いた。

「実は私もそう思います。びっくりしました。赤い指輪をはめた自分の手がこんなきれいに見えるなんて。この石はパイロープガーネットといって、情熱とか火を意味するって、指輪を決めた時に教えてもらいました。ほんとを言うと、内心ではずっと後悔していたんです。赤い指輪なんか選んでしまって。それに、何よりも、この歳で結婚を決断したことに」

堰を切ったように喋り始めた須美子さんの顔を私は敢えて見なかった。もう作った人のことなどすっかり忘れて、彼女の物になった指輪が話したがっているような気もした。

「やっぱり断ろうと思って、思い切って今日は来たんです。指輪が出来てしまったと聞いた時、まっ青になりました。なにか騙されたような、罠に落ちたような気がして」

須美子さんの話が中断した途端に、隣室から前にも増して豪快なくしゃみが連発して響いた。微笑んでから少し息継ぎをして、また彼女は話の続きを始めた。

「婚約したお相手の人はとてもいい方です。父とひとまわりしか違わないのに、若々しくて。サロンパーティーで三回目にお話をした時に、小川須美子なんて、ものすごく相性のいい名前になると言ってくれました。オガワスミコ。生まれた時からそういう名前になる運命だったなんて。安心させるのが上手なんです。頭のいい人ですから」

生憎私は指輪を贈る側の男性については何も知らされていない。ただ断るつもりだったと言いながら、相手の男性の話をする須美子さんの顔も声も、新婚の花嫁が慣れ染めを語るように初々しい喜びに満ちているのだった。

「ガーネットの横のピンクの石はトルマリンといって、新しい愛と友情という石言葉だそうですね。私、父以外の男の人の暮らすなんて考えたこともなかったから、自信もないし、きっとそのうち嫌われてしまう気がして。あんまり煮え切らないものですから、所長さんが、指輪を見せてくれたんだと思います。こわごわ嵌めてみたら、あんまり素敵で」

お幸せにと言うべきかどうか迷っていたら、隣室からくしゃみの二重奏が聞こえてきた。

「幸せになれる自信なんか今もないけど。この指輪をはめて結婚するつもりです。小川須美子になって生きてみようと思います。ありがとうございました。指輪、一生大切にします」

まるで出番を見計らっていたように、ドアのすぐ近くで薫さんのくしゃみとよく似たくしゃみをして、叶さんが部屋に戻ってきた。

以前の私だったら、到底預からなかった宝石である。頼まれても即座に辞退しただろう仕事である。

須美子さんが帰った後、鼻をぐずぐずいわせながら、次の仕事として叶さんから渡された石は二カラットはあるエメラルドだった。

「達子さんに断わられないうちに言っとくけど、これはエメラルドに似て非なるものだよ。もしこんなものを質草にして金を借りに来る客があったら、即座に断った代物だ。偽物より始末が悪い。エメラルドの屑だ」

数カ月前だったら、きっと肝心の石をろくすっぽ見ず、代わりに叶さんの顔を睨みつけるくらいのことはしただろう。

エメラルド色をして、エメラルドカットされた、エメラルドに似て非なる屑を私にどうしろと言うのか。持って帰って当の石から、告白か懺悔でも聞きだせというのかと。相手が美和だったら、断るだけでなく、憎まれ口や皮肉のひとつぐらいは言ったに違いない。

しかし、どんな石とも言葉を交わすことの出来なくなった今の私にとって、差し出された石は良い仕事が出来るかどうか、満足してもらえるような商品に作り上げることができるかという判断の重要な要素に過ぎない。

自分が石を選ぶように、石が自分を選ぶかどうか。そんな尊大な自信も矜持もいつの間にかなくなっていた。その代わりに、私の心の中にはこの仕事を続けて行きたいという新たな意欲が芽生えていた。

客の一人である須美子さんから、「私だけの指輪ですから、失いたくなかったんです」と言われた時の感動。それはかつて美和に商品としてアクセサリーを納品していた頃には思いもよらないものだった。

私は素直な感謝の気持ちと共に思ったのだ。石と対話して、自身が癒されたり認められたりしなくてもいい。石を使って、もう一度他者と繋がったり、社会の片隅でもいいから必要とされる仕事をしたい。それは離婚以来、十数年ぶりに私に訪れたかすかな光明であり祈りに似た期待でもあった。

私は説明の終わった叶さんの手からエメラルドを受け取ると、改めてしげしげと見た。石が私に何も語らなくなって良かったと感じたのは初めてだった。人工的に透き通った緑色の石は言葉も声も、体温も匂いもなく、私の掌に無力に委ねられた。

「私だって、最初は断ったさ。でもこれを私に預けた客は、石が屑だってことはよく承知してた。それでもどうしても指輪にしたいそうだ。生前ずっと身につけていれば、死んだ時も嵌めたまま棺に入れてもらえる。これからはずっと一緒にいたいと言われたら、断れなかった。達子さんがこんな仕事は引き受けたくないっていうなら、それでもいい。諦めるから」

この指輪を依頼したのが結婚相談所の客かどうか。贈る相手なのか、もらう女性なのか、それ以上のことを叶さんは打ち明ける気はないらしかった。

少し迷ったけれど、預かってきた。屑と呼ばれるほどの品質の悪いものであっても、四大宝石など手がけるのは初めてだった。

今まで一度もプラチナや十八金といったプレシャスメタルに、メレダイヤなどのギャラリーワークを施して、高級宝飾店のウィンドウに飾るようなものを作りたい思ったことがなかった。美和にどんなに焚き付けられても、コンクールに出品したり、上顧客を開発して一流ジュエラーとして仕事をしたいという野心など持たずにきた。

最初から私には半分の貴石で十分だった。あるいはガラスのビーズでも、手に入りやすい有機素材や水牛の角でもかまわなかった。富や権威や名声などとは無縁の、美和の店に服を買いにくる客が、「これは何という石?」「きれいねえ」、と言ってくれるだけで充分だった。

だから石のクオリティを上げるために、あるいはプレシャスストーンとして付加価値をつけるために、普通に行なわれているエンハンスメント（改良）とトリートメント（改変）と呼ばれる加工技術を加えなければならないようなアクセサリーを私はずっと忌避してきた。

私が惹かれ、石が私を選んでくれる出会いの中で、私も石もそうした作為や加工を必要とするはずもない。処女性などと大仰なことを言うつもりはないけれど、もう生きようとしていない石をリニューアルする仕事さえ敢えて避けてきたのだ。

「それなのに、今あなたはここにいる。勿論無言で、道端の石のように無造作に。いったい、どうして私などの所へ流れついたの。私はあなたに何がしてあげられるの？」

私はエメラルドを見ながら独り言を言う。まるで孤児にでも言うように。野良猫に語りかけるように。

どうして欲しいの。一体誰が、何のために屑であっても構わないから指に嵌めたい。お棺の中までずっと一緒にいたいなんていう深情で、あなたに執着しているの、と。

エメラルドの改良の主たるものは石の中の白っぽいインクルージョンを隠すためにオイルを染みこませて透明度をあげるという方法だ。それに加えて、トリートメントという改変で、色を濃色にする処置を施すことも多い。場合によって有色材による含侵さえも行なわれる。

鉱物学的な分類ではベリルであるエメラルドという石は四大宝石の中でも歴史が古く、クレオパトラが最も愛し、女王独自のエメラルドを産出するクレオパトラ鉱山を持っていたという逸話さえ残っている。若返りの秘石とも、その滴るほどの緑の輝きが視力を回復するのに効果があるとも伝えられている。ミキの葬儀の後にひいたひどい風邪の後遺症のように、私の左目の視力は回復しないままだった。そんな折も折、このエメラルドを託されたことに、つい運命のようなものを感じずにはいられなかった。

覚悟を決めてエメラルドの指輪を預かったものの、やはりなかなか手をつけることが出来ずに時間ばかりが過ぎた。エメラルドにあるという視力回復の効能は私の左目には全く効果はなく、意気沮喪(そそう)する日が何日も続いた。

石にあう台座のいくつかを当てはめてみて、少し独自のデザインを足すセミオーダーのやり方をもってしても、指輪にするためには大体七十工程くらいの作業が必要になる。今の私にとって、それは金槌に等しい人間が、大海原を渡りきるほどの膨大な気力と、意志が必要なことに思えた。今まではずっと、石に助けられてきたのだ。縋ってきたのだ。支えられて溺れずに済んだのだと、一日に何度も無力感に打ちひしがれ、溜息ばかり洩れる。

非力な人間を嘲るように、森羅万象の命は益々盛んに、春は鮮やかさを増していく。マンションの中庭にある薔薇の木に赤い蕾が膨らむのを見て、ふと一月に美和の消息をきいたままになっている喫茶店に行ってみる気になった。

このエメラルドを見せたら、美和はどんな顔をするだろう。悪戯っぽく笑って、皮肉な表情を浮かべるだろうか。「へええ、あんたがそんな仕事を引き受けるなんて意外だわ」と言いながら、それでもきっと、「やればやれるわよ」と私の背中をドンと押してくれるような気もする。

『メイベル』の店の前にある二鉢の大きなモッコウ薔薇の鉢がてんでに枝をのばして、花と新芽が王冠の形になっているドアを開けると、珈琲のいい香りに混じって蜂のうなり声のような賑やかなお喋りが聞こえてきた。

無口な年寄りというものは最近絶滅したのかもしれない。ふとそんな思いに捕らわれるほどの賑やかなお喋りの輪をくぐり抜けて、やっといつものカウンターの席に座った。

溢れるほど木香薔薇を生けた花瓶の背後から、「いらっしゃいませ」と変わらぬ優しい声で挨拶をされた。

「実はお待ちしていたんです。お客様の名前はおろか、連絡先もうかがわずに。私ったらほんとにどうしようもないうっかり屋で」

お盆の上には少し焦げたフレンチトーストがのっていて、バターとシナモンの美味しそうな匂いを漂わせている。その匂いを待ちわびていたらしい老婆が催促するように杖をこつこつ鳴らした。

お待ちしていました、という声がとても嬉しそうだったので、私はもしかして美和からの良い知らせでもあったのかと、期待に胸が躍った。四月も下旬になると日暮れが遅い。客の大半を占めている近所の老人ホームの夕食は、夏時間になったのかもしれないと私はやきもちしながら、客足の曳くのを忍耐強く待った。

「昼間は汗ばむほどいい陽気でも、夕方になると途端に花冷えで冷え込む。世間と一緒で油断も隙もあったもんじゃない。やっぱり何か羽織物を持ってくればよかった」

前回来た時に、翌日の雪を予見した客が、短くした髪の襟足をさすりながら席を立つと、五、六人固まっていた老人の一団が急にそわそわと帰り支度を始めた。

「春の嵐の後は若葉雨だ。この店の薔薇がどんどん咲きだすねえ。まったく、いくつになっても春は胸がときめくよ」

「そうだねえ。薔薇が咲けば、萎びた胸だってわくわくしてくる」

声だけは女学生のように華やいで、老人たちが笑いあう。客の一行がぞろぞろとレジ付近に移動し始めた時、その内の数人がよく似たブレスレットを腕に巻いたり、同じパーツを財布にぶら下げたりしているのに気がついた。

追加のオーダーもしないのに、女主がさりげない間を置いて注ぎ足してくれる三杯目の珈琲を飲み終わった頃、男性客が夕刊を戻しに来た時、シャツの上から老婦人たちが付けていたものとよく似たループペンダントをしているのに気がついた。

「ご馳走さん。マダム、これは私からの提案だけど。珈琲一杯、紅茶一杯に付き、一時間以上の長居はお断りの札をつけたらどうかね。あんなにうるさい婆さんたちに店を半日占拠されてちゃあ、商売にならんだろう」

老婦人たちのお喋りを牽制するつもりらしく、初老の客が苦情とも、苦言ともつかない口ぶりで言うと、背後で連れの男性たちも同調するように大きく頷いた。

「とんでもない。みなさんそんなに長居はしていらっしゃらないんですよ。お客様はみな自分なりの日課をお持ちですから。お昼寝の時間なんて、店はがらんとしているくらいですもの」

フリルのエプロンの上で女主がしとやかに組んだ手首にも、老婦人たちとよく似たブレスレットがはめられている。あるいはこの珠は『メイベル』の新しい会員証代わりなのかもしれない。

「マダムの言う通りだよ、宗方さん。よく似た婆さんが入れ代わり立ち代り来てるんだ。俺たちには区別がつかんだけで」

レシートを振りながら、だいぶ背中の曲がった老人がニヤニヤ笑いながら言って、マダムにウィンクをするとゆっくりと店を出ていった。

「確かに、一人でゆっくりお茶を飲みにくるお客様は少し困っていらっしゃるかもしれないわね」

女主が前よりもいっそうふくよかになった顔で、寧ろおもしろがっているように言った。

店を閉めても、まだ外は湖水の色に暮れ残っている。黄昏の街路から眺めると、残映のように木香薔薇の金色の輪が店を包んでいるに違いない。

「メイベルという薔薇の名前の喫茶店にとって、一番いい季節になりましたね」

客が全員帰るのを辛抱強く待った末、閉店の後片付けまで手伝って、やっと女主と向き合うことが出来た。秘密の花園のような私室で美和の消息を聞いてから、半年が経っている。

冬には暖かく匿ってくれたように見えた部屋は、今ではすっかり開け放たれて、冬よりも一まわりほど広く見える。咲き始めた薔薇の芳しい香りが立ち込める中庭はすでに薔薇の王国の雰囲気である。

「きっと私が報告するまでもなく、お気づきでしょ。この珠」

客たちのほとんどは「マダム」と呼んでいたけれど、中には「ケイコさん」と呼ぶ人もいたから、私も女主をそう呼ぶことに決めた。

「このアクセサリーはケイコさんがお作りになったものですか。チベットの僧が二千年前からつけていたという西蔵天珠。石の種類としては瑪瑙ですよね。いろんな模様があって、それぞれに意味がある。僧以外の人が身につけると、修行することなく徳が得られると聞いています」

薔薇色の液体を注いでくれながら、ケイコさんは笑顔を崩さない。その笑顔は貼り付けたり、装ったりするのではなくて、ふくよかな白い頬や丸い目や、少しくびれた洋梨形の顎といったところから自然ににじみ出てくるようにさえ思われる。

「お仕事柄、よくご存知ですね。私なんてこれが日本でいう瑪瑙で、仏典にまで出てくるなんて、まるっきり知らなかった。極楽浄土を飾る七つの宝玉のひとつなんですってね。お年寄りのお客様は博識な方が多くて、いろんなことを教えてくださるので有り難いです」

「ええ。原石自体はごく身近なものです。色も形も様々で、独特な縞模様を利用して、昔から帯止めなどに愛用されていたみたい」

注いでもらったお茶は少し酸味があって、薔薇の花びらを噛んだときのようなかすかな酸味とつんとくる独特の香りがした。

「薔薇茶ですか。いい香りですね」

イラスティックになっているらしいブレスレットをよじりながら手首に戻すと、ケイコさんはいたずらっぽく首をふった。

「季節限定の薔薇茶ってことになってますけど、ほんとはローズヒップティーにハイビスカスティーを混ぜて、味と色をだしてるブレンドティーなの。ローズヒップティーに入るはずのバレリーナっていう品種の薔薇があるにはあるんですけど、まだ花も咲いていませんから。五月の薔薇茶っていっても、さしづめこれはメイベルの詐欺茶なの」

歳を経ると賢さやユーモアが、ごく自然に可愛いさに映る女性もいるのだと、私はケイコさんを羨望の眼差しで眺めた。

「ジュエリーの世界ではこの石をアゲートと呼びますが、馬の脳に似ているので日本では瑪瑙って言われるみたいです」

「あら、それは初耳。おもしろい話ですね」

私はケイコさんの天珠のブレスレットから相変わらず目が離せないでいた。焦げ茶色の三センチほどの玉に白っぽい模様が浮き出ている。青い渦に似た模様もある。思い出せそうで、思い出せない。何かを告げられているのはわかっているのに、言葉で言うことが出来ない。

私はまだかすかな疼痛の残っている目を励ましながら、歯痒さが苛立ちに変わるほどじっとケイコさんの手首を見続けた。

やっぱりだめだ。何も思い出せそうにない。私はごくりと偽物の薔薇茶を飲んだ。そんな私の気持ちを見透かしたように、ケイコさんはいつものゆっくりした調子で話を続けた。

「近所にある老人ホームは福祉事業を展開しているグループ会社で、横浜には親会社の直系の立派な施設があるそうです。そこはリハビリはもちろん、長期滞在型の温泉治療もあるので、利用者が退屈しないように、カルチャー教室も併設しているんですって」

黄昏の庭が青から群青に変わりつつある中で、咲いている薔薇の色も徐々に変化していくように見える。ベージュ色の蔓薔薇は深海珊瑚の白色に、ピンクのオールドローズは紫がかったタンザナイトの色に。オレンジのバラは少し濁ったスタールビーの色に変っていく。数々な色や香りをだけでなく、人の名前や伝説をまとった薔薇たちは、様々な色相や物語を秘めた半貴石の世界に似ているような気がする。

「横浜の老人ホームで、瑪瑙でこういうアクセサリー作りを教えている先生がいらっしゃるそうです。入居者はぽっくり逝きたい人も、長寿を願う人も、一様に生老病死の不安や辛苦を抱えていますからね。加えて、手先の仕事は惚け防止にもなるから一石二鳥で、ずいぶん流行ったそうです」

薔薇の花と香りが漂うような中庭を眺めながら、ケイコさんは物惜しみするようにゆっくりと話を継ぐ。

「横浜のビーズ教室に通っていた方が、近くのホームに移ってこられて、こちらの施設でも同じブレスレット作りが瞬く間に流行りだしたみたいなの」

話をききながらも、私は思い出せそうでいっこうに形の定まらないもやもやを頭のなかで検討し続けていた。ブレスレットを眺めても目の奥に一重二重と重なりあった記憶が次第に明らかになってくるわけでもない。

「メイベルの詐欺茶と同じで、勿論これらはチベット産の瑪瑙じゃあないし、正確には西蔵天珠のように正しい由来があるわけでもない。実は鳥海山の近くで採れる玉髄を少し加工した安価なものだと聞いていています。ボランティアの先生の郷里の産というお話でした」

チョウカイサン。

「だからそれは一体どこの産なのよ」といつか訊いたことがある。

「産出のことじゃあなくて、チョウカイサンっていうのは東北にある山の名前。山のある麓の海辺で、潮が寄せては返す浜に、まるで波のうんちみたいに、石がバラバラ散らばっている。子どもの頃、よく拾いに行ったものよ。妹と二人だけの秘密の場所。波に削られるのか、砂に磨かれるのか、すべすべでころんとしてて、縞があったり、透き通ったり、眼玉みたいな石もある。それが瑪瑙だってことを知ったのは、ずっと大人になってからだった」

「モスアゲート。玉髄って呼ばれる石じゃないの」とその時私はしつこく尋ねた。

「違うと思うわ。そんな気取った名前じゃあない。特に珍しい石でもない。でも私と妹にとって、それは生まれて初めて自分のものに出来た宝物、本物の宝石であり、秘密のお守りだった。拾い集めてくると妹とジャンケンで気に入ったものを順番に分けた。半分づつだから半貴石。あなたの魅せられたものと同じってわけね」

美和の冗談にまぎれた思い出話がすべて蘇った時、メイベルは夕暮れから、夜の橋を渡りかけた刻になり、庭は幻の青い薔薇の園となった。あるいはヒマラヤの山奥に咲くという青い芥子の畑となった。

「私、横浜のホームから移って来て、ビーズ作りを流行らせたという人に会いに行きました。

どうしても詳しい話が聞きたかったから。その方は糖尿病が進行して、長女夫婦の家の近くだからこっちに移ってきたということでした。まだ七十代の後半で、おしゃれな老紳士。その人、ちょっと死んだ夫に似てました」

ケイコさんはもう一度手首からブレスレットをはずして、私に手渡してくれた。

「横浜のホームでビーズ作りを教えていた先生はスタイルのいい、タカラジェンヌのような人だと言っていました。いつも黒い服を着ていて、ちょっとハスキーな声で笑う時、胸に手を当てる癖がある。六十歳くらいだったけれど、一生梅干し婆さんなんかにならない、モダンな女性だったって。彼女に褒められたくて、始末に困るほどブレスレットや携帯ストラップを作ったって笑っていらっしゃいました」

その女性は美和に違いない。横浜の施設に行けば、彼女に会える。そういうところは一人暮らしの女が老後に備えて、体験見学をしたいと言えば受け入れる制度がきっとある。私は昂奮と期待で今すぐにでも会いに行きたかった。

「ビーズ教室は一年ほどで終了したそうです。終っていなかったら、親孝行の娘にどれほど勧められても、横浜を離れる気にはなれなかったって、その老紳士は残念そうでした」

横浜の施設には行かなくなっても、美和はボランティアで天珠のアクセサリーを教え続けるだろう。彼女はきっと少女時代に妹さんと拾いに行った鳥海山の玉髄からまた人生を再出発させたのだ。

現在はどこでどんなふうに暮らしているのだろう。今となっては、事件の顛末などどうでもよかった。再出発した彼女に、少し変わった私を見てもらいたい。出来るのなら今度は親友として、一緒に仕事をしていきたい。

「もう若くない女がキャリアと恋を手に入れるには、仕事でステップアップするしか方法はない。誰にも邪魔させない」と言い切った時、美和に取り憑いていた野心も欲望も、あのパパラチヤサファィアの指輪を失った時に、去っていったのだという気がした。

「私も多分ボランティアの先生は美和さんだと思います。だから老紳士にお願いして、余っていたブレスレットを譲ってもらいました。これは『十七眼天珠』といって、人々の守護や満願を祈念するものだそうです」

天空の蒼を象徴するようなブルーアゲートの粒に、鳥海山の波のような白い線の入った珠が連なっているブレスレットは私の掌で溶けるように暖かくなっていた。よく見ると安価なアクセサリーでは決して用いないノット止めという手法で、珠は一つづつ赤い糸で丁寧に繋がれている。私とケイコさんはそのブレスレットの両端を握って、暮れきった薔薇の庭をいつまでも見ていた。

左水晶の誘い

　恵美が無事男児を出産したという知らせが届いたのは、『メイベル』で美和の消息を知った五日後のことだった。午前七時二十分。人間の生死もまた潮の干潮時に深く関係しているらしい。三十年前、私が産婦人科に入院していた時も、よく未明から八時くらいまでが出産のラッシュで、毎日ほぼ同時刻に嬰児の泣き声が聞こえてきて、胸をかきむしられる思いをさせられた。

「元気な赤ちゃん。二千八百グラム。母胎に負担も少なく、育てるにも楽な大きさなんて、親孝行な子ね。純ちゃんは興奮と感動で目が真っ赤だったわ。あなたなら覚えているでしょ。恵美も予定日きっかりに生まれたこと。親子って不思議なほど似るものね」

　姉の声は純ちゃんに負けず劣らず興奮していた。

「おめでとう。恵美ちゃんにも純ちゃんにもそう伝えてね」

　生をうけることなく死んだ私の娘もまた満潮の時刻に死んだ。三十年後の麗しい聖五月にそんなことを静かに思い出す。

夕べはずっと手につかなかったエメラルドの指輪の製作を始めて、もう少し、もう少し切れのいいところまでと思いながら、眠ったのは午前二時過ぎだった。脳も眼もあと四、五時間は眠りたいと訴えているけれど、新緑の心地よい風と光に起こされて、皮膚がさわさわと連動するように覚醒してしまった。

慎二と一度だけ行った鮎料理の宿がじきに鮎釣りの解禁で賑やかになる頃だろう。花の終わった藤棚を二人で寄り添って見た午後。庭下駄を突っかけて、川岸まで降りて瀞を眺めた黄昏。真っ青な箱に似た街に銀色のリボンを巻くようにして、暮れ残った高速道路を走り抜けて私たちは別々の場所に帰った。

「この翡翠は祈られて鎮まった。聞き分けのいい石になった。けれどこれを手放した人は祈りの支柱を失って、弱くなり、漂っている。可愛そう」

毛先生の言った言葉が若葉青葉の波を縫って木霊のように聞こえてくる。近いうちに慎二に会わなければならない。真意を確かめるのではない。やはり翡翠は私が持っているべきではなかったのだ、という悔いが苦しいほど胸に溢れた。

どんなに時間をかけ、ありったけの技術を注ぎ込んだところで聞き分けのいい石になるはずもないが、悪戦苦闘してエメラルドの指輪をどうにか仕上げた。同じ緑色の石と言っても、粘り強さのある翡翠とは違って、エメラルドは硬度こそあるものの、靭性が低く、割れやすいという弱点を持っている。特にこの石の場合は含侵や充填といった人為処理がされている。色や透明度を加えられているものは、リカットの際のちょっとした衝撃にも弱い。熱処理の段階で色が変色したりするから、どれほど注意してもし過ぎるということはない。

叶さんに「こんな屑」と言われても、屑は屑なりの、屑だからこその危うい本質を保持しているのだ。半貴石と呼ばれる石が、ジェムクオリティの低さを補って余りある言葉と物語を持っているように、どんな惨めな貴石にも貴石としての矜持がある。

エメラルドカットされた石の石座は外周よりやや小さめにして座りをよくし、側面からたくさんの光を取り入れて、一層輝きを増すようにした。糸ノコの刻みひとつ、ヤスリをかけるたびに、私は疲れやすい眼と、挫けそうになる気持ちを励ましたり、叱ったりしなければならなかった。

石座が出来てからの工程の長さは、まさに石に対する、あるいはこの指輪をつけて死出の旅に出たいという依頼人との意地の張り合いの感がある。匠の技やクラフトマンシップとは言いがたい力仕事だった。金槌の人間が犬掻きでも立ち泳ぎでも、溺死寸前の浮力でも、なりふりかまわず岸にたどりついたようなものである。

エメラルドの六方柱の原石は表層部分に濃いグリーンが片寄っていて、内部にはほとんど色がない。そのために生みだされたエメラルドカットという手法は傷やインクルージョンの見えにくい角度をテーブルに据えて色をなるべくこもらせるようにしなければならない。角切りの手法は私のような未経験者にはあまりに難度が高すぎたと言ってよかった。

「これが私にとってぎりぎり精一杯。もしご納得いただけないようでしたら、リフォームはお断りするしかありません」

数日後、意を決して納品に出向いた結婚相談所で、私は薫さんに愚痴とも諦めともつかない挨拶をした。

「あら、珍しい。達子さんが泣きを入れるなんて」

叶さんの留守を預かっている薫さんは、今日はマスクのない若々しい笑顔を向けると、やにわに力仕事でもするように袖をまくって、指輪を受け取った。

「お母さんって役者でしょ。意地悪や悪意じゃなくても、時々人を困らせたり、試したりしないと気が済まない。それにしても、今度はずいぶんと念の入った悪戯だったわ」

私は薫さんが当り前のように、出来上がったばかりの指輪をするすると自分の薬指に嵌めるのを見て、あっけにとられた。

「よかったわねえ、こんなきれいなハイエンドジュエリーに化けさせてもらって。長い間、宝石箱の片隅で、時折睨みつけられるだけだったのに。本望じゃないの。ほら、開眼した緑色の眼で見ると、五月の娑婆は明るくて眩しいでしょ」

普段はしとやかで上品なもの言いをする薫さんが、母親によく似た歯切れのいい伝法な口調で喋るのを聞いて、私の驚きは増すばかりだった。

「母はお友達が亡くなられて、九州に行っていますけど。斎場の隅でかしこまったまま、盛大にくしゃみをしてるわ。それにしても達子さん、さぞご苦労なさったでしょ。あんな屑石をここまでにするのは」

薫さんは指輪をしたまま、いい香りのする紅茶を注ぎ足してくれて、感嘆の混じった視線でねぎらってくれた。

「この宝石のことを薫さんもご存知とは知りませんでした。叶さんは石の出自については何もおっしゃいませんでした。ただご依頼人の方もこれがハイクオリティのものではないことはわかっているからと。そうでなかったら、私の腕ではとてもエメラルドなんて手がけられるはずもありませんから」

薫さんは自分も紅茶を一口飲んでから、またしげしげと指輪を見つめている。

「ええ、この石のことはよく知ってます。ただこれを母が達子さんにお願いしたと聞いて、少し驚きましたけど」

以前来た時は薫さんはひどい花粉症に悩まされていて、大きなマスクをつけていた。白いブラウス姿の彼女に、マスクをする間だけでも華やかな色柄の服を着ろと、叶さんがやかましく文句を言っていた。結婚相談所に来たつもりの客が、歯医者かクリニックに迷い込んだと勘違いする、というのがその言い分だった。

花粉症が治った開放感だけで、快活になったわけではないだろうと思いながら、私は薫さんの真意を読み取ろうとして、出来上がった指輪と、それを嵌めたままの指を等分に眺めた。

「薫さんはきちんとジュエリーの勉強もなさって、コンテストで賞をおとりになったこともあると伺っています。私なんかが、この依頼を引き受けて、ほんとによかったのでしょうか」

まさかそんなことはあるまいと思っても、いつか叶さんが娘は養女だと打ち明けた話を思い出していた。真の親子でも、母親と娘の確執は根が深い。叶さんと薫さんが実の親子でもかくやと思うほど仲がよくても、傍ではわからない軋轢があるのかもしれない。

「勿論です。寧ろ達子さんだからこそお願い出来たの。引き受けていただいて、私も母もほんとに良かったと思っています。もしかしたら、この仕事をしてくれる方を私たち親子は心の中でずっと捜していたのかもしれない」

薫さんはまるで指輪に言って聞かせるように、指を自分の真正面に向けて喋った。

「達子さんは五月の誕生石がエメラルドだってことはご存知でしょ。私の誕生日も、五月の十二日。後一週間もしたら、三十二歳になります」

丹精を込めた指輪が目配せするように光る。薫さんは最初にこの仕事を「母の手の込んだ悪戯」と言った。そしてまた「私たち親子はこの仕事を引き受けてくれる人をずっと捜していたのかもしれない」とも打ち明けたのだ。一体このエメラルドの真の依頼者とは誰なのだろう。

薫さんはなぜ当然のように、エメラルドを自分の指にはめたままにしているのか。そこまで考えが及んだ時、カチッカチッと忙しく動き続けていたパズルの最後のパーツが音もなく収まって、当然のように一つの答えが顕れた。

「母はすべてを知っていても、自分の胸に閂して生きてる人ですから、私には何も言いませんけど。臨終の際、父が打ち明けてくれました。あのエメラルドはお前を産んだ女がたった一つ、赤ん坊に持たせたものだって」

秘密めいた出自を語る際も、薫さんの声は普段の快活さを保っていた。寧ろいつもより叶さんに似ていた。からかうような、軽い皮肉な調子が加わって、感傷のかけらもなかった。

「びっくりしました。でも叶さんは私におっしゃったんです。この指輪の依頼主は、生前この指輪をずっと嵌めていたい。最後は一緒にお棺に入れて欲しいと言っていると」

相変わらず曇りのない視線を上げて、薫さんは少し笑った。

「お母さんらしい、ずいぶん芝居がかったことを言って。そう言えば、きっと達子さんが引き受けてくれるって、ふんだのよ。あるいは自分にもしものことがあったら、堂々と実母の指輪を私がつけられると思ったのかもしれない」

薫さんは未練気もなくするすると指輪をはずすと、それをぎゅっと握ったままちょっと黙った。そのささやかな沈黙の間に私はふと気づいたのだ。

石に係わってきた長い歳月、様々な半貴石の声を聞き、物語を解き、無言の交感も数多くあった頃には、耳にもせず、巡りあいもしなかった人間同志の秘密や思い出や告白を、最近はよく耳にする。図らずも、人生の起点や再生の現場に立ち会ったりする。

須美子さんのガーネットの指輪を皮切りに、私はこれからは石の古い物語や呪文に耳を傾けるのではなく、人々の新しい出会いや、新たな運命を担うジュエリーを作り続けていくことになるのかもしれない。

いつの時代も、石を巡る物語は結局人間を巡る物語でもあるのだ。

茉莉の形見となったローズクォーツの天使を「一生母に償い続けなければならない娘にとって、これは重過ぎる」と言って、私に託してしまった敦子。ミキのもう一つの心臓だったロッククリスタルを遺骨の代わりにした純ちゃん。

叶さんは現世では娘として育てた薫さんの指輪を嵌めて死の国に行き、その実母にエメラルドの指輪を返そうとしているのかもしれない。

「これを嵌めて死にたいなんて。だいいち、このエメラルドを嵌めようと思ったら、お母さんはずいぶん痩せないと、ピンキーリングとしても指に入らないじゃないの。でも、あんな屑石が素敵な指輪になったから欲が出て、ダイエットするかも」

血は繋がっていなくても、薫さんは正真正銘の叶さんの娘だ。他のどんな女の子どもでもない。この指輪は叶さんと薫さんの暗黙の誓いの指輪なのかもしれない。

「サイズ直しはいつでも承ります。お望みならイラスティックのフリーサイズにでも」

私の軽口に薫さんは澄んだ声で晴れ晴れと笑った。

聖五月の正真正銘のエメラルド色の光が胸に滴る季節になった。

出産して間もないけれど、母子共に健康なので一週間以内に恵美と赤ちゃんは退院してしまうと姉が言うので、慌てて病院に出向いた。

「伯母さん、見て。あの子が息子の聡太。あっ、また寝てる。ひどい猿顔でしょ。初めて看護師さんが連れてきてくれた時、これは違いますって言いそうになっちゃった。だあってえ。誰でも失敗作？って一瞬思うじゃない」

出産直後の母親にしては、全くさばさばした口調で姪は乳児室の中を覗き込んでいる私に言った。

「今、寝てなかったら、連れてきてもらってもいいんだけど。もうちょっと人間らしくなってから、抱いてあげてよ。多分これからいやになるほど見せられると思うから」

退院したら忙しくなるから今のうちに寝溜めをしたいという恵美に、出産祝いだけ渡して、早々に病室を出た。出てしまってから、私にとって産院は辛い思い出の場所に違いないと、姪が気遣ったことに気づいた。もう四半世紀も前のことである。忘却は完成することはないが、生まれなかった者の記憶は、失なわれてしまった者よりさらに漠然と心象の領域に漂っている。

「達子さん」

産院を出た途端、名前を呼ばれて振り向くと、白い帽子をかぶった毛先生が立っていた。麻の中折れ帽のつばの先をちょっとつまんで先生は人なつっこい笑みを浮かべている。思わず走りよって、「こんにちは」と女学生のような挨拶をした。初夏の風が先生のピンク色の頬を撫ぜている。たった一度会っただけなのに、何だかとても懐かしい人のような気がした。

「赤ちゃん、ご披露、済みましたか」

「先生もお祝いに来てくださったのですか。義兄と一緒ですか」

五月の光の眩しさと明るさ。それは若い人より寧ろ、若々しい老人にこそふさわしいのかもしれない。そんな思いを誘うような気持ちのいい午後だった。

「一人で来ました。達子さんが行くはずだと、お姉さんに聞きましたから。誕生祝いは口実。待ち伏せです」

この前会った時には気づかなかったけれど、先生の右耳には削がれたような、ねじ切れたような痕がある。痛ましいというより珍しい動物の耳に似ていてちょっと触れてみたいようなユーモラスな形をしている。

「ゴッホの耳です。私、昔はひどい癇癪持ちでした。愚かしさの勲章」

先生はいち早く私の視線の先に気づいたのだろう。訊かれる前から、質問の先回りをして、巧妙に顔を逸らした。

「私にもあります。愚かしさの勲章」

私は長袖の左腕をまくって、剃刀の傷跡がわずかに盛り上がっている手首を見せた。

春の盛りの美しく晴れた日に、産院の樹下に寄り添って、若い頃の愚かしい傷を見せあう初老の男と女。私はそれを格別苦いとも、象徴的とも感じずに幼い兄妹の悪戯の告白のようだと思った。他の誰かだったら、無残な打ち明け話になったのかもしれないのに、相手が先生だと、どうして悔いも哀傷も純化されるような気になれるのだろう。

「そそっかしくて短気。一人よがりで癇癪持ち。私たち、若い時分に出会わなくて良かったですね」

「ええ、でも若い時分でないにしても、もうちょっとだけ、早いほうがよかった」

先生は私の傷跡をそっと指で撫ぜた。樟脳の匂いのする上着が親しげに触れた時、わけもなく甘いせつなさがこみ上げた。

私がこれまで経験してきたいくつかの恋愛は、容赦ない戦いのようなものだった。それは戦果に似た満足と愉悦はもたらしてくれたけれど、代わりに苛烈なダメージも与えずにはおかなかった。

恋の成就が、幸福や普遍的な安穏をもたらすという幻想を持っていたわけではないが、求めた人を結局酷い形で失った経験は、自分はいつも敗れたのだという絶望感を私に残した。

敗れない愛というものがあるのかもしれない。戦わない勝利も。ご褒美でも、代償でもない平穏も。存るだけで一生飢えないでいられる関係も今なら育むことが出来るのではないか。

淡い煩悶がたちまち感傷に傾く傍らで、茹ですぎたマカロニのような先生の耳朶が五月の風に吹かれている。

「今日はこれから、達子さんとデート。本物の、正真正銘のデート。いいですか」

「はい。半日の逢瀬をたっぷり楽しみましょう」

私はわざと軽々しくはしゃいだふりで、先生の腕をとった。

「何十年もの間、いつか行かなければと念じながら、癇癪持ちの年寄りの牛は誰かと一緒でないと、行くことができなかった場所があります」

先生が行きたいと念じていた場所が明治神宮だとわかった時、眩しく輝いていた青空に薄い雲がかかるように、無傷なはずのブルーサファイアに小さなインクリュージョンを見つけたように、心の隅がちょっと翳った。

私たちは無口になって、明治神宮の大きな鳥居をくぐり、玉砂利の参道をそれぞれの思いを抱えるように歩き出した。

「あっ、もう菖蒲が咲き始めたと案内が出ています」

先生は思いがけない決意を試されたような顔で急に足を止めた。悪戯好きな少年の目に、老人の熟慮が瞬いて、麻の帽子が少しだけ傾いだ。

「神様の悪巧み。いつも私を試す。これは試練です。困った」

鳥居を過ぎたばかりの参道に立ち尽くしている初老のカップルをいぶかしげに見ながら、参拝の人や、菖蒲見物に来たらしいグループが賑やかに通り過ぎていく。先生は上着のポケットからハンカチを取り出して、二、三度汗をぬぐった後、ずいぶんと思い切りのいい回れ右をした。

「菖蒲に決めました。せっかく達子さんと一緒なのだから。これは一世一代の大勝負。そうしないと、きっと人生に重大な瑕疵を残すことになります」

「一大決心ですね」

私のからかいなどものともせず、先生は決意のほどを示すような目の据え方で、再び顔中の汗をぬぐった。

足元を気遣いながら数分歩くと、青葉の匂いのする明るい湿原が現れた。菖蒲はまだ三分咲きといったところだろうか。曲水の形にかけられた柵添いの木道を進むと、まだ咲き始めたばかりの菖蒲がまばらに咲いている。白や薄い紫、淡紅色に菫色の花弁が、咲くというより、びっしり詰まった剣の形状に似た葉の上にふわりと乗っているように見えた。

「菖蒲の名前は、まるで相撲取りか、芸者さんの名前みたい。咲いている花に限って、札に記した漢字が読めない。困った」

先生は柵すれすれににじり寄って、長身を折るようにして花を私に示す。足を踏み外さないかとはらはらして、幾度か幼い子にするように、上着の裾を引っ張らなければならなかった。

「外国の人は一人でじっと花を見るのが好き。日本人はたくさんの花をたくさんの人と見るのが好き」

それがいいとも悪いとも言わず、先生は菖蒲見物をする人を眺め、菖蒲田を見つめ、私に微笑みかける動作を順繰りに繰り返す。花の少ない菖蒲園はすぐに尽きて、それとともに見物客の姿もざわめきも自然に遠のいていく。気がつくと、深い森に迷い込んだように二人だけになっていた。木々を揺する風は爽やかで、あちこちの小暗い茂みに花の影がちらちらしている。

「二人でどこか遠い所にまで来たような気がしますね」

「実際、私にとってはとても遠い、果てしない所。どこの国でもない。現実ではない所。夢ですら見たこともないところです」

先生が水辺に置かれたベンチに座って、呟くように言った言葉は私の心に深く染みた。明治神宮に来てから、菖蒲を見てはしゃいでいる時もずっと、先生の気持ちが少しづつ微妙にぶれて、どこかに連れていかれているような気がしていたのだ。

見えない意識の澪が菖蒲園ではない方角に一途に流れて行っている。それは二万坪もあるという神宮の杜のずっとずっと奥、あるいはその建立物よりも遥か昔からある霊妙な地下水のように、深く深く潜っている何かに呼応しているというふうにも思えた。

「本当に参拝しなくてよかったのですか。ちょっと休んで、あちらに行くこともできますよ」

私は少し疲れた顔をしている先生にさりげなく勧めてみた。

「達子さんは何でもお見通し。あなたはどこで、人の心を見透かす術を習いましたか」

案の定、私に振り向いた先生の顔には疲労とも違うかすかな憔悴の兆しがあった。

「見透かすなんて。私は臆病で人づきあいは苦手です。ずっと石とだけ向き合ってきて。石の中を覗くように人を見つめる癖がついてしまったのかもしれません」

その石にさえ見捨てられた天涯孤独な女ですから、と口に出して甘えたい思いがひたひたと満ちていた。

「きっと石の言葉を聞くことが出来る人。石の秘密。石の歌。閉じ込めた炎も、罅も。そういうものを発見して、すぐ反応してしまう。怖いと思ったことはないですか」

「いいえ。相手は石ですから。唯一、石にだけですから」

「なるほど。だけど私は石ではないですよ」

先生は私の手をとったきり、ふいに黙ってしまったので、私は自分が何か失礼なことでも言ったのかと心配になった。沈黙が重なった手の中に凝って、背後で鳥が鋭すぎる声で鳴いた。

「近々また中国に行きます。もしかしたら長い滞在。あるいは不帰の客。だから、達子さんに私の秘密、持ってきました」

最後。秘密。と言う二つの言葉に反射的に怯んだ私に、先生は水晶の玉を二つ取り出して見せた。

こんな時に私に石を見せてはいけない、と思った。先生が回れ右をして行くのを止めた方角に、そのもっと先にまで心が逸れていくように、私の気持ちはすぐ石に捕われて、のっとられてしまう。今、この場所にこの人とだけ留まっていたい時に、否応もなく私の最も大切な部分が持っていかれてしまうではないか。

先生の掌に載った水晶の玉を私は手にとってみずにはいられなかった。完全無欠な珠だ。光はそこに集まり、集まって即座に光は放射される。どんなに心を集中させても、眼は反対にすぐそれを見つめることを斥けてしまう。特に視力が弱っている左目はどんな瞬きをしても、水晶の核を拒絶しようとする。

「きれい、と言うより怖いですね。四十カラットくらいでしょうか。水晶としては大きい方ではないのに、この透明度は尋常ではない気がします」

「そうです。水晶は心を浄化させる」

顔を上げた時、光の加減で先生の顔が一瞬髑髏のように見えた。黒いというより鋼の色、純白に似たがらんどう。水晶からの連想かもしれないが、初めてミキとあった時の胸が締め付けられるような眩しさを思い出した。あの時、私の半身を袈裟懸けにした悪寒はもう起こらないけれど、不吉としか思えない眩しさが胸に湖面のような漣をたてる。

「この水晶は一体何ですか。同じものが二個、一対であることに意味があるんですか」

問いかけても先生が私を見ているのか、全く違うものを凝視しているのかはっきりしない。凝視を続けていると新たな眩暈に襲われそうで、私は弱々しく目を伏せた。

「水流宝珠。バランスです。達子さん。右巻きは悪しき気を放出し、左巻きは良い気を受信します。水晶は水の結界を張るのです。一対であることが必須条件。これを私にくれた人からそう聞きました。山梨の友人です」

私のようにアクセサリーの類しか作れないジュエラーにしろ、宝飾品を手がける職人にしろ、山梨が日本一とも言える宝石の町であることを知らない者はいない。輸入品を初めとするあらゆる宝石のカットや研磨の技術は国内では山梨県に集中している。大きな加工場から、群小の工房まで。それに関連する仲買いや卸しなど。日本の名だたる宝石メーカーの商品が甲府近辺で製作されている。

「中国の友人。日本の友人。たくさん山梨にいます。私も短い間、住んでいました」

山梨が国内屈指の宝石の町と言われるのは、現在では採掘されていないけれど、水晶の大きな鉱山を有していた歴史による。以前に美和から何度か見学に誘われたことがあったが、私はその都度にべもなく断ってきた。当時、私には石が商品となる現場は寧ろ避けたい気持ちがあった。知らない方がいい。自分には関係ない、縁の薄い場所だと決めつけていた。私の頑なな拒絶を美和がどんなふうに思っているのかさえ、当時の私は忖度しなかったのだ。

「こちらが左水晶。こちらが右水晶」

先生は二つの玉をそっと指で突いた。

「えっ。この二つは違うんですか。水晶に左右の区別があるなんて聞いたことがありませんけど」

「私もスコープで何度も何度も見るまで全然わからなかった。今はすぐわかる。水晶が名乗ります」

影の部分に寄せてみると、手のひらに乗せられた珠に微妙な陰影が生まれる。先生は息がかかるほど私に顔を近づけて、霊能者がささやくような声音で呟いた。

「肉眼で見てはだめ。彼らはすぐ目を騙す。特に左水晶は欺くのがとっても上手」

久しく私の中に眠っていた悪寒が左腕に一筋走った。その悪寒を察したように、瞬時の隙をついて先生の唇が私の口に押し付けられた。

「騙すのが上手なのは左水晶ではなく、先生でしょ」

唇が離れると、私はちょっと怒ったふりをして抗議をした。

「いいえ。右水晶も」

再び柔らかく湿った唇がかぶさってきて、私の声を封じた。

背後から話し声と足音が聞こえてきて、先生は青年のような俊敏さで私から離れた。他人の唇ではなく、久し振りに自分の唇の味を確かめたような郷愁に似た甘やかさが心に残った。

「大決心ほどすぐ挫ける。私の心臓の天秤はいつもぐらぐら」

明治神宮の杜を出て、まるで寂れた地方都市のように人気のない歩道橋の上で先生はふいに立ち止まった。

「達子さん、私の行きますか」

私と、ではなく、私の、と言った先生の迷いが束の間私の沈黙を深くする。私の国へ、と言うつもりだったのだろうか。私の故郷へ。あるいは私の過去へ。先生の胸に、先生の残された人生の中に、私に来て欲しいというのか。

語法の誤りでも、不足でもなく、「タツコサン、ワタシ、ノ、イキマスカ」ともう一度私の胸に問う声が、歩道橋の無色の空間に宛所のないまま漂っている。

歩道橋の下を若い人たちが途切れることなく行きかっている。忙しい人たち、目的があって、仕事があって、約束があって、未来がたっぷりある人たちが湧いて膨らむ集合体となって歩いて行く。過ぎ去っていく。淀むことも、迷うこともなく。

私は先生と肩を並べて都会の雑踏を眺めた。埃や汗や化粧品や衣服や靴の匂いの立ち昇ってくる猥雑な渦の中にある真空。そこに先生はまるで水晶の玉のように、怖ろしいほど透き通って存在していた。

「私に左水晶を下さい」

歩道橋の手摺に寄りかかっていた先生はとてもゆっくりと、振り返って私を見た。髑髏でも、がらんどうでもない七十六歳の老人の顔にとめどなく涙が流れていた。

先生の大きな手の、ふっつりと切れた生命線の上に置かれた水晶の玉をまるで捥ぎ取るようにもらって帰ってきた。

「インクリュージョンや歪みのない、完璧な水晶の玉を専用のスコープで見ると、真ん中に石の軸があって、巴の印に似た左右の渦が見える。「本当は離れ離れになってはいけない玉です」

寂しそうな先生のかすれた声が蘇る。

「でも、この片方を欲しいと言ってくれた人はあなただけ。だから差し上げないわけにはいかない」

私は専用のスコープを持っていないので、水晶の軸も、左回りの巴の形も肉眼で見ることは出来ない。別々になってしまったから、残りの右水晶の印を先生も見ることは出来ないかもしれない。

「こんなふうに別れてしまって、よかったのだろうか」

私は底の方が熱を持ったような左目に水晶を押し当てて、永遠に見ることのない卍型の渦と、先生の悲しげな顔を思い浮かべた。


「ほら、おばさん。病院で見たよりずっと猿顔でなくなったでしょ。母乳の力は絶大ね」

軽々と抱きとった赤ん坊を隣で待ち構えていた姉に渡すと、恵美は口の悪さとは反対なとろりと甘い目の色で、いかにも渡すのが惜しそうな顔をした。

「猿だなんて、とんでもない。聡太ちゃんは生まれた時から申し分のない美形でちゅねえ」

姉が催眠術でもかけるように初孫を揺すり始めると、間もなく自身も催眠術にかかったように忘我の表情を浮かべて目を軽く閉じた。

「寝かせないで。お母さん。夜眠らなくなっちゃうから」

姉の家はまるで居間も食堂も玄関ですら、三千五百グラムの嬰児に占拠された感がある。哺乳瓶はもとより、着替えや、紙おむつの箱や数種類のガーゼやらタオルやら、ティッシュの類が山積みになっている。と言うよりいつでも使えるように当たり構わず待機させられている。

「聡太ちゃんは王ちゃまでちゅねえ」

姉の赤ちゃん言葉にはある種の嘘っぽさと演技の響きがある。可愛いとか、愛しいという感情が自然な説得力を持つには、嬰児の人生の滞在期間がもう少し長くなることが必要だ。聡太が人間としてこの世に誕生してから、まだ三百時間にも満たないのだから。

「達子さん。先生とお会いになったそうですね」

煙草を吸うために庭に出ていた義兄が、右手を隠すように近づいてきて言った。

「お父さん。まだ煙草くさい。純ちゃんだって、禁煙したのに」

大役を果たした若い母親は、絶対的な力を発揮して抗議したり、命令を下したりする。王ちゃまの母親は専制君主なのである。

「裏庭に卯の花が満開です。一緒に見ましょう」

私は少しほっとして、義兄に誘われるまま赤ん坊の王国を脱出した。

「先生はもう出発なさったのですか」

「ええ。おととい」

義兄の煙草の匂いが、毛先生の樟脳の匂いがした麻の上着を思いださせると、十数年ぶりの他人の唇の感触が口の中にうっすらとした膜を作る。

「おひとりで?」

少し驚いた様子で義兄が立ち止まった所は卯の花の真下だった。

「勿論、一人です。あの方はいつも一人です」

義兄はそう言って白く散っている花の真ん中に蹲り、花びらを掌に溜めながら、付け足した。

「一人ですが、胸の中にはあるいは誰かの面影があったかもしれません」

私は義兄を見下ろすように純白の花びらの渦を見据えて黙っていた。

「責めているわけではありません。先生はああ見えてなかなか発展家のところがあって、あちこちですぐに、女性を見初める」

掌に溜めた花びらをさりげなく撒いて、義兄は屈託のない声で言った。

「素敵な方ですもの。私もちょっと揺れました」

義兄と先生の示し合わせた嘘は承知していながら、それでも心がわずかに軽くなった気がした。

「ひとつだけ、先生の言伝を預かってきました。本当はそれを言うために会いにいったのに、のぼせてしまって、言い忘れたからと」

姉はなぜ卯の花の木を三本も植えたのだろう、とふと思った。地味で目立たない白い花。花期は短く、散りぎわも不甲斐ないほどあっさりとした初夏の花である。

「達子さん、眩しくないですか。一面の白い花や、五月の光が」

弱い方の目を眇めたり、光の氾濫を反射的に手で遮ったりする最近の私の癖を指摘されて、私は素直に頷いた。

「左目、白内障だと思いますよ。先生も気がついて、早く手術をした方がいいと勧めておられた。最初、二人で八重桜を見に行った時に気づいたそうです」

そうだったのか、と今更合点がいった。急に明るさを増した四月の光の中で、二人でお花見をした時に気づいたのだろう。私は穏やかな春日の散歩にすっかり寛いでいたから、先生が花を見るたびに私の目を覗き込むようにしていたことさえ、うっかり見過ごしてしまった。

「きちんと直さないと、仕事を続けていけなくなる。特に宝石というものは気難しく、秘密主義で、独裁者だからって。年寄りの鑑定者の忠告を聞きなさいと言っていらっしゃいましたよ」

卯の花の白は不思議と目に優しい。白蓮のようにぼったりと厚くもなく、朴のように青白くもない。花水木のようにちらちらしていないし、梔子のように重く匂わない。

「齢ばかり無駄にくって、何の役にもたたない。私も家内もしょっちゅう会っているのに、ちっとも気づかなかった。御不便だったでしょう。ずいぶん以前からですか」

「今年の冬。ちょっと風邪で寝込んでから悪化したようです」

私は義兄の追及を逃れるように卯の花の枝をちょっと揺すった。先生の忠告どうり、白内障の手術を受ける決心が急についた。眼が治って、視力が戻っても、いや戻ってくるからこそ、石は私に何も語らないままだろう。それでもいい。私と石との秘密の交感は失われてしまったけれど、指輪やペンダントやイヤリングなどの装飾品を作り続けることよって、今度はそれを求めてくれた人や、つけてくれた人たちと石の良き仲介者になれるかもしれない。

「卯の花の匂う垣根に　時鳥早も来鳴きて　忍音もらす夏は来ぬ。家内と初めて会ったのは、歌声喫茶でした。隣の女の人があまりきれいな声で唄っていて、いい歌だなあって、思いました」

そう言えば昔から姉は夏になると決まってこの歌を口ずさんでいた。

義兄が煙草を二本吸い、卯の花の垣を後にした途端、赤ん坊の泣き声が聞こえてきて、それはあっという間にサイレンほどの大音響になっていった。

「赤ん坊の泣き声があんなに凄いなんて、すっかり忘れてた。遥か昔の卯の花垣なんかひとたまりもない。まあ、あれほど手放しに、天下無敵に泣けるのは赤ん坊の特権で、幼児になると、もっと内面のある、理由のわかりにくい泣き方になるでしょう」

「ええ。王ちゃまはまだ生き物になったばかりですから」

ずっと長い間、嬰児の泣き声ほど無残で冷酷で、心を掻き毟られると感じ続けていたのに、いつの間にか平気でいられることに驚いていた。赤ん坊をあやしながら、姉自身が泣きべそをかいている図が目に浮かんだ。

「あっ、それから。先生が最後に暗号のようなことを言っていました。目のことでしょうか。左水晶に宜しくと」

姉夫婦が紹介してくれた眼科医で、私は一週間後に白内障の手術をすることになった。

「手術といっても今ではすっかり簡便になって、大体の患者が日帰りみたい。私なんか左目だけだし、付き添いなんて必要ないから」

何度辞退しても、姉は付き添うと言い張って譲らなかった。

「いいじゃあないですか。達子さんには迷惑かもしれないけれど、先生に言われるまで、身内が気づかずにいたことを、家内は気に病んでいるんですよ。それは私も同じだ。こっちの家庭内のゴタゴタにはさんざんつき合わせて。こんな時に何の手助けもできないんじゃあ、気がすまない」

義兄の口添えがあっては、私も承諾するしかなかった。依存しない代わりに干渉もされたくないという日頃の生活信条を曲げてまで、姉夫婦の心遣いを汲んだことを、後に私はひどく感謝することになった。

自分の健康を過信する余り、私は視力についてあまりに浅慮だった。身体の一部としての両眼は想像していた以上に一対として機能しているらしいのだ。

検査をして、白内障の兆しがあるものの、手術には至らないという右目も近視と乱視と老眼と混合現象が顕著で、手術直後は視力が今までの四分の一程度に感じられた。

「まさか車椅子は要らないけど。お姉さんが付き添ってくれなかったらタクシー乗り場まで歩けなかったかもしれない」

まるで梅雨のはしりのような小雨が降ったり止んだりする病院の玄関で、私は六十三歳になった姉の腕をつかんだまま苦笑いをした。

「当たり前よ。どんなに手術が簡単になったからって、眼鏡を買った時みたいに、装着したら途端に視力が戻るわけじゃあないんだから」

左目に朴の蕾ほどの大仰な眼帯をして、手術後の眼を庇うために素透視の大きなプラスチックの眼鏡をかけさせられていた。無傷にもかかわらず、普段の二倍の負荷がかかった右目はまるでふてくされたようにいつもの機能を果たそうとしない。俄かの半盲は言うまでもなく勘が鈍く、病室を出た途端にあちこちの障害物にぶつかりそうになった。

「達っちゃん、そこ、段差がある。気をつけて、眼帯してるうえに骨折でもしたら、入院することになるのよ」

脅し半分、口煩く世話を焼く姉を睨むこともままならない。

「だめだめ、本や雑誌を読むなんて。テレビだって長時間は避けて下さいって注意されたでしょ。ソファに横になってのんびりしてるのが一番いいのよ」

充分に見えないということは、十分に認識できないことだ。視神経と脳の回路に歯痒い断絶がある。長い間住み続けて、電気のスイッチはもとより、壁の染みひとつまで諳んじている部屋が、下宿人を見返すようなよそよそしさで私を無視する。

私はまず真っ先に、片方の目でもいいから、以前の親密さと熱意をもって石と向きあいたかった。もしかしたら、私の改良された左眼に眼帯の奥からでも何か発信してくれるかもしれない。残った右目が応えてくれるのではないか。私は脱皮したばかりの蝉が湿った抜け殻を慕うように、石との古い交感を求めていた。

「仕事なんて、とんでもない。手術の後は眼だけじゃなく、身体全体が弱っているのよ。部分麻酔だって、麻酔には違いない。考えようによっては、こんなふうな簡単に眼の内部にメスを入れたり、水晶体の濁りをとったりするなんて随分不自然な、酷薄なことを身体に課しているわけなんだから」

六つ違いの幼児の妹を小学生の姉はまるでペットか人形のように世話を焼いた。ずっと昔の余り愉快でない記憶が蘇る。負けず嫌いで意地っ張りだった私は泣いて抗議したり、だんまりを押し通して反抗したものだ。

　五十年の歳月が無駄に流れて、私はまた五歳の幼児と同じやり方で対抗しようとする自分に気づいて、苦笑した。

「そんな急がなくても仕事に足が生えて逃げるわけじゃない。石は待ってくれるわよ。どんな宝石だって、何千年、あるいは何億年って気の遠くなるような、時間が消失するほどの歳月を鉱脈や地下の奥底で過すわけでしょ。待つことにこれほど長けた物はない。左眼の眼帯がとれるまでの時間なんて、石にとってまばたきする間でもないんだから」

　宝石に関しては全くの素人の姉にしては、随分と説得力の増した説教をするものである。訊かなくても説教の出所は知れている。毛先生は女性の扱いによほど慣れていたらしい。世知に長けていない友人の妻に興味をそそる話題を提供し、豊富な知識をさりげなく吹き込んだのだろう。

　私は瞑ったままの目を逸らして、首をすくめた。

「先生はね、本気で達っちゃんと一緒になりたかったのよ。私たちのお節介な仲人口に乗ったわけでも、一目惚れでのぼせ上がったわけでもない。きっと会う前からあなたに運命的なものを感じていたのよ」

　四分の一になった視力を酷使するより、不満足な思考など諦めたほうが感受性は自立するらしい。深々と目を閉じると、先生の湿った唇と、熱い息がすぐ側に迫ってくる気がした。

「私が作ってもらったペリドットのネックレスや、主人のカフスボタンを見せた時に、先生はしばらく手の平にのせたまま、じっと見つめ、長い指で丁寧に撫ぜるみたいに触ってたの。ほら、昔のお医者さんって、今みたいに検査ばっかりさせないで、じっと患者さんの顔を見たり、痛い所を撫ぜたりしてくれたでしょ。ちょうどそんなふうに」

石は先生に何を教えたのだろう。姉妹の思い出や、夫婦の絆というありふれた家族の歴史ではなく。ペリドットは疎外された女の怨嗟の深さを。底知れぬ緑は自由と言う名の呪縛を。対のカフスは酔うこと知らない虚妄の愛を。

「私のことを何か訊いたんじゃないの。昔のこととか、今の境遇とか」

「まさか。家族のプライバシーを私が漏らすわけないでしょ。石を触り終えた先生は少し気掛かりな、だけどみんな受け入れた後みたいな顔をしてた。夫や父親よりもっと淡い慈愛みたいなもの。私、本当にこの人は生まれつき先生なんだって思ったの」

手を握った時に、包み込まれる気がした大きな厚い手。日本人の男のようではなかった、と一瞬感じたけれど、後になって、仏像の手の大きさに似ていることに気づいた。蘇るのは無論それだけではない。ちょっと皮肉でからかうような眼差し。困った少年のような表情。痛ましいはずなのにユーモラスな耳。

しかし今、私の瞼に強烈に焼き付いているのは、寂しい老人に戻った先生の涙で溢れたあの顔なのである。

「おかしいわね、急に涙が滲んだりして。雑菌が入ったら大変ね。それとも自浄効果があるかしら」

姉は私の涙をどんな意味にとったのか、お茶をいれるために慌てて台所にたった。

自宅療養といっても少々の不自由を我慢すればいいだけなので、姉は半分は無聊を慰めるのが看病だと思っていたらしい。

「達っちゃん、寝てる？」

それは姉が思い出話を始める際の慣用句のようなものだった。

少女時代は母娘揃って無口で、「一つ屋根の下に女が三人いるとは思えない静けさで、つまらない」と生前の父を嘆かせたほどだったのに、寡黙で過した半生を、取り戻す勢いで姉は歳をとるごとにお喋りになった。

「達っちゃん、お母さんに変な所が似てきた。白内障になった時期まで一緒なんて」

「お母さんも白内障の手術をしたなんて、初耳よ。いつのこと」

私は姉と違って、短大を出るとすぐに家を出ることを選んだ。上京して働くか、結婚する以外に若い娘が自活することなど滅多にない時代である。

父親は二十歳の娘の月給でやっていけるのか、と心配したが、三カ月の研修期間を経て、正社員となった給料明細を見せるとしぶしぶ承諾した。母親はと言うと、果たして何も言わなかった。思春期を過ぎ自我が育ってきた頃から、私と母親は確執とまではいかないが、かなり冷淡な関係になっていた。

それでも結婚までは数カ月に一度は帰ったし、盆や正月には帰省もした。専ら姉を介してではあっても、近況報告も欠かさなかった。しかし、義理は果たしているという気持ちが、素直な親愛の情を、時を経るごとに自然に薄めていたのだろう。結婚を境に、母親のことを思い出すことさえ稀になっていた。私の記憶の中に、老年の母の姿は驚くほど残っていない。

「ちょうど達っちゃんが結婚する少し前に悪化して。最初は右目。一年後に左目の手術をしたの」

姉は洗濯物を畳みながらさりげない口調で言った。パジャマや下着の畳み方が、順序まで私とそっくりだった。

「私と同じ畳み方」と思わず言った。

「変なところが似るものね。爪や耳の形とかじゃなくても、眠っている時の顔の顰め方や、黙り込んでいる横顔なんか、達っちゃんはお母さんにそっくりよ」

結婚後、人づてに母が「達子には子がないから、老後が心配」と不安とも愚痴ともつかずに話していると耳にしてからは、やはり理解してもらえないのだという僻み混じりの反発が募った。

「白内障なんて、お母さんに似ているからじゃなくて、年をとれば大体の人がなるんじゃないの」

私は目をつむっただけでは足りずに、姉に顔を背けたままそっけない返事をした。

「白内障になったからじゃなくて。似ているのは、そのなり方なのよ。時期とか、きっかけとか」

「きっかけって、どういうこと」

「達っちゃんが家を出て四、五年した頃かな。お母さん、ちょっと変だったの。わけもなく視線が止まったり。身体を硬くして、じっと何かの耳を澄ましていたり。最初はどこか痛くて、我慢してるのかなって思ったんだけど。苦しいわけでもないらしい。まるで何かに無言で応えているって感じ。後になってから打ち明けてくれたけど。前触れのない発作みたいに悪寒に襲われたそうよ。それも一年くらい、ずっと」

悪寒と聞いた途端、あっと声をあげそうになったけれど、唇を引き結んで黙っていた。

「ちょうどあなたの結婚が決まった頃、お母さんは肺炎をおこして、緊急入院をしたことがあるの。お祝いごとの前だから、知らせなかったけど。退院してから、悪寒もなくなって。それからしばらくして、白内障の手術をしたの」

姉は洗濯物を畳み終わると、きっちり正方形に積みあげて膝に置き、またつらつらと思い出している目になった。

「左眼の白内障の手術で二度目の入院をした時、よほど退屈だったのね。付き添っていた私と珍しく長いお喋りをしたのよ。達っちゃんのこともよく話してた」

姉の話の様子から察すると、母の死はそれから三年足らずだったのではないだろうか。多分母はうっすらと永訣の日の近いことを予感していたのに違いない。

それから長い歳月が流れたにもかかわらず、私の胸には一抹の怨恨と憤りがわだかまっている。母が安心して娘の人生を預けたと思っていた男は惨たらしいやり方で私を捨て、女の一生の支えになるはずだった子どもを私は遂に授かることがなかった。母が後十五年永らえたら、娘の孤独な人生をどれほど嘆いたであろうか。

「お母さんから見たら、私は子どものいない可哀そうな女に見えたでしょうね」

手術の疲れで滅多にしない昼寝をたっぷりしたこともあって、私の右眼は冴えてくるようだった。逆に慣れない付き添いで疲れている姉の口ぶりが少しづつ緩慢になっていく。

「可哀そうなんて。逆よ。お母さん、よく言ってたの。何があってもあの娘は自分の信じた道をまっすぐに歩いていけるから大丈夫だって」

姉は洗濯物に片肘を突いて、思い出すように目を何度かしばたたせた。

「どんなことが起きても、必ず守られる。人間には何もかも失くした時にだけ授かるものもあるからって。まるで巫女の予言みたいでしょ」

死からすでに二十余年後、故人と和解するだけでなく、かつて想像だにしなかった不思議な絆を発見することもあるのだと、私は慄然として姉の話を聞いていた。

「事実は小説より奇なりって、よく言ったものね。こうして達っちゃんが白内障の手術をして、私が付き添わなければ、お母さんの目の手術のことも、私が聞いた話も思い出すことも、それを話すこともなかったんだもの。お母さんが、あの世で仕組んだみたいじゃないの」

姉はすっかり満足した様子で締めくくってから、眠そうな長い欠伸をした。


手術後の圧迫痛もなくなって、普段の生活に戻ってからも、仕事にとりかかれない曖昧な療養生活は長く続いた。あんなに色々話して、数年分の話題をみんな総浚いした感があったのに、姉は帰宅してからも、数日置きに電話をしてきては、「この間、言い忘れたけど」と前置きをすると、たっぷり三十分は私を電話口に釘づけにするのだった。

そんなお喋りの中で、純ちゃんが演劇の手伝いをやめて、小さなアパレル会社に就職したことを知った。毛先生が軍の秘密を漏洩した疑いを晴らすために、耳を切り取ろうとしたことも、父母も兄弟も家族のすべてを失って、先生は世界中を放浪しながらずっと一人ぼっちで生きてきたことも聞いた。

「銃で撃たれた時、私のポケットに翡翠の玉が入っていて、危うく命拾い。それからは私の三つ目の眼。心眼ですなんて言いながら、胸元をさも大切そうに撫ぜたりするの」

「翡翠。先生はそう言ったの。いつ？　どんな翡翠だったの。お姉さん、それを見たことがある？」

初老の姉妹のお喋りはいつだって、こんなふうに一番大切な貴重なことをついでのようにぽろぽろ零したり、気まぐれに摘まんだりして進むのだ。

「だって、秘密めかして言うんだもの。気楽に見せて下さいなんて、言えなかった。担がれたのかしら、私。話は飛ぶけど、最近ね」

義兄が急に山野草に凝り始めて、雑草みたいな草花鉢を次々買ってくるので、困っていると言う愚痴に話題は逸れていく。

「蘭は中国が本場なんだってね。私、ヨーロッパだと思い込んでいた。だけど中国って広大だから、まだ希少な野性の蘭が奥地に残ってるそうよ。ねえ、達っちゃん、聞いてる？」

「聞いてる。それでお義兄さんは、今度は蘭を見に中国に行きたいって言ってるのね」

私はどうにか姉の話題を軌道修正させようと、さりげなさを装って聞いた。

「うーん。どうかな。以前ならすっとんで行ったでしょうけど。今は日本には可愛い可愛い、聡太がいるからねえ」

私は姉に「聞いてる？」と言われない程度に相槌を入れながら、義兄が毛先生とまた会う予定がないか、探りを入れる間を計っていた。

「達っちゃん、眼の方はすっかり良くなったの。もう石との大事な再会を果たして、仕事を始めてるんでしょ」

「えっ、石との再会って、どういうこと」

ふいを突かれてうろたえた。二泊三日一緒にいた時に、私はそんなことまで喋ってしまったのだろうか。

「だって、仕事部屋には指輪やネックレスになるための石が待っているんでしょ。眠っている石に命と運命を与えるのがあなたの仕事だもの。先生が言ってたのよ。私と達子さんは同じ。石と話をすることが出来るって」

「先生は私にはそんなこと何もおっしゃらなかったけど」

「あら、そうなの。だから余計に同じ仲間としてあなたに惹かれたのだとばかり思ってたのに。先生の特殊な能力は山梨の宝石仲間で、有名だったそうよ」

左水晶と右水晶はほんとは離れてはいけないのだと言った先生の言葉が蘇る。

「それなら訊いておきたいことがたくさんあったのに。どうしてもっと早く教えてくれなかったのよ」

「どうしてと言われても。達っちゃんは普段から仕事のこと、余り話したがらないから」

以前に比べると母の分まで二倍以上お喋りになったくせに、いつだって肝心なことは後回しだったり、忘れたりすると、つい文句を言いそうになる自分をかろうじて抑えた。

「大切なことなら、ついでの時にお父さんに訊いてもらうこともできるじゃないの。覆水盆に還らずっていうけど、先生は帰ってくるかもしれないし、中国なんて遠い国でもないんだから」

ついでの時を待っていられるほど悠長な話ではない。覆水は盆に還らない。先生は盆の水どころか、逸散に駆け抜ける奔流を胸に秘めていた。日本の春という瀞のような岸で、私たちはたまたま出会った。表参道の歩道橋の上で先生が見下ろしていたのは、再び自分が戻ろうとする運命の荒れた大河であったのかもしれないのだ。

「本当は離れてはいけないものだけれど、望んでくれたのはあなただけだから、私はそれを差し上げるしかない」

左水晶を左瞼の上にそっと乗せると、今でも先生の声が聞こえてくるような気がする。だからと言って、先生の左水晶になることはできない。私の右水晶は先生ではない。そのことは出会った時からお互いがわかっていたことであった。

「もしもし。達子さん、僕だけど」

年配の男性の声で名前を呼ばれた時、私はとうとう慎二から連絡が来たのかと勘違いをして、電話口ですぐに返事が出来なかった。

「あれっ、電話番号、間違えたみたいだよ、貴子」

姉の名前を呼ぶ声の調子で、相手が義兄だとわかると、げんきんなほどすぐに緊張が解けた。

「達子です。お義兄さんですか」

「良かった、間違い電話でなくて。すいませんねえ、年寄りはそそっかしい癖に、気が短かくて」

受話器の中から赤ん坊の泣き声が聞こえる。多分、聡太と恵美が来ているのだろう。

「達子さん、今日、空いてますか。東京のデパートの屋上で山野草の即売会があって、講習会もあるそうだから、行ってみるつもりなんだけど。たまには一緒にお茶でもと思ってね。もし先約があるようなら、遠慮せず言って下さい」

義兄にお茶の誘いを受けるなど、姉の結婚以来初めてかもしれない。彼は会社勤めをしている間は仕事人間で週末ですら姿をみかけなかったし、私が離婚してからは姉が気をつかって、庇うように距離を置いていたから、打ち解けて話す折もなかった。

義兄からのお茶の誘いは歓迎しても、その内容を考えると気は重かった。今となっては、毛先生の翡翠のことで、姉に執拗に尋ねたことを私は後悔していた。場合によっては慎二の翡翠のことを打ち明けざるを得なくなる。それは取りも直さず彼との関係にも触れるということだ。義兄がしつこく詮索するとは考えられないが、私の方から思い余って、告白してしまわないとも限らない。

いったい私は何を相談したいというのだろう。第三者に是非を問うまでもない。慎二の思惑はともかく、あの翡翠を私が持ち続けていることは、どんなふうに解釈しても、理にかなわない、不可解なことは明らかなのに。時期を逸してしまったとか、相手の気持ちを忖度していたと打ち明けたところで、所詮言い訳に過ぎない。私は翡翠を返さなかった。もらういわれのないものを、価値も力も充分過ぎるほどわかっていながら、秘匿し続けてきたのだ。

結局翡翠を持って、部屋を出た。

茉莉が死んでずいぶん長い時間が流れた気がする。慎二と会ったのは去年の秋で、翡翠が届いたのはそのわずか一週間後のことだ。それから、数々の出来事が相次いで起こり、まるでべた凪ぎの湖面のようなだった私の十年間の日々が、ふいに緩急の定まらない流れとなって動き出した感がある。

ずっと一緒に仕事が出来ると思っていた美和が失踪し、パートナーとしてのバトンを継ぐように叶さんが出現した。当初はあんなに反発したのに、結局私は新しい仕事を引き受け、それは結局私と石との新しい関係が始まる契機となった。

生きている限り、別れは喪失に留まらず、ゆっくりした変遷や静かな受容を繰り返す。出会いは見えない手によって慎重に接木され、新しい季節は思いがけない開花や実りを準備する。

新たな性となって、生まれ変わろうとしてミキは死んでしまったけれど、一年前には存在すらしていなかった聡太が、毎日毎日ガムランの音色などものともしない声で、旺盛な泣き声を放っている。

どれほど月日が流れ去ろうと、忘却は完成しない。美和は自殺した妹さんとの思い出の玉髄で、老人たちの生老病死の救いとなる天珠を作っている。

ミキが死ぬほど怖れていたミラクルは、純ちゃんを凡庸な青年に変貌させただけではなく、子煩悩な若い父親を誕生させるという奇跡を成し遂げたのではないか。

母が予言した通り、孤独な私を守ってくれた力は原因不明の悪寒と共に私から去った。石はもう何も語らない。同じように石の言葉を聞くことのできた先生はつかの間、私を求めて、「水流宝珠」の片方を残し行ってしまった。

様々な出来事に翻弄されながらも、私はずっと慎二の翡翠を持ち続けてきた。

それは罪だろうか。

死んだ茉莉に対する二度目の背信だろうか。

翡翠色の魔

デパートの屋上で開催される山野草の展示会など、殺風景な一角に雑草と見紛う苗が並んでいるだけで閑散としているのだろうと思っていた。暇を持て余している老人が、売るでもなく買うでもなく所在なく歩き回っている。そんな図を想像していた私は、屋上の思わぬ賑わいに、一瞬待ち合わせ場所を間違えたのかと思ったほどだった。

展示会はいくつかのコーナーに分かれており、並べられた苗や、棚に陳列された鉢の周りにけっこうな人だかりがしている。出口付近に設置されたレジには、すでに大事そうに鉢を抱えた人たちの長い列が伸びていた。

「達子さん、こっち、こっち」

名前を呼ばれて近づくと、義兄が上気した面持ちで立っていた。

「いやあ、思い切って出てきて正解でしたよ。垂涎の的の貴重な山野草が選り取りみどりだなんて。私のような山野草入門者にとって、宝の山です。興奮しちゃって、ほら、これなんてまるで生きている宝石そのものじゃあないですか」

確かに宝石のように小さくて、凝った造作をしている。造化の神はずいぶん奇抜なアイデアと精緻な技で、生きているジュエリー製作に没頭したらしい。

「達子さん、この花。覚えてないですか。昔はどんな田舎の雑木林でも見かけたでしょ。当時はこんなちっぽけなもの、見向きもしなかったけど。今じゃあ、絶滅品種並の貴重さでね。きれいなもんでしょう」

義兄は片隅に寄せていた小さな鉢を抱えて、しみじみと見入っている。この興奮ぶりから察すると、毛先生や翡翠についての私の懸念は、取り越し苦労だったかもしれないと密かに胸を撫で下ろした。

「こっちの黄色の花が金蘭、白い方が銀蘭。名前まで宝石みたいでしょう」

二つの鉢とも、若緑色の葉の上に鈴に似た小さな花が五つほどついている。言われてみると、晩春の林道で見かけた気もするが、どちらかというと地味な草花で、これがそんなプレシャスネームのついた蘭であるなどと思ったこともない。

「こっちはもっと珍しい。まあ、当時ならあったかもしれないが。これ、何かに似てるでしょ。名前、わかりますか。蘭ですけどね」

義兄が指さした先を、物欲しそうな表情で小柄な老人が執拗に見つめている。

薄い紫に褐色を混ぜたような、余りクオリティのよくない水晶のような色の花が、葉の間からすっと伸びた十センチほどの茎の片方にだけ並んでいる。

「どれも茎の片方にしか花が咲いていないですね」

「そうそう。さすが達子さん、眼のつけどころが違う。家内なんかどんな珍しい山野草を見せても、昔からあったじゃない、お金で買うほどの花じゃないっていうだけで。今日も達子さんを誘ったことで、ずいぶんしつこく嫌味を言われた」

「こりゃあね、奥さん。采配蘭っていうんですよ。昔戦場で武将が敵陣めがけて突撃って言うときの采配、あれに似てるから。采配を振るうって言うだろう」

羨ましそうに蘭を見つめていた老人が、突然口を挟んで懇切丁寧な回答をしてしまったので、義兄はちょっと咎めるような視線を老人におくった。

「あっちへ行きましょう。まだまだ見せたい蘭が一杯ある。中国の奥地は野性の蘭の宝庫だと先生は言っていたけれど、どうしてどうして日本だってまだ見事なものがいっぱいありますよ」

せっかちに歩き出した義兄の目も、同じように性急な足取りで歩き回る人たちの目も、かつて私が会った古物商や、アンティークジュエリーの収集家を彷彿とさせるものだった。確かに貴重な山野草は、宝石に似た魔力があるのかもしれない。

「いい匂い。なんて爽やかな香り。この香りはどの花から流れてくるの、お義兄さん」

立ち止まって見回しても、それらしい花は見当たらない。茎や葉や根にまで鼻を近づけていたら、白髪の老人がひょいっと私の頭上にあった棚から、小さな白い花を下ろしてくれた。

「フウラン。風の蘭と書きます。私の故郷では高い木の又に固まって咲いている。意外にありふれた野性の蘭ですよ」

白い花は小ぶりで目立たなかったが、老人が鉢を持った手を少し動かすだけで、うっとりするような、それでいて清涼感に満ちた香りがあたり一面にふり撒かれる。

「精霊の体臭。風蘭の香りは肉体をもつ女の香りではありません」

私を覗き込むようにして囁いた老人の目が、毛先生とよく似た光りかたをした。

「これはこれは、室岡先生じゃないですか」

数歩先を歩いていた義兄が立ち止まって、被っていた帽子を上げると、白髪の老人と親しげな挨拶を交わした。

「山野草の会の先生です。蘭やエビネの権威ですよ」

義兄は根っから学ぶことが好きなのだろう。素直に熱心に勉強して、新しい知識を尊ぶ。分析や解釈や発見を惜しげもなく開陳してくれる師を慕い、信奉し、出会いを感謝する。その子どものような好奇心と熱意は、退職しても依然として衰えることがないらしい。

「奥さん、いかがですか。山野草は素晴らしいでしょう。一見地味にみえますが、どの花もみな独特の美しさと気品を持っています。園芸種のように、観賞され、賞美されるために咲くのではありませんからね。比較されたり、珍重されることなどない。孤独で気品に満ちた存在ですよ」

室岡先生と呼ばれた人は大きな眼鏡の奥で、私の顔を窺うように見た。

「確かにおっしゃる通りかもしれません。同じように希少で、美しくても、虚飾と無縁でいることが難しい宝石とは違います。そのせいか、蘭に惹かれるのは女性より男性が多いですね」

「そうですねえ。他の売り場は女性客ばかりなのに、エレベーターで、途中で降りた男はほとんどいない。みんな屋上の山野草展にまっしぐらだったから」

義兄が屈託のない声で笑ったので、私と室岡先生も微笑み、周囲にいた男性もつられて笑った。

「あと三十分もすれば、盆栽の先生が苔玉作りの実習会をするそうです。始まると女性の方も増えますよ」

室岡先生は義兄と私に丁寧な挨拶をして遠ざかっていった。

「達子さん、苔玉作り興味がある？　あるなら付き合いますよ」

室岡先生の姿が見えなくなると義兄が囁いたので、私はかぶりをふった。

「生き物を産んだことも育てたこともないから。私は石の方が向いているみたい」

言ってしまってから、ずいぶん身も蓋もない言い方をしたと悔いたが、孤独で気品に満ちた山野草の面倒を見る自信がないのは事実だった。

「僕も苔玉に植物を植えるのは生花と盆栽の中間みたいで、実はあまり好きになれない。美しいものを安価なだけでなく、安易に簡便に手に入れて、じきに消費してしまう。ほんとに好きなら、手入れほど楽しく豊かな時間はありませんからね」

私の断りを気にするふうもなく、義兄は買うことに決めていたらしい鉢をまとめると、さっさとレジの最後尾に並んで清算を済ませた。

「最近はよくこうした場所にお出かけになるんですか。山野草の講習会に頻繁に通っていると姉から聞いていましたけど」

義兄はビニール袋を大事そうに抱え、ひよわな生き物か脆い硝子の像を守るような目で気遣かっている。

「デパートの中の空調は山野草には気の毒な気がする。どこかもっと空気のよいところが近所にないでしょうかね」

結局一階までエレベーターで降りてしまってから、義兄は落ち着かない様子で訊ねた。

山野草にふさわしい喫茶店やレストランは思いつかないけれど、都会の緑化促進に先駆けて有名ガーデナーが作ったという屋上庭園の記事を読んだことを思い出した。

「さすが都会の人はいい穴場をご存知ですねえ。こんなに植物がたくさん繋っていて、手入れの行き届いた場所がビルの谷間にあるなんて。いやあ、実に素晴らしい。これで入場券が要らないんだから。改めて日本企業の豊かさには驚きますよ」

ファストフードを食べながら雑誌を読んでいた会社員風の男性が義兄の感嘆の声に振り向き、ビニール袋を抱えた初老のカップルをいぶかしそうに見た。

「広いといっても、ビルの上ですからね。土があっても、貴重な山野草を育てられるような環境じゃあありませんよ」

「勿論。せっかく射止めた可愛い娘を、こんな場所に置き去りにはしませんよ」

義兄はかなりがさばった袋を手際よく脚の奥に置き、ガーデンチェアに腰を下ろした。私たちは並んで座り、入り口で買ってきたペットボトルの水を飲んだ。

「土は確かに人工的な庭園にふさわしく衛生的なだけですが、空はどこも同じ。これは人智の及ばないもの。初夏の匂いがしますねえ」

唇に水滴をつけたまま空を見上げている義兄の横顔を見ていたら、ふとこの人の妻である姉が羨ましく思えた。

比較して、自身を心細く、寂しく感じたからではない。久し振りに味わった毛先生と明治神宮を歩いた時の高揚感が改めて思い出され、無闇に人恋しかった。男女の恋愛とは違う、もっと静かな和合と親しさから、自分はどれほど隔たった人生を歩いてきたかと思いながら、ビルの上の空を眺めた。

「達子さんは先生と一緒に行かなかったことを、後悔していらっしゃいますか」

義兄の率直な問いに、率直に答えるしかなかった。

「いいえ。でもちょっと寂しいです」

私たちは気分を変えるように、それぞれのペットボトルの水を飲んだ。

「この水。味がありませんね。雑味がないということは、究極のブレンドということだ。もしかしたら世界中の水が今、私たちの腹の中を通っているのかもしれない」

毛先生と一緒に行かなかったことを悔いてはいない。だとしたら、いつまでも先生の命を救ったという翡翠の話に固執するのはなぜだろう。私は自分のバッグの中に仕舞われた慎二のロウカンが私たちのやり取りに耳を澄ましているような気がしてならなかった。

「素晴らしい宝石をお持ちだそうですね。先生が言っていらした。本物の貴石は人を選ぶ。運命を選ぶ。そして齢取った牛は選ばれなかったと。謎めいた御託宣です。私にはさっぱり訳がわからない」

私は先生を選ばなかったのに、彼の左水晶を奪ってしまった。「わたしの、行きますか」という不完全な問いと誘いを受けた時、どうしても左水晶を求めたくなった。あの時の道理をわきまえない子どものような衝動と欲求は、茉莉の夫である慎二をやみくもに求めた、あの欲望に似ていなかっただろうか。

「先生こそ本当に私を欲したのでしょうか。たった二度会っただけで、一緒に生きていきたいと思われたのでしょうか」

「私の本心は石に操られた、と言い訳のように言っていました。先生でも年寄りらしい強がりを言うと、その時は思ったのです。でも本心だったのだと、今では思います。先生は老獪な所もあるけれど、根は高潔な方です。じつは先生はもっと上手に完璧に日本語を話すことが出来るのです。だけど、しない。肝心な時に、母国語に遠慮するみたいに、急に日本語が下手になるんです」

「わかります。私もそうです。言葉に脅えるのかもしれません」

私は先生に感じた懐かしさと親密さの正体が少しづつわかってきた気がした。石は言葉を持たない。母国語を持たないものとの長い対話は、私たちに会話というものの不完全さと、未必の安寧を悟らせるのではないだろうか。

「私なんかこの歳まで、夢中で生きてきて、難しいことは益々わからなくなってる。きれいだなあ、尊いなあ、出会えて良かった、側にいられて嬉しいなあって。まるで幸福ボケ老人みたいでしょう?」

私は義兄が山野草を愛しむのと同じ眼差しで、泣いている聡太を見つめていたことを思い出した。

「喜びだけが人を浄化する。私も最近はよく思います」

私たちはまたペットボトルを空にかざすようにして、無味無臭の水を飲んだ。

「味のない究極のブレンド。これが本当に文化というものなのだろうか」

義兄は三十年以上自分も働いてきたビル群を見ながら呟いた。

「先生が中国の水は色々な味がすると言っていました。土地土地の泥や、草や虫や花の匂いだけでなく、闇の匂い、人間の汗や体臭や。奥地に行くと石の味のする水もあると」

私はペットボトルにわずかに残った水を膝の上で揺らしながら風蘭や黄河の匂いのする水を思った。そして、山々の奥地に湧く翡翠の味の水を思った。

せっかく手に入れた山野草をラッシュアワーの混雑に曝すのは忍びないという義兄を送ってから、同じデパートの一階でジュエリーの勉強を兼ねてショーケースやウィンドウを見学して歩いた。

春夏の薄手のシフォンや麻に似合いそうな少し大振りの半貴石のアクセサリーが出揃っている。琥珀や鼈甲といった有機素材も前衛的な意匠をまとうと目を奪うほどのインパクトを放つ。デパートで派遣のパートをしていた時、店内にムンシュタイナーのジュエリーが展示されているのを美和と二人で見たことがある。宝石業界のカット技術に革命をもたらしたというドイツのジュエラーが作成した巨大なアクアマリンやアメジストは宝飾という概念を一新させるほど革新的なものだった。美しさと呪術的な不思議さが過去の虚飾を嘲笑うように屹立していた。

「まるで武具みたい。こんな彫刻みたいな巨大な宝石を身につけて、これからの女性は新しい戦いをするのかもしれない」

興奮していた美和の声を思い出す。新しい美や新しい戦いに勝利はあったのだろうか。私たちは常に背後から追ってくるものから逃げ、逃げながら過去の幻影に縋る。捨て去った襤褸が思いがけない変容を遂げて、不可思議な魔の山のように眼前に出現したりする。

ハンドバッグの中のたった三センチの翡翠は、私の鳥海山なのだろうか。

ぼんやりショーケースから遠ざかった時、背後から背中を突かれた。

「お名前を失念致しまして。大変失礼ですが」

失礼はお互い様である。作業着に似たブルゾンを羽織っている白髪の老人の名前はおろか、どこであった人かさえ見当がつかない。戸惑っていると相手が義兄そっくりの仕草で、持っていたビニールの袋を上げてみせたので、やっと名前を思い出すことが出来た。

「室岡さんでいらっしゃいますか。山野草の先生の」

笑顔になると最前のイメージより大分若返る。義兄とほぼ同年輩なのかもしれない。

「あのう、指輪やアクセサリーを作っていらっしゃると、伺ったことがあって」

山野草展とは違い、華やかな服飾品売り場でビニール袋を持った老人はいかにも場違いで、本人も気の毒なほど緊張しているのが感じられた。

「私は山奥で隠遁生活をしていて、さっぱり勝手がわかりません。数年前、家内が存命の頃来たきりで。最近のデパートがこんなに広いものとは思ってもいませんでした。途方に暮れていたら、救いの神のように、貴方をおみかけしたという次第で」

救いの神というのはいかにも大げさだが、私は室岡さんの切れ切れの口上を聞きながら、もっぱらビニール袋から覗く緑色の小さな動物の頭のような花に心を奪われていた。

「じつは娘が結婚することになりまして。婿を連れて今度挨拶に来たいと。いやあ、困ってしまいました」

「それは、おめでとうございます」

私は離婚してから十年以上もずっと誰かにおめでとうなどと言わずに生きてきた。残りの人生に待っているのは死と別れしかないだろうと漠然と思いながら、それを嘆くこともなく暮らしてきた。それなのに、最近は思いもかけない人に、思わぬ成り行きでよくこの言葉を口にする。ガーネットの指輪を嵌めた須美子さんに、聡太を生んだ恵美に。その親族に。

「式もあげず、嫁入り道具も要らないと娘は言っております。が、ひとつだけ家内の形見のものをと所望されました」

「奥様の形見、ですか」

「はい。形見と言ってもそんな大仰なものでなくて。粗末でお恥ずかしいようなものです」

やはり義兄とよく似た眼差しで白いビニール袋を気遣わしそうに脚の間に下ろすと、室岡さんは上着のポケットからティッシュペーパーにくるまれた真珠を取り出した。

「昔、新婚旅行で伊勢志摩に行った時、記念に買ったものです。家内は時々眺めるだけでいいと、こんな珠のままで」

薄いピンク色の七ミリ大の阿古屋真珠。巻きも照りもいいものだが、室岡さんの皺だらけの手に広げられたティッシュペーパーの中で、それはいかにも心細そうに見えた。

「きれいないい真珠ですね」

「そうですか。志摩の観光センターみたいな所で、二万円で買いました」

二万円という言葉に、側を通りかかった若い女性が唇の端をめくらせて笑った。恐縮している室岡さんよりも、数十年間ティッシュペーパーにくるまれたままだった真珠の羞恥を思って、私はつい庇うように包みを受け取ってしまった。

「引き受けてもらえますか。近所の時計屋に持っていったら、断られてしまいました。当てもないまま、東京に持ってきたんですが、どうしていいか皆目わからなくて」

「指輪になさるつもりですか。ネックレスですか。お嬢さんは何なら身につけてくれそうですか」

「私は家内に指輪というものを一つもやれなかった。だから、出来れば娘には」

うなだれた室岡の脚の間で緑色の小さな頭のような花が、一緒にお辞儀をしたように思えた。

「それで、達子さん。引き受けたんですか。指輪を」

その夜の電話で、私が室岡先生から依頼された仕事の話をすると、義兄はずいぶん驚いた声で言ったきり黙ってしまった。普段は明快な応対をするのに、受話器から伝わってくる沈黙は重苦しいものだった。

「何か差し障りがあるのなら、おっしゃって下さい。今日のことなので、まだお断りすることも出来ると思いますから」

聡太も恵美も帰ったのだろう。初老の夫婦が暮らしている家の六月の生暖かい闇に、私はじっと耳を押しつけるようにした。

「不躾で、耳障りなことをお尋ねしますが。あのう。指輪ならそれなりの金額になるのでしょうな」

そういうことかと、胸を撫で下ろした。人間関係に直接係わってくることなら用心深くなるが、問題が実際的なことならあまり深く思い煩わないですむ。

「御心配戴くほどの金額ではありません。ダイヤをつけたり、他の石と組み合わせてデザインする必要もないので。とてもシンプルなホワイトゴールドの小さな指輪ですから」

言い終わらないうちに電話の相手が姉に代わっていた。

「達っちゃん、ごめんね。迷惑かけて。室岡先生って人は実は少々問題のある人でね。だから、私は山野草の展示会なんか誘うなって言ったのに。まったく」

姉が忌々しそうに義兄を咎める声が洩れてきた。

「だけど、私もセミオーダーの十八金枠なら手元に少しあるし。ささやかな額で済むと思うの。お金以外に厄介な訳でもあるのかしら」

私の質問に、義兄と姉が電話口で口を濁したり、言い淀んだりしながら、夫婦喧嘩に発展しそうな気配で打ち明けたあらましは要約すると、二つのことに収束するらしかった。

ひとつ。室岡さんという人は人づきあい下手で、変人である（義兄の言では浮世離れしている）。ひとつ。隠遁生活をしていて、生活力に乏しい（姉に言わせると、長い困窮生活で、お金にだらしがない）。

私は三十分に及ぶ押し問答の末、三日後に姉の家に件の真珠を持って来訪することを約束して、ひとまず相談を打ち切った。

ささやかな真珠だった。こごめ櫻の蕾から滴る雨粒に似た薄紅色。生後二カ月の聡太の指ほどもない真珠を納めた硝子ケースを持って、私が姉夫婦の家を訪れたのは梅雨の走りのような雨の日だった。

「すいませんねえ。こんな雨降りの日にわざわざ来てもらって」

義兄が姉に大分灸をすえられたらしく、恐縮した面持ちで出迎えてくれた。

「お義兄さんのせいじゃありませんよ。私が軽率に引き受けてしまって、かえってご迷惑をおかけしました」

姉に聞こえるように玄関先でわざと大仰な挨拶を交わしながら、目配せをして笑った。

「二人とも、私がまたいつものように取り越し苦労をして、オーバーに騒いでいると思っているんでしょ」

すっかり機嫌を直したらしい姉がお茶の支度をしている間、私は出窓に並べられた金欄と銀蘭を眺めていた。

「一生懸命世話をしているつもりでも素人の悲しさ。ほら、買った頃よりずいぶん勢いが悪いでしょう。徒長というそうです。こんな風に花と葉の間が離れて、茎だけひょろひょろしてしまうのを」

言われてみれば、白い花も黄色の花もふらふらと姿形が崩れかかっている。

「だって、もともとこれは、一生懸命人間に世話をされる植物じゃないのよ。野山にあってこそきれいなんだから」

自家製らしいフルーツケーキを切り分けながら姉が慰めているのか、意見をしているのかわからないような口調で義兄に言う。

「雨が止んで、温度が安定したら、外に出すよ。一緒に買ってきたシラネアオイやフウロは元気なんだから」

義兄が少しむっとした声で応酬している。姉は私よりずっと植物や庭に愛着を持っているはずだから、義兄の山野草趣味を厭っているわけではない。こんなふうに軽く揶揄したり、冗談めかして皮肉を言ったりする日常を夫婦で楽しんでいるのだろう。

「達っちゃん。その問題の真珠ってどれなの」

お茶を一口飲み終わるやいなや、姉が待ちきれないと言った様子で身を乗り出した。肩越しに義兄も興味深々といったふうに覗き込んでいる。

「へええ。なあんだ。こんな小さな真珠なのね」

「小さいけどきれいだ。古いものなのにまだ内側から光ってる。宝石店で見ても何も感じないけど、こうしてぽつんと置かれていると、可愛いもんだ」

夫婦の二対の目に見つめられて、硝子ケースの真珠は恥じらうように静かな光を湛えている。

「これを室岡さんが大事に持っていたなんて。ちょっと驚きだな」

「室岡さんじゃないでしょ。亡くなった奥さんよ」

私は硝子ケースから取り出して、そっと姉の掌にそれを乗せた。

「軽いのね。考えてみれば、金やプラチナに囲まれていない裸の真珠ってこんなものかもしれない。石とは全く違う。転がしているうちに溶けちゃうみたい。聡太だったら、一呑みよ」

「貝の母胎にあったんだ。いたいけなもんだ」

手の平の七ミリ大の真珠を見つめていると、窓の外の雨の音が大きくなって、まるで遠くから潮が盛り上がってくる気がする。ワタシタチノ、イトシゴヲ、カエシテ、カエシテ、と波音が囁くようだ。

「これ、指輪にしてあげてよ。達っちゃん。お金は私たちが負担してもいいから」

姉が突然そう言って真珠を硝子ケースの中に戻した。

「会ったら情が移った？」

義兄の口ぶりはあくまでも夫婦の応酬なのだけれど、目が和んでいた。後でこっそり自分が申し出るつもりだったのを妻に先を越されたと、顔に書いてあった。

指輪になることは決まったけれど、デザインもサイズも決めていない。形見のつもりで渡すとしても、出来れば娘さんの印象と大よそのサイズくらいは聞いておいた方がいい。

「善は急げ。うちの奥さんの気持ちが変わらないうちに決めてしまいましょう。ついでに金蘭と銀蘭の育て方も訊いておきたいし」

義兄に誘われるまま、車で十五分くらいだという室岡先生の家まで二人で出かけることになった。

「前もって電話なんかいれたら、大慌てで気の毒だし。断られるかもしれないから、突然行った方がいい。散歩の途中みたいな感じで」

姉の忠告通り義兄は普段着のスポーツシャツに車のキーだけ持って、手土産も用意せずに家を出た。

「帰ってきたら、たまには一緒に夕ご飯食べようよ。泊っていってもいいじゃないの。雨も降っていることだし」

すっかり治ったとはいえ、梅雨冷えのような日はやはり神経痛が疼くのだろう。身体のあちこちを無意識にさすりながら、姉が気遣わしそうに見送ってくれた。

「お姉さん。やっぱり関節が痛いのかしら。雨の日はいつもあんなふうなの？」

最近とみに親しさを増した義兄に尋ねた。

「違う、違う。聡太が来た後は疲れるみたいだけど。うちのが一緒に来ないのは、室岡さんの家が苦手だからだ。家も庭も住人も」

義兄は私を振り返って気安そうな笑顔を向けた。

「ここからは歩いた方がいいな。山の中の一軒屋で、この辺りはスリップしやすい。それに何しろ草ぼうぼうで。崖だか、土手だかわからない。シニアドライバーには危険な場所だから」

空き地になっている場所に車を止め、雨と草の中を歩きだした。傘もあるし、道も舗装されているのに、ちょっと油断すると迫った山肌を覆いつくすように繁った木々の梢からざざっと滴がカップ一杯分くらいの水をぶちまけてくる。

「ほら。あの桑畑の向こうの家。後ろに胡桃の木があって、小さな沢がある。秋になると釣舟草が群生して見事ですよ」

義兄が傘を上げて説明してくれたけれど、こんな日は手術した左目の視力がぐっと落ちるらしい。葉の繁った胡桃の木らしいものは見当がついても、一向に人家らしいものは見えない。

「変だなあ。留守のはずはないのに、明りがついてない」

義兄は長靴をはいた足で叢を分け入るようにして進み、私がついていくのに苦心するほど早足になった。

「室岡先生。いらっしゃいますか」

家の周囲には至る所にスコップやシャベルといった道具類と空の鉢が積んである軒で、義兄は傘をさしたまま大声に挨拶を繰り返した。

母屋と納屋というより、納屋と納屋をトタンで繋げたような家の傾いた雨戸の戸がわずかに空いている。あちこちの庇から雨が蕭々と降りかかる暗い家は、並んだ敷石に私たちが足を踏ん張って立っていないと庭ごと浮いてきそうな危うさである。

「お義兄さん。お留守のようですよ。出直してきた方がいいんじゃありませんか」

「いや。室岡さんという人は面倒を見ている植物を置いて、こんな日に長々と外出なさるような人じゃあないんですよ。先生、ちょっと失礼しますよ」

義兄はどこも湿気でぶくぶくと膨らんだり、崩れたりしそうな壁に手を添えて、勝手知った る様子で、力任せに軋んでいる雨戸を押し開けた。

家の内部は雨に降り込められた六月の野山より暗い。ぷんと黴と泥の匂いがする土間に足を踏み入れると、また異なった野外に入りこんだような気さえした。

「達子さん。ちょっとここで待っていて下さい」

何を察知したのか、義兄は緊張した有無を言わせない声で言った。山野草が趣味の好々爺然とした背中に、四十年間働いてきた社会人の危機管理能力が戻ったようだった。義兄は躊躇することなく靴を脱ぎ、寝室らしい奥の間にずかずかと入っていった。

「先生。どうしました。先生。明りをつけますよ」

奥の間に明りがつくと、二間しかない狭い家はあちこちにうずくまる闇を残しながらも、どうにか内部のあらましを照らし出す。

無残な家だった。古さや貧しさだけで人の家はこんな荒涼とした空気に支配されない。何もかも放り出したままの生活の残骸。時間が止まっただけではなく、見捨てられた時が腐敗し、朽ちて、無に支配されかかっている現場。ここで昔、人間が暮らしていたことを想像するだけで空恐ろしいような気さえする。寧ろ明りをつける前、もう一つの野外のようだと思った時の方が人家らしいと言える。私は義兄が「家内が来ないのは、あの家も庭も人も苦手だから」と言った意味がやっとわかったような気がした。

「達子さん。申し訳ないがお湯を沸かしてもらえませんか」

身をすくめて動けずにいた私は、奥の間から聞こえてきた義兄の声でやっと我にかえった。もしかしたらガスが引いてないかもしれないと思ったけれど、火はついた。薬缶に水を満たし、ガス台の上に乗せる。生活の中で一番シンプルな慣れたことをしただけなのに、胸がどきどきした。電気のスイッチが壁にあるのが見えたけれど、それを押すことさえ躊躇われる。暗さに親しく、明りが不吉に思える家というものも存在するのだ。

自分が手足を動かすだけで闇の位置がぶれ、同時に見えない何かが身じろぎをする。闇の目が私を見張っている。迂闊に振り返るともっと怖ろしいものに取り囲まれてしまいそうな気がした。

「じきに救急車が来ます。私が今、携帯で呼びました」

「室岡さん、ご病気ですか。怪我ですか」

「両方らしい。意識はあるけど」

義兄の深く折った背中が蜘蛛の巣の目立つ壁に異様なほど長い影を作っている。その長い影が私を室岡先生のいるらしい座敷に入ることをきっぱりと拒絶しているように見えた。

「何か食べ物を捜しましょうか。召し上がれそうですか」

「いや。無理でしょう。そのへんに湯呑があったら下さい」

湯呑を洗う音が外の雨音を誘うように聞こえる。雨音を聞きながら、私はふとここで暮らしていた室岡さんの亡くなった奥さんのことを思った。その人が息をつめて、部屋の片隅であの七ミリの真珠を見つめている。その閾が、今私に触れてくるような気がした。

「おとといは晩春とは思えない寒い日だった。足を挫いたか腰を捻ったか、心臓の発作かで動けなくなったらしい。食べていないし、飲んでいないから、脱水状態で息も浅い。うかつに怪我を確かめるわけにもいかないから、素人は無闇に動かしたりしない方がいいでしょう」

たっぷりと入れすぎたらしい湯はなかなか沸いてこない。ガスの火をいっぱいにすると、埃が焼けるような匂いが土間に流れた。

「奥様が亡くなってから、ずっとこうでしたか」

私の問いに義兄が身体をしならせて頷いた。

「誰かが家に来ることを嫌っていた。お節介や干渉を極端に拒んで。花や草だけが相手だったのです」

私は半年前、ミキの葬儀の際にひいた風邪で朦朧としたまま寝込んでいた三日間のことを思い出していた。目覚めてから、鏡の中に老いと憔悴で変わり果てた自分を発見した時の驚き。訪ねてきてくれた姉の前で幼い妹のようにぼろぼろ泣いて、自らの無力を知った。あの時を境に石の言葉は私から離れていったのだった。

室岡さんは運ばれた病院のベッドでどんな風に変わり果てた自分を発見することになるのだろう。世話をする人のいなくなった山野草のことを思い出し、どれほどのショックに打ちひしがれるだろう。私はふいに、自分が亡くなった奥さんのように、この荒涼とした家の片隅で蹲って泣きたいような気持ちになった。

「救急車が近づいてきたみたいだ。私が外に出て案内しますから、達子さんは私の車の中で待っていて下さい」

「私もここに残って何かお手伝い出来ると思いますけど」

「いえ。僕一人で大丈夫。その方が先生も気が楽でしょうから」

義兄の心遣いの隅に、姉への慮りも少しはあったかもしれない。強いて留まっても確かに私の出来ることは余りなさそうだった。救急車の邪魔にならないように庭の隅に退いた時、発泡スチロールや拾ってきたとおぼしきプラスチックやスチール製の棚にびっしりと小さな鉢が並んでいるのが目に止まった。

奇怪に膨れあがった根がはみ出している鉢や、虫の触覚に似た異形の花が垂れ下がっているもの、斑点の目立つ唇を突き出しているような巨大な花まで、じつにとりどりの植物が雨に濡れてささやかな家屋に迫るような勢いで集められている。

晴れていて、主が能弁に語るのを聞きながら眺めるのであれば、多分圧巻といえる数であり、種類であろうけれど蕭条と濡れるその植物群は、今まさに沈もうとする孤島に残された悪霊のようにも見えた。

「付き添っていかなくて、いいんですか」

救急車が行ってしまってから、背中の片側をぐっしょり濡らした義兄が戻ってきた時に聞いた。

「お嬢さんと連絡がつきました。すぐ病院に向かうそうです」

室岡先生は大丈夫でしょうか、という言葉が喉の手前にあって口から出てこない。義兄の湿った衣服の匂いと、まるで発熱しているような呼吸の荒さが気になって、私は黙ったままでいた。

「明日の朝に病院に行ってみます。達子さんもお疲れでしょう」

降り続ける雨の中を車は飛沫を巻き込むようにゆっくり進んだ。一度だけ振り返ると、雨に塗り込められた家は勿論のこと、室岡先生の孤島のような魂に取り付いていた数々の植物たちも波に呑まれ、暗緑色の闇に没してしまっていた。

姉が誂えてくれた膳はあらかた生ぬるく冷めかかっていた。私と義兄は湿っぽい衣服を着替え、一度水をくぐったような白っちゃけた顔を並べて黙って箸をとった。暖め直そうとした姉を義兄が言葉少なに止めると、姉もそのまま座り直した。私たちの頭の中には、まだあの荒れ果てた部屋の残像があり、姉もその空気を感じ取ったに違いなかった。

「娘さんに会ったことがあるのか」

食事を終えてしばらくすると、義兄がぽつりと姉に聞いた。

「いいえ。奥さんが亡くなった時、ちらっと見かけた気がするけど。紹介されたわけじゃないから」

「そうか。いくつくらいの人だ。恵美より若いのか」

「多分。地味だけど、きりっとした感じ」

私はあの真珠にふさわしいつつましやかで、若い、清楚なお譲さんを想像していたので、少し意外な気がした。

「今度、ご結婚なさるって、お話だったけど」

私たちは会話の中で申し合わせたように、ムロオカサンという主語を使わなかった。室岡さんの名を軽々と口にしてしまうと、まるで故人の話をするような気がしていたのだ。

「じゃあ私の見た人と違うかも。山野草のお弟子さんかと思うくらいの歳恰好だったから」

姉の表情には抑えきれない傷ましさが透けてしまっていた。

「雨、やんだな」

義兄は今夜の会話はこれでお終い、という素振りで静かに部屋を出ていった。

翌朝は夕べの雨が嘘のようなよく晴れた日だった。硝子障子越しでも眩しいほどの布団で目覚めると、姉が普段と変わらない闊達な様子で動きまわっていた。

「もう神経痛は痛くないの」

「神経痛？　何言ってるの。元気よ、このとうり」

姉の淹れてくれた紅茶を飲みながら、雑談をしていても一向に義兄が姿を見せない。夕べの寒さで風邪でもひいたのかと思ったけれど、窓から見るともう車庫が空っぽになっていた。

「病院に行ったのよ。まったく年をとるとどんどんせっかちになって」

室岡さんの容態が急変したので駆けつけたという様子でもないので、私はそれ以上訊ねなかった。真珠の一件からずっと、義兄の熱心さと比べると姉の態度が微妙に冷淡なことがずっと気にかかっていた。男性には気にならないが、女性には生理的に我慢しがたい何かが室岡さんにはあったのかもしれない。

「真珠、達っちゃんに無断で持っていかせたの。室岡さんが自宅に帰ってこられない場合もあるし。お嬢さんがいらっしゃる時にお返ししといた方がいいと思って」

「ええ。私もそうしてもらうつもりだった」

私たちは昨日の事件のことにはふれず、恵美たち一家の近況などを交えながら、普段と同じような世間話に花を咲かせた。

「東京で山野草デートしてから、うちの人は達子さんは変わった、変わったってさかんに言うの。実の妹でなかったら、ちょっと勘ぐるほど頻繁に。毛先生も振ってしまったし、他に好きな人でもいるんじゃないかって」

「まさか。仕事がますますおもしろくなって、年甲斐もなく張り切っているせいよ」

姉夫婦の優しいお節介を軽く受け流しながら、私はじきに還暦を迎える女の変化など、一体何に触発されたら起るのかと自問したりした。

義兄からは午前中いっぱい待っても連絡がなかったし、帰宅する様子もないので、私は姉の心尽くしの手料理をみやげにもらって、昨日より十度も高い初夏の暑さの中を帰ってきた。

室岡さんの訃報を聞いたのは十日後のことだった。

「つきましては、達子さんにご相談がありまして。梅雨の晴れ間にでもお越しいただくと有り難いんですけど。お仕事、忙しいでしょうか」

いつもより改まった口調の義兄の声にはわずかな陰りが感じられた。あるいは葬儀の直後だったのかもしれない。義兄の心痛はすぐ私にも伝わって気持ちが沈んだ。若い時分には裏切りや破綻ばかりに心が揺れて、それが人生の最大の脅威のように思って暮らすけれど、歳をとると死という絶対的な力の影に生別の苦しみはすっぽり被われてしまう。

ほんのひと時、あるいは故人の人生の一端にしか関与しなくても、訃報は私たちの生活を黒々と侵す。若い時の「不幸の手紙」などといった騒々しい悪意の連鎖の比ではない。否応もない運命の黒い歯車が、髪の先や指を確かにかすっていったような、峻厳な怖れに打たれるのだ。

義兄の申し出にあった相談とは一体なんだろう。真珠以外にまだ私と室岡さんを繋げる何かがあるのだろうか。あの荒廃した家が再び目に浮かんで、心が怯んだ。

その夜、夢を見た。故人の夢ではない。久し振りに石が私に語りかけてくる夢だ。

「今更、何しに来たんだ」と石の声がする。おまえは自ら進んでいなくなったはずだ、と石は厳格を通り越した冷徹な声でいう。夢の中で恐れ慄きながら、私は声にならない否定の言葉を叫ぶ。

「私は行きたくなかった。私は今でも、追放され、途方に暮れている。その証拠に私はずっと彷徨っているではないか」

石の笑いは嘲りより冷たく、酷い。

「情けはかけた。縋ってこなかったのは、お前の愚かな意地だ。忘却に望みを繋いだ、女の浅知恵だ」

許されるならば今からでも石になりたい、と夢の中で私は強く願っている。平穏も救いも望んでいない。石になって留まる以外に生き続ける道はない。

「それでもまだ生きたいと願っているか。ならば、未来永劫石にはなれない。たかだか、こんなものになるしかあるまい」

石の声を吸い込んだ地面から、何やら緑色の細い鎌首のようなものが芽を出し始めて、それは紐のように捩れながら、見る見るうちに生育して、小さな瘤に似た青白い蕾になる。

「これでまた生きられる」

自分の声で目が醒めた。

五日間降り続けた雨が六日目に晴れた。一日早く喪が明けたような気がして、七日目に姉の家を訪れた。

「お父さんは庭にいると思う。この頃は朝昼晩外にいるから」

玄関に立った時は人の気配はなかったし、義兄から声もかけられなかった。最近は訪問するたびに待ちかねたように顔を見せたのに、と意外な気がした。

「ごめんね。こっちの都合で呼んでおいて、出迎えもしないで」

姉がエプロンで手を拭きながら、玄関口で声をひそめた。

「室岡さんが亡くなったのが、堪えたみたいなの。悪いけど、それとなく慰めてあげてよ」

「わかったわ。私たちは現場に居合わせたようなものだから。お義兄さんはご近所で、山野草の先生で、親しくしてた分、きっとショックだったのよ」

部屋に入らないで、そのまま庭に戻ろうとした私の腕を姉がそっと引いた。

「倒れた現場に居合わせたこともなんだけど。もっとショックだったのは、駈けつけてきた娘さんが、父の孤独死は当然の報いですからって、言ったそうなの」

コドクシ。活字で見たり、ニュースで聞いたりする際も耳障りだったけれど、会話の中で聞くといっそう違和感を感じた。人は母親の胎内から生まれるのだから、厳密には一人で生まれるわけではないが、死んでいく時、孤独でない生物があるだろうか。理屈から言えば、男女の心中ですら男と女の二つの孤独死であることには違いがない。多分世間一般に言うコドクシとは、臨終時に看取る人がいない。あるいは、晩年をたった一人で生活して、その生死を見守る人がいない、という意味で使われているのだろう。

父の孤独死。実の娘が父親を看取った際に、その言葉を口にするのは一体どのような心情によるものなのだろう。

玄関を出てから家の裏側へ回って初めて、庭の片隅に緑色の紗のようなものがかけられ、その霞網のような周囲に人の気配があるのに気づいた。

「お邪魔します。お義兄さん、達子です」

緑色の紗の内側に声をかけたつもりだったが、紫陽花の株の下から見慣れた顔がひょっこり立ち上がった。

「いらっしゃい。お待ちしてましたよ。どうぞ、どうぞ」

庭に設えた架空の室内に招き入れるような挨拶をされた。

「こんな恰好をしているので、家の中でお客さんを出迎えるわけにもいかなくて」

手袋に長靴、野良仕事に出るような作業着の上下という出で立ちの義兄が、少し照れくさそうに言う。

「ここ数日はずっとこんな恰好でまさに悪戦苦闘です。室岡さんが世捨て人になる気持ちがわかりますよ。家庭サービスなどしている暇などまったくなくなりました」

義兄が向かった場所には室岡さんの家を連想させるほどの植物の鉢が、俄か設えの棚に所狭しと並んでいた。

「すごい。いつの間に庭にこんな植物の団地みたいなものを拵えたんですか、お義兄さん」

「住人の概ねは引越し組です。室岡先生の家からの。引越しというより、正確には遺失物預かりみたいなもんですかね」

デパートの屋上で山野草の鉢を抱えて会心の笑みを浮かべていた時とはうってかわって、その十数倍の鉢を見せながら、義兄の顔には新たな屈託の影が見えた。

「ひと七日が済んだら、鉢植えは残らず処分します。父が唯一愛していた家族ですから一緒に茶毘に伏してやるつもりで。娘さんがそう宣言してね。慌ててもらい受けたものの、正直途方に暮れました。野草仲間に幾鉢か引き取ってもらって。やっと落ち着いたところです」

憤りなのか、困惑なのか、嗟嘆なのかわからない。室岡さんの訃報を伝えてきた時のように、義兄の声は沈んでいた。

「よかったら、お義兄さん、私にも一鉢下さい」

毛先生に左水晶をねだった時と同じ唐突さで、私は思わず野草の棚に近づいて申し出た。

「でも、達子さんは生き物は自信がないとおっしゃってませんでしたか。本当に宜しいんですか」

相談とはこれらの植物のことだったのではないか、と申し出てしまってから気づいた。棚に手を伸ばした義兄の手が迷うことなく一つの鉢を選んだので、私は自分の直感があたっていたことがわかった。

「これは上臈（じょうろう）蘭といいます。高貴な、臈たけた女性という意味の。唇弁は花嫁の白無垢のように白く、薄い紫色のガクヘンが膨らんでいます。希少で美しい蘭なんですが」
七、八センチの丈の小ぶりなランはまだ蕾だった。一目見て名前のとうり気品のあるそれを義兄は私の目の前からすっと遠ざけるように棚の上部に戻した。
「達子さんにはこの蘭を、と決めていたのに実は生憎先約がついてしまいまして」

そう言って、二つ、三つと華やかな色調の、もっと大ぶりの花を次々と並べて見せてくれた。

「エビネ属のニオイエビネ。いい匂いがしますよ。これは繻子蘭。別名ビロード蘭とも言うそうです。こっちはコハク蘭。ちょっと変わった花色でしょう？」

確かにどれも精緻で美しく、素人にも名が体を現すと思えるほど特徴のあるものだったけれど、私は初めて室岡さんと会った時に、ビニール袋の中から覗いていた緑色の小さな顔のような蘭が忘れられなかった。

「お義兄さん。よかったら私に選ばせていただけませんか。実は名前はわからないんですけど、欲しいものがあるんです」

捜していたものは意外に早く見つかった。ほとんど雑草のように見える植物は棚の一番下の、一番目立たない場所にひっそりと並べられていた。

「えっ、達子さんのお目当ては、ミドリムヨウランだったんですか」

確かに緑無用蘭と聞こえた。茎の丈は他のものより高かったけれど、それはいかにも緑の無用と命名されそうな地味な花に見えた。

「いくら花の色が葉の色みたいで地味だからって、緑無用蘭なんて、あんまりな名前じゃああリませんか」

鉢を抱き取って不服そうに言うと、義兄は今日初めて晴れ晴れした声で笑った。

「はっはっはっ。誤解ですよ。ムヨウというのは、葉が無いという意味で、不用とは違います」

背後からも同じような笑い声が近づいてきて、振り返ると姉が立っていた。

「また一人嫁ぎ先が決まって安心したでしょ。あなたも作業着を脱いでお茶にしたらどう。ずいぶん日が延びて、時間はうんざりするほど残っているから大丈夫」

義兄がシャワーを浴び、着替えてくる間、私たちは茶の間で今年三度目の柏餅を食べていた。

「近所で初孫が生まれた家があって、自家製の味噌餡をもらったの。でもやっぱり柏餅は甘い方が美味しいね」

梅雨晴れの陽は真夏のそれのような強烈で、カーテンを半分引くと、姉は初めて室岡さんの話を始めた。

「ご近所だし、お父さんが親しくしていた先生だから、噂話は気が進まなかったけれど、もう亡くなったわけだから」

そんな前置きをして、姉が打ち明けた話は、室岡さんの家で私が衝撃を受けた荒廃の理由を裏付けるようなものだった。

「私たちがここに引っ越してくる前から室岡さんはあの家に住んでたの。お譲さんはうちの恵美が小学生の時にはもう中学生だったからＰＴＡで一緒ってことはなかった。でも田舎は地域の行事が色々あって。だから、奥さんとは顔見知り程度には親しかったわけ」

人見知りのくせに、世話好きな姉のことだから、田舎のつきあいはさほど苦にはならなかったのだろう。その姉が夫が親しくしていた室岡先生一家について全く話題にしなかったこと自体が不自然なことに思えた。

「室岡先生の家、二軒あったでしょ。あの片方づつに住んでいたの。小さいほうに奥さんと亜矢ちゃんが」

姉はまるで噂話に耳を澄ます樹木でもいるかのように、カーテンをまた少し引いた。

「まだ家庭内別居なんて言葉はあまりなかったから、理由があるのだろうとは思ったけど、深くは詮索しなかった。でも人口が少ない分、このあたりの噂話って密度が濃いの。身内が打ち明けないと逆に詮索や憶測が行き交ってだんだん煮詰まるみたい」

室岡さんが中学校の先生だった頃、同じ学校の保健婦だった奥さんと出会ったこと。先生が学校を辞めてからは、奥さんが親戚の会計事務所で働き、家計を支え、一人娘の養育をしたこと。室岡さんが何故学校を辞めたのか、どうして別々の家に暮らしているのかについて、憶測や詮索は途切れることはなかったけれど、ころころ変わる噂のどれも確信に至るものではなかったらしい。

「事実に一番近づくのは、結局本人と付き合うしかないわけだけど、また三人が三人ともかなり徹底した秘密主義で、無口なのね。だから結局、実力行使で、家に直接訪ねることになったわけ」

あの家は秘密を守っただろうか。住人に似た寡黙さで、訪問者に何ひとつ手がかりを与えず防御を果したのだろうか。

姉はいっとき口を閉ざし、同時に私も瞼を伏せる。するともうあの家の暗く寂しい室内がありありと出現するのだ。

「このあたりの人が他人の家を訪問する口実なんて、手軽なもんよ。畑のものや、多めに作った料理を持っていけばいいんだもの。ちょっと世間話して、何気なく質問したり、こっそり見回したりすれば、一つや二つは発見があるでしょ。無理に聞き出したりしなくても、さりげないお喋りでピンときたりすることもある。でもみんな空振り。早々に帰ってきちゃう。そのくせ、しばらくすると懲りずにまた行くの。つまり冠婚葬祭なんかで顔を合わせたりして、興味が再燃するわけ。でもやっぱり収穫ゼロ」

話しながら姉の顔に皮肉な表情が見え隠れする。話が佳境に入るのをためらっている自分を笑うように。

「いつだったか、誰かが小さな蘭の鉢をお返しとしてもらって帰ってきたの。そのうち、室岡家から譲り受けた山野草の鉢があちこちに目につくようになった。つまり室岡さんは、私たちの興味を逸らす上手な方法を思いついたわけ。家庭から、珍しい草花のひしめいている庭先へと、近隣の人の関心を移すことに成功した」

姉は着替えを終えた義兄が現れて、話を遮ってくれるのを待っているようだった。それほどまでに姉の口を重くするような事実がまだあるというのだろうか。

「達っちゃんは旦那の浮気が原因で離婚したでしょ。でもそれは相手が嫌いになったからじゃない。それとも、とても一つ屋根に住めないと思うほど、憎むようになったの」

話がふいに折れ曲がって、矛先が変わった時、私は咄嗟に思案した。

考え込んだ真の理由は姉の質問と微妙にずれている。つい考えてしまったのは、離婚した元の夫のことではなく、慎二のことだった。私は追放されたのだ。愛されていなければ、到底留まることのできない立場に私はいた。憎もうとして私はずっと、さまよい続けなければならなかった。そこまで考えてから、夢の中でした石との不思議な対話に思い至った。

「ナサケハカケタ。スガッテコナカッタノハ、オマエノ、イジダ。ボウキャクニ、ノゾミヲツナイダ、オンナノ、アサジエダ」

浅知恵だったのか、考慮の末だったのか。衝動的に決めてしまったのか、もう覚えていない。親友の夫と逢瀬を重ねることの罪の意識だったのか、嫉妬の末であったのか。またこうして思い出してしまうことが、未練なのか、憎しみによるものかさえ私には判然としないのだ。

「あの奥さん、どうして出て行かなかったのだろう。到底、室岡さんを愛してるようには見えなかった。亜矢ちゃんはお父さんと何年も口をきいていなかったのよ」

姉は私がなかなか返事をしないので、自分の質問を撤回するように、慌てて噂話を打ち切った。

「室岡さんの奥さんは自殺したのです。自分と娘が住んでいる家ではなく、夫の家の梁で首を吊って」

「だけど、室岡さんは家内は病死だったと」

「ええ。病気です。これは私の推測ですが、多分心を病んでいたのだと思います」

義兄の手にはビニール袋ではない、きれいな立方形の箱が提げられていて、その中には私が連れて帰るミドリムヨウランが入っているのだ。

「奥さんの自殺が室岡さんの評判を一層悪化させました。妻は夫の罪を告発するために死に場所を選んだに違いないと。本当は、思春期の娘が無残な死の第一発見者にならないようにという母親として、ぎりぎりの配慮が皮肉なことに仇になってしまった」

遊歩道のベンチの横に提げていた蘭をそっと下ろして、義兄は私も座るように目で促した。

「火のない所に煙は立たないというけれど、寧ろ煙を立てることによって、火の原因を隠蔽する場合もあると思います。室岡先生は誰にも何も言わず、奥さんが死んでからもずっと同じ生活を続けました。それが最も効果的な煙幕だと承知していたからです」

故人を擁護しているというより、義兄の口ぶりにはやりきれないと言った感じの徒労感があった。

「隠遁生活のきっかけは奥さんの病気だったと思います。学校を辞められたのも、室岡さんが原因ではなかったかもしれない。奥さんは保健婦さんだったわけだから、病気を隠して働くのは無理です。室岡さんは聡明な方でしたから、母親の病気が遺伝的なものなら、娘さんにその事実を隠すのも納得がいきます。まあすべて私の推測の域をでませんが」

九十パーセント以上の確信がなかったら、ただの推測として口にするような義兄ではない。言われてみれば、あの家の異常なまでの荒廃は常人の神経を超えていたような気もする。

「どんな人生でも、死はそれなりの解決のはずなのに。そうじゃあないものもある。室岡さんのお譲さんと向き合っていると、同じ娘を持つ父親としてやりきれなくて、一目散に逃げ出したくなる。でも、室岡さんにはそれが出来なかった」

私は思わず自分が連れて帰ることになるミドリムヨウランを見た。最初名前を聞いた時はぎょっとしたけれど、緑無葉蘭とわかってみれば、葉を持たない小さな蕾がいっそういたわしく思えた。双葉から養分をもらえない生物は一体どんな花を咲かせるのだろう。自らがもう一枚の葉の色となって生きるしか方法はなかったのかもしれない。

「達子さんもご覧になったでしょう、室岡家にあったただならぬ量の蘭や山野草を。まるで群居だ。盗掘のものが大半だと噂されても、室岡さんが憑かれたように蘭を収集し続けたのは何故なのか。あの家を見た時はまだ半分しか理由がわからなかったけれど、病院で娘さんに会った時、全部わかった気がしました。蘭というのは希少で滅びやすく、美しいけれど、どこか矮小なところがある。愛さずにはいられなかったのでしょう」

謎は解けても、分析はできても心は晴れないに違いない。義兄はほーっと長い溜息をついて、また歩き出した。

「でもあの真珠はお譲さんの手に渡していただけたのですね」

私はこれでもう室岡さんの話題は切り上げにするつもりで義兄に尋ねた。

「そうです。母親の形見なんてあるわけないのに。とずいぶん不審そうではありましたけど、一応」

もう駅の改札が見えていた。駅舎を囲むように箱根空木の花がこんもりと盛り上がり、名前の知らない高い木の下に白い花びらが無数に落ちていた。

「そうそう、達子さんにあげようと決めていた上臈蘭の、先約は誰だったと思いますか」

義兄はやっと愁眉を開いて、少し愉快そうな声で私に緑無葉蘭を渡しながら言った。

「姉ですか」

「違います。家内は口にこそ出しませんが、室岡さんの蘭が少しづつ養子にいってしまえばいいと願ってますよ」

一時間に三本しかない急行電車の時刻が五分後に迫っていた。同じことを考えていたらしい義兄がホームの先を確認して急いで答えを言った。

「純之介君です。先週の日曜日に三人でやってきた時、ふらふら庭に出ていて見つけたらしい。お父さん、この蘭を僕に下さいって。驚きました。まだろくすっぽ咲いてもいない、小さな蕾を一度見ただけなのに」

「上臈蘭って、希少で、日本にはあまりない蘭なんでしょ」

「ええ。あれはタイの深い林の奥で気品高くひっそりと咲いているそうです」

奇跡は起きてミキは生まれ変わり、また純ちゃんにめぐりあった。ガムランボールに秘められたミラクルは、無残な死を経て、願いどうり上臈蘭としてミキの再生を叶えた。

「蘭は手をかけてはダメです。過剰な関心や、干渉を必要としません。危機に陥った時だけサインをだします。普段から注意深く見ていて下さい」

義兄の忠告を思い出すまでもない。蘭は石にとてもよく似ている。希少だとか、高価だというのは人間の価値基準で、当の植物や鉱石は当たり前のことだが、そんな価値感と無関係に存在している。それでも人間の極めて特殊な執着や偏執的なほどの情愛が、石や植物に特有の人格？を与えるような気がするのは何故だろう。

私は見るだけ、と言い聞かせながら、緑無葉蘭を一日三回は見つめなくてはいられなかった。対象がどんなものであり、見つめ続けるということは憑依することにとても近い。不感と無視を装いながら、私は再び生き物との共存を楽しみ始めていた。

言葉にならない会話を交わしながら蘭を育てているうちに、自然に室岡さんの姿も、荒涼とした部屋の印象も薄れてきたのに、時々ぽつんと「コドクシ」と言う言葉が胸に浮かんでくることがあった。その言葉の冷徹さに怯んだのではない。ただコドクシに至るまでの長い時間を思うと、何かに答えを迫られているような、わけのわからない焦慮に駆られるのだ。

夏の初めというのは、それでなくても何かと心が悩ましいものだ。緑の繁茂は息苦しいほどに膨張し、どこへ行っても花の匂いや盛んな樹液の香りが待ち構えている。長雨に潤った土も、時おり真夏のように蒸し暑くなる大気も。誘うように長い黄昏、短夜の幽明に似る薄明りなども。

叶さんから電話があったのは、梅雨明け宣言のあった翌日のことだった。

「じきに間島さんとのつきあいも一年になるし、そろそろきちんとした専属契約か正社員待遇の契約書を作った方がいいと思うの。今週の末あたりに、銀座のオフィスに来てもらえると有り難いんだけど」

形は相談だけれど、叶さんの口ぶりからは有無を言わせない強い意向が伝わってくる。

「有難うございます。伺います」

有難うございます、と礼を言った時点で私も応諾の返事をしたつもりになっていた。専属ジュエラーになるとか、叶さんの勧めてくれるまま正式に勉強し直すといった具体的なことではなく、これからもずっと叶結婚相談所で仕事を続けていこうと決めていた。石と人の間を自分の拙い技術だけではなく、石自身の持つ力を引き出しながら繋げていけたら。それは離婚して以来初めて、私が外界や他者と係わりを自分の方から求めていく一歩になるに違いない。

本格的な夏は着実に近づいて、緑無用蘭は唇弁の艶を失ってますます葉の一部になっていくようだった。じきに室岡さんの四十九日がくる。看取り終え「自業自得のコドクシ」と言ったという娘さんの心にも、父親の死を悼む気持ちが少しは芽生えているだろうか。それとも喪失も忘却もとっくに完成してしまったと思うだけだろうか。

私は緑無用蘭を見るたびにまるで対のように翡翠のルースをみつめるのが習慣になってしまった。

「この石はずっと祈られた。祈られて聞き分けのいい石になった。もう暴れない。でもこれを手離した人はかわいそう。支柱をうしなって、漂っている」

毛先生が傷ましそうに呟いた言葉が、みつめるたびにまるで石からの伝言のように新たな真実と、記憶の不思議な閃きを私に伝えてくるのだった。


「薫のお腹に二人目が出来たんだよ。初産じゃないけど、間が空きすぎて、産道が塞がっているらしくて。おまけに若くもない。しばらくはこきつかうわけにもいかなくてね」

叶さんは心なしか若返ったような声で挨拶もなく切り出した。

「おめでとうございます。若くないなんて。今では四十歳になってから初産でも平気みたい。本当におめでとうございます」

「まだ生まれてもいないうちから、おめでとう、おめでとうって、てんこ盛りにされてもねえ」

そんな憎まれ口をききながらも、叶さんの頬は緩みっぱなしなのだった。

「実は改めて来てもらったのも、薫の提案でね。達子さんに頼めれば、私も安心して育児休暇がとれるって」

よく似た親子が同時に同じことを思って、娘の提案を母親が即実行に移したのだろう。いつもの叶家の手腕が透けてみえて、微笑ましくもあり、また有り難いとも思った。

「お役にたてるかどうかわかりませんが、何でもおっしゃって下さい。一生懸命勤めさせていただきます」

頭を下げた時、私は耳元でふっと美和子のひそやかな笑い声が聞こえた気がした。たった一年で私がこんなふうに、仕事も他者も受け入れるようになったことを美和子にも知って欲しかった。

「よろしくお願いしますよ。そうしてもらえたら、再会した時に、美和子も喜んでくれるだろうから」

同じことを思ったのだろう、叶さんは禁煙パイプを指で弄びながら、優しい声で言い足した。

「さっそく仕事始めに、お願いしたいことがある。ちょっと事情があってね。まあ私なんかの所へ持ち込まれる仕事で、訳ありでないものなんてありゃあしないけど。また今度は特別。だって、現物がまだ手元にないんだから」

「現物がないって、石が決まらないってことですか」

「石は決まってる。翡翠」

動揺を隠すために一瞬目が空を見据えた。

「翡翠。ろうかん。インペリアルグリーンのジェイダイド」

まるで宣告のように、裁判官の通告のように叶さんの確信のある声が私の内心の動揺を増幅させる。

「いつか翡翠をって、思ってたけど。こんなに早く達子さんに頼む時がくるとは思わなかった。まさか断ったりしないだろうね」

もう迷ったり、見て見ぬふりは出来ない。私はずっと慎二を愛していた。忘れたかったのは憎しみではなく、終わらない愛情だった。翡翠を贈られた時、私は喜んだのだ。これでまた生きていけると思った。だから私はそれを彼に返さなかった。あれほど複雑に小さく小さく畳んでおいた真実が、一挙に花びらを解くように今、眼前にあった。

ミキの無残な死を経て、ガムランボールの秘められたミラクルが成就したように、翡翠に込められた秘密は白日に晒されて、私に告げられる。逃れようもないほど、はっきりと私は慎二をまだ愛していることを認めなければならなかった。さまよっていたのは、どうしても失いたくなかったからだ。

「客の男性は、つい一年ほど前に奥さんを亡くした。再婚したい人がいるそうだけど、決心がつかないらしい。一度はぐれてしまった運命のような翡翠を見つけたい。そうすれば決断出来る、って言うんだよ。まるで雲をつかむような話だろう?」

来週の初めに台湾から翡翠専門の業者が来る。買い付けの時に同席して、翡翠を一緒に見てもらいたい、というのが叶さんの具体的な依頼であり、薫さんの代役としての私の仕事始めということらしかった。

私は事態の進展よりも、内心の発見に呆然としていて、叶さんの話にきちんと対応できずにいた。

「一年ほど前に奥さんが死んだ、再婚の客が欲しがっている翡翠」

話の詳細が頭にもう一度きちんと作用したのは、『叶結婚相談所』のオフィスの裏階段をふわふわと降り終わった時だった。

どんなに事情が酷似していても、私の知っている慎二は間違っても再婚相手を結婚相談所で第三者に探してもらうような人ではない。自分の人生の行路は未来永劫自身で見極め、把握して、着実に歩を進ませる男なのだ。運命の手綱をかりそめにも他者に委ねたり、「一度はぐれてしまった石を見つけることが出来たら決断出来る」などと偶然に託したりするはずもない。

有り得ない、と何度頭で打ち消しても、私はオフィスに駆け戻って、叶さんに恥も外聞もなく事情を打ち明けて、客の名前を確認したいという衝動を抑えることが出来ずにいた。

あり得ない。あり得ない。まるで若い娘が自身の情熱に蹂躙されるように、一途に混乱していく自分を抑えるのに数分を費やした。

理性は何度も嘲笑う。そんな偶然があるはずはないと。私自身が私を諭す。馬鹿げた妄想はいい加減に振り払って、少し冷静になるようにと。いい歳をして、すっかり目が眩んでいるのだと。

初仕事で醜態を演じるのを避けるために、とりあえず『叶結婚相談所』から遠ざからなければばならない。まるで白昼夢を見たような足取りで、私は階段をゆっくりと降りた。激しい運動を終えた直後のように心臓がどきどきして、膝が震える。

「この翡翠を手離した人は祈りの主柱を失って、ただよっている。かわいそう」

慎二は何を祈ったのだろう。茉莉に対する贖罪だろうか。私に対する哀れみだろうか。それとも自身の魂の救済だったのだろうか。

初夏の光の集まった踊り場で眩しさに目を細めたその時だった。『叶結婚相談所』の会員専用のドアから出てきた忘れられない横顔が、今しも広い背中をむけて過ぎていくのが見えた。淡いモスグリーンの上着は翡翠八十八色の、すべての色調を秘めてすぐ目の前で翻っている。私はふいに十数年前と同じ性急さを取り戻して、彼の後を追った。

街はあらゆる宝石を粉々にして噴き上げるように夏の輝きに満ちていた。人智では到底及ばない完璧なカット、自然のポリッシュの技を集めて極めて。生きていくことの眩しさが罠のように町のあちこちに待ち伏せている気がした。

汗ばむほど精一杯早く歩いているつもりなのに、果敢な足取りで大股に歩く彼との距離はなかなか縮まらない。もっと早くこうしていれば良かったと思うけれど、それは悔いではなく、新しい情熱が生成されるスピードに追いつけない歯痒さのようなものだ。

気がつくと、あんなに待っていた背中はすぐ前にあって、息さえも、体温すらも間直に迫っていた。とうとう追いついた。私だけの長い長い鉱脈を経巡って。

私は自分の指にあの翡翠の指輪だけを身につけているかのように、慎二の懐かしい背中に触れようとしていた。

魚住陽子の長編小説

加藤　閑

　魚住陽子はどちらかというと短編作家と思われているようだが、少なくとも三編の長編小説を書いている。うち二編は出版されている。『公園』（一九九二年新潮社）、『菜飯屋春秋』（二〇一五年駒草出版）がそれである。ただし、前者は五つの短編小説で構成された作品と考えることもでき、純然たる長編とは言えないかもしれない。当初詩を書いていた魚住は、小説を書き始めるに当たり、日本の短編小説をかなり読むようになっていた。もともとは海外の長編小説が読書の中心だったが、いざ書くとなると最初から量のあるものを書くのには臆するところがあったのだろう。

　そこへ行くと、個人誌『花眼』に十回に渡って連載された『菜飯屋春秋』は、主人公夏子の営む料理屋を舞台に展開される人間関係と、その中で成長していこうとする一人の女性を描いており、長編小説としての風格を備えている。

　そしてもう一つの長編小説が本作「半貴石の女たち」である。この作品が骨格としてはいちばん長編小説らしい。『公園』という長編の体裁をもった作品も出版され、中編に近いボリュームの作品も何編か発表してきた彼女にとって、本格的な長編に取り組んでみたいという気持ちが湧き上がってくるのはおかしなことではなかった。

誤解を恐れずに言えば、長編小説はすべて通俗小説である。「白痴」も「魔の山」も「失われた時を求めて」も。わが国の「夜明け前」、「細雪」、「旅愁」、みんなそうである。長編であればどうしたってそのなかで時間は経過する。空間的にも登場人物は移動しない訳にはいかない。いわば物語の中に歴史も地理もある訳で、そうである以上人間の生活、すなわち俗な部分を書かずにすますということはできない。逆に言えば長編小説の成否は俗な要素をいかに「俗」に堕させずに作品をつくるかにかかっていると言ってよい。

魚住陽子の場合、それをときに詩的にすぎるとさえ思える言語表現と、対象となる事象のつきつめた描写に求めたのではないだろうか。もともと彼女の表現活動は詩から出発していること、小説で取り上げる事柄には正確を期したいという感覚が強かったことが作用して、そのような特徴を形成するに至ったと推察できる。それは見方によっては些末な表現にこだわる姿勢と言えなくもなく、長編作家としては弱点とされかねない資質であった。

このことと根は同じところにあると思うが、彼女は長編を書くに当たってノートの類を一切つくっていない。小説の書き方に決まった方法がある訳ではないが、通常は何らかの形で物語の時間や空間の移動、さらには登場人物の関係性などについての覚えを記録するだろう。日記的なノートはつけていたので、その中に断片的なメモが全くない訳ではないが、体系だったプロットや構成要素のメモはない。長編にないのだからもちろん短編にもない。すべては自分の頭の中に存在し、組み立てられ展開していたのだと思う。ときに原稿を読み進むと登場人物の名前や性別が変わっていたりすることがあるのはそのためだ。逆に言えば、そんなやり方で石の種類や加工方法、伝承や人智の関わりまで描いているのは驚異的といえる。背中を丸めるようにして一心不乱に資料となる本や雑誌を繰っている姿が目に浮かぶようだ。

しばしば彼女の小説に対して、あまりにも記述が専門的すぎるという批判を耳にする。しかし彼女にとっては、それこそが作品を通俗から守る砦だったという気がしてならない。

表現者が陥りやすい誤謬に、大衆性イコール通俗性というのがある。魚住のなかにもそれに似た感覚がなかったとは言えない。ともすれば独りよがりともとられかねない記述を択ぶ孤高な精神を大切にしたいという気持ちが常にあった。それが執筆する本人のみならず、物語に登場する人物にまで及んでいたのは興味深い。魚住陽子の人物表現、特に男性を描く力が不足しているという指摘をする向きもあるが、本作に登場する何人かの男性を見る限りそれぞれに個性を有しており、特に存在感が希薄という印象は受けない。魚住も、たとえば主人公達子にとっては大切な人である慎二は、最初の章で登場する以外は最後に彼女が慎二への気持ちを確証するまで出番はない。また、姪の恵美の結婚相手にバイセクシャルな青年を充てるなど、単純に男らしい男性を扱わない工夫を随所にこらしている。そして多分それはかなり成功していると言える。

この作品に限らず魚住陽子の小説を読むとしばしば「この話（小説）がもっと続けばいいのに」と思うことがある。それは長編を書く作家の資質としてもっとも大切なことだ。彼女の新しい長編をもう手にすることができないのはこの上なく残念なことである。

魚住陽子の未刊行の作品を書籍化しようとパソコンのフォルダを開いたとき、「半貴石の女たち」のファイルが六つあった。そのもっとも古いものの保存年月日は二〇〇七年八月二十日で、最終章はまだ書かれていない。この作品が書き始められたのは、この最初の保存日より十年以上前のはずだから、ずいぶん長い時間ひとつの作品に付き合っていたことになる。この時点で最後の「蘭」にまつわる話（「左水晶の誘い」の章の末尾以降）を除いて作品としては概ね仕上がっており、彼女はこの小説をどう終わらせるかに頭を絞っていたことが窺われる。

これに続いて二〇〇八年と二〇〇九年に保存されたファイルが四つあるが、いずれも最終章「翡翠色の魔」の途中で途切れている。最後のファイルの保存日は二〇〇九年一二月二四日となっており、一応この日を本作の脱稿と見ることができる。その前のファイルの保存から二ヶ月足らずしか経過しておらず、その間に最終章は仕上げられたことになる。

活字化に当たり、明らかな誤字脱字、登場人物の表記の誤りなどは改めた。読みやすさを考慮し漢字には適宜ルビを振った。また専門的な外来用語には括弧書きで日本語の注釈を加えたところもあるが特に注記はしていない。宝石関係の市場事情などはかなり変化していると思われるがこれも原文のままの記述とした。

【著者プロフィール】

魚住陽子（うおずみ ようこ）

1951年、埼玉県生まれ。埼玉県立小川高校卒業後、書店や出版社勤務を経て作家に。1989年「静かな家」で第101回芥川賞候補。1990年「奇術師の家」で第1回朝日新人文学賞受賞。1991年「別々の皿」で第105回芥川賞候補。1992年「公園」で第5回三島賞候補、「流れる家」で第108回芥川賞候補。2000年頃から俳句を作り、『俳壇』（本阿弥書店）などに作品を発表。2004年腎臓移植後、2006年に個人誌『花眼』を発行。著書に『奇術師の家』（朝日新聞社）、『雪の絵』、『公園』、『動く箱』（新潮社）、『水の出会う場所』、『菜飯屋春秋』、『夢の家』『坂を下りてくる人』（ともに小社）、句集『透きとほるわたし』（深夜叢書社）がある。2021年8月に腎不全のため死去。

半貴石の女たち

2023年12月22日　初刷発行

著　者　魚住陽子

発行者　加藤靖成

発行所　**駒草出版**　株式会社ダンク　出版事業部
〒110-0016　東京都台東区台東1-7-1
邦洋秋葉原ビル2F
TEL 03-3834-9087／FAX 03-3834-4508
https://www.komakusa-pub.jp/

カバー絵　加藤 閑
ブックデザイン　宮本鈴子（株式会社ダンク）
組　版　山根佐保
編集協力　株式会社ひとま舎

印刷・製本　シナノ印刷株式会社

ISBN978-4-909646-72-9